BÉAL NA PÉISTE

BÉAL NA PÉISTE

Fionntán de Brún

Cló Iar-Chonnacht

An chéad chló 2023
An dara cló 2024
© Fionntán de Brún 2023

ISBN 978-1-78444-253-8

Dearadh: Clifford Hayes & Deirdre Ní Thuathail
Dearadh clúdaigh: Clifford Hayes

Tá Cló Iar-Chonnacht buíoch de Fhoras na Gaeilge as tacaíocht airgeadais a chur ar fáil.

Faigheann Cló Iar-Chonnacht cabhair airgid ón gComhairle Ealaíon.

Gach ceart ar cosaint. Ní ceadmhach aon chuid den fhoilseachán seo a atáirgeadh, a chur i gcomhad athfhála, ná a tharchur ar aon bhealach ná slí, bíodh sin leictreonach, meicniúil, bunaithe ar fhótachóipeáil, ar thaifeadadh nó eile, gan cead a fháil roimh ré ón bhfoilsitheoir.

Cló Iar-Chonnacht, an Cheardlann, an Spidéal, Co. na Gaillimhe.
Teil: 091-593307 r-phost: eolas@cic.ie
Priontáil: O'Sullivan Print.

aon

Aerfort Charles de Gaulle, Roissy
Meán Fómhair 1988

'An gcuirfidh mé tairne eile i do chónra, a dhuine uasail?' a d'fhiafraigh an fear óg de.

'Déan,' arsa Prút, 'nuair atá an casúr i do lámh.'

Leis sin, shuigh sé siar sa chathaoir le go líonfadh an freastalaí a ghloine arís. Bhí an fíon craorag ag cur teas ina chuislí le trí huaire an chloig agus an freastalaí óg ag coinneáil comhrá leis i rith an ama. Ach bhí súil amháin ag Prút ar chlár na n-eitiltí agus bheadh aige le bailiú leis chuig an gheata roimh i bhfad. D'fhág sé deich *franc* de *pourboire* ag an stócach agus rinne a bhealach amach as caifé an aerfoirt agus a mhála ag luascadh go hanásta leis. Níorbh é a nós an oiread a ól agus ní raibh a fhios aige an mbeadh acmhainn aige air.

Cibé a thug air an mhaidin a chaitheamh go drabhlásach, níorbh eagla roimh an eitilt é nó bhí neart taithí ar eitilt aige. Ba é an rud eile sin nach raibh cleachtadh aige air. B'aisteach leis an dóigh ar tharla sé an t-am sin, é ina sheasamh sa scuaine paisinéirí agus a phas ina lámh aige agus ansin, go tobann, é ina sheasamh i seomra beag nár thug sé faoi deara go dtí sin. An lucht slándála á cheistiú tamall agus ansin an t-ordú tugtha dó a éadaí a bhaint de. An rud sin a bhí déanta aige gach lá ó bhí sé ina pháiste, ní raibh a fhios aige cad é mar a dhéanfadh sé sa bhomaite sin é. Cad é mar a bhaineann tú do chuid éadaigh díot os comhair triúr strainséirí? An dtosaíonn tú leis na bróga nó leis an chasóg agus an léine? Cibé mar a d'éirigh leis é a dhéanamh faoi dheireadh, fuair sé é féin ina sheasamh gan tointe air agus lámha strainséartha air. A chuid éadaigh, an scáth sin a bhíonn idir an duine agus a náire, bhí siad anois ina mburla beag suarach dearmadta ar chathaoir phlaisteach. B'iontach leis go raibh a chomhphaisinéirí go fóill san áit ar fhág sé iad, ar an taobh eile den doras, ach go raibh sé féin anois lomnocht os comhair triúr coimhthíoch, a ghéaga sínte amach ag a lámha strainséartha agus a n-anáil bhrocach le mothú ar gach cnuas dá cholainn aige. Agus ar a chúl sin uilig, an scáthán d'fhuinneog ar an bhalla mar a raibh súile anaithnide ag gliúcaíocht air.

Mhair cuimhne an lae sin ag déanamh mearbhaill dó agus é ar a bhealach trí na pasáistí fada agus suas an staighre beo nó gur bhain sé an geata amach faoi dheireadh. Dea-chomhartha, dar leis, gan moill a bheith roimhe ach paisinéirí á mbrostú isteach go dtí an droichead agus uaidh sin isteach go dtí suíocháin an eitleáin. Shíl sé an nuachtán a tugadh dó a léamh ach faoin am a raibh siad san aer bhí sé á shoipriú féin isteach sa tsuíochán agus na súile ag titim ar a chéile le tuirse an fhíona.

Ag teacht isteach trí aerfort Bhéal Feirste an uair seo dó, níor cuireadh lámh ar a ghualainn ná níor léir dó an doras ná an áit a raibh seomra an nochtchuardaigh. Shiúil sé leis go díreach dána amach trí na doirse tosaigh agus d'aimsigh an bus a thabharfadh isteach go lár na cathrach é.

Bhí sé a trí a chlog faoin am ar leag sé cos ar shráideanna na cathrach agus gan a fhios aige cad é an bealach ab fhearr le teach an tseanphéire a bhaint amach. Bhí an t-allas ag triomú go mall ar a cholainn ó tháinig sé amach as bus an aerfoirt agus ba bheag air an turas gairid deireanach sin a dhéanamh i dtaisleach a cholainne féin. Lig sé air nárbh eagla roimh an nochtchuardach san aerfort a d'fhág éidreorach é ach an saothar a bhí air gréasán sráideanna Bhéal Feirste a aithint. Cé nár tharla an nochtchuardach an t-am seo, dúirt sé leis féin go raibh sé réidh dó cibé – ghlacfadh sé leis na méara coimhthíocha sin ar a chneas mar a ghlacfadh othar le lámha an dochtúra.

Bhí a dhá leiceann ag dó agus é ag siúl isteach i dteas na siopaí móra i bPlás Dhún na nGall. Cuardach leictreonach a rinneadh air ansin le slaitín mhiotail, ach b'fhearr i bhfad leis an dúshlán a bhí sa nochtchuardach

– an géilleadh agus an gortghlanadh agus an bhogmhairtíreacht.

In Boots dó, d'aithin sé go raibh na rásúir chéanna acu a cheannaíodh sé sa Fhrainc ach gur réidhe a chaith na cúntóirí siopa leis. Rud eile a mhothaigh sé nach raibh oiread is aghaidh dhonn amháin le feiceáil sna sráideanna. Tháinig aiféala air nuair a rith sé leis gurbh é a thug air airgead a thabhairt don chéad duine a d'iarr pinginí air sa tsráid, aghaidh gheal a bheith air sin. Níorbh ea, dar leis, ní raibh ann ach gur mhaith leis eolas an bhealaigh a iarraidh ar dhuine inteacht a bhí faoi chomaoin aige, sin a raibh ann. Sin agus teagmháil a dhéanamh leis an chuid sin den chathair nach n-athraíonn cogadh féin, na bacaigh shráide a chuireann forrán ar strainséir. Ba bhuaine iad na fánaithe bratógacha sin ná na dealbha cloiche a bhí feistithe thart ar Halla na Cathrach mar a bheadh bábhún tuamaí ann. Ach má bhí carachtair shráide ann bhí na seanmóirithe sráide ann fosta, iad siúd a bhrúdh slánú ort de d'ainneoin. Murab é go raibh a chluasa bodhar ag an eitilt go fóill, déarfadh sé gur chuala sé deilín ar choirnéal sráide a bhíodh ag na soiscéalaithe ina óige:

Come listen to my tale of Jonah and the whale;
Way down in the middle of the ocean!

Dhiúltaigh sé bileog a ghlacadh ó bhean de na seanmóirithe a bhí cruinnithe ag geata Halla na Cathrach. Dar leis nach raibh dóigh ar bith le beaguchtach a chur ar lucht an tslánaithe ach a gcarn bileog agus bíoblaí a fhágáil acu féin gan scaipeadh. Ansin, agus an t-ualach á iompar chun an bhaile leo, b'fhéidir go gcuirfí tochas an amhrais iontu féin. B'fhurasta aige drochmheas a bheith aige ar na soiscéalaithe úd agus ba mhó arís an drochmheas a bhí aige ar na soiscéalaithe allúracha a ndeachaigh sé féin ag obair acu tráth. Ach nuair a chuimhnigh sé ar an tseanphéire, is é rud a bhí drochmheas aige air féin.

Choinnigh sé air i dtreo bhusáras Shráid Oxford, mar a mhol an bacach sráide dó ar ball, agus ghlac misneach as scréachach na bhfaoileán os a chionn mar chomhartha nárbh fhada uaidh an fharraige sa bhaile seo. Ba ar an fharraige a d'imigh sé de chéaduair agus dar leis an t-am sin go n-ólfadh sé lán a dhá bhos den tsáile dhorcha dhiabhalta sin a thug pas agus cead imeachta dó. Ba é a mhínigh an bacach dó go raibh busanna gorma le fáil i Sráid Oxford – busanna gorma do mhuintir na tuaithe agus busanna dearga do mhuintir na cathrach. Bus gorm mar sin go Dún Pádraig agus ceann eile go hArd Ghlais. Ar bhalla an bhusárais bhíothas ag fógairt uimhir fóin rúnda na bpéas. Bhí craiceann éigin nua-aimseartha ar an fhógra, pictiúr d'fhear óg ag baint ualach dá choinsias agus digití móra gáifeacha faoi. Thug sé in amhail cupán caife a cheannach sa bhusáras gur chuimhnigh sé nach raibh caife le fáil in Éirinn. Cheannaigh sé canna líomanáide a bhí bogthe ach ghreamaigh a liobra móra plobánta de bhéal an channa leis an tart a bhí air. B'amaideach an chuma a bhí air ag brúchtadh ina dhiaidh sin mar a bheadh gasúr scoile ann.

Le linn a thurais eitleáin, ba léir do Phrút súile a mháthar roimhe cúpla uair. Bhí na súile liatha sin á cheistiú mar a bhíodh riamh. Damnú air. Cad chuige a mbeadh air bus a fháil nuair a bhí sparán trom aige agus cuntas bainc? Amach leis as an bhusáras gur fhostaigh tacsaí. Lig sé d'fhear an tacsaí a mhála a chur sa bhúit, bíodh is go mbeadh spás ann dó ag a chosa. Ba dhoiligh don tiománaí an gliondar croí a bhí air a cheilt. Cuairteoir as baile isteach, turas fada go hArd Ghlais, cead aige a rogha praghas a iarraidh gan méadar ar bith sa tacsaí. Tharraing fear an tacsaí a shuíochán aniar agus sháith a dhá uillinn amach mar a bheadh marcach capaill ag tús ráis ann.

'Anois, Ard Ghlais, Ard Ghlais … An bealach is fusa go hArd Ghlais … Ní bheidh seo saor, tuigeann tú féin sin. Ach ní miste liomsa an turas. Ní hé sin é, níl ann ach nach mbeidh sé saor, ach tá a fhios agat féin … Anois, Ard Ghlais.'

Bhí clic cleaic ag treotháscaire an chairr a thug le fios do Phrút nach raibh aon éalú aige as. Bhí sé ag dul ar ais. Bhí sé ag dul ar ais go dtí teach an tseanphéire, bíodh na súile liatha á cheistiú nó ná bíodh. Damnú air, bhí sé róshean le bheith á ithe féin leis an amaidí seo. Shílfeá gur gasúr é a bhí i dtrioblóid, in ainm Dé.

Thaitin comhrá an tiománaí tacsaí leis. Ina dhiaidh sin, rith sé le Prút go raibh sé féin cosúil le duine de na fir sin a fhostaíonn striapach ar mhaithe leis an chomhrá. Ba chuma leis ach a bheith ag dul i dtaithí ar fhuaimeanna agus ar nathanna na seanchanúna.

' 'Bhfuil teach saoire agat in Ard Ghlais, a dhuine uasail?'

'Níl.'

'Is é an fáth a bhfuil mé ag fiafraí, go mbíodh teach saoire ar cíos ag mo mhuintir ansin nuair a bhí mé i mo ghasúr. Is cuimhin liom go dtagadh seanduine beag isteach achan oíche ag taibhsíocht – scanraíodh sé an t-anam asainn! Leoga, dá mbeadh cúpla punt agam anois cheannóinn áit.'

'Is le mo thuismitheoirí an teach,' arsa Prút, go ciúin.

'An as Ard Ghlais thú mar sin?'

'Ní hea, Béal Feirste. Fuair mo thuismitheoirí an teach aimsir an chogaidh.'

'Bhuel, bhí ciall acu bailiú amach as an chathair. An trioblóid uilig a tháinig ó shin.'

Bhí an lá ag dorchú agus iad ag síobadh thart le bailte beaga Chontae an Dúin. Cibé maoithneachas a bhí ar Phrút faoi Éirinn ní raibh sé ag maíomh a ndóighe ar na daoine a bhí ag slabhráil thart fá na sráidbhailte beaga dúlaí seo.

'Tá go leor daoine a théann a chónaí anseo in aois an phinsin. Florida Chontae an Dúin atá san áit seo. 'Bhfuil mórán blianta fágtha agat féin?'

Thost Prút. 'Roimh aois an phinsin atá tú a mhaíomh?'

'Is ea, is ea … Gabh mo leithscéal,' arsa an tiománaí ag gáire. 'Ar ndóigh, níl a fhios ag aon duine cá mhéad bliain atá *fágtha aige*, agus sin mar is fearr é, nach ea?'

'Tá sé cineál casta. D'fhéadfá a rá go bhfuil mé ar shos gairme san am i láthair. Seans nach rachaidh mé ar ais. Níl a fhios agam.'

'Sos gairme. Cad é mar a shaothraíonn tú d'arán laethúil mura miste leat mé a fhiafraí?'

'Teagasc teangacha is mó a dhéanaim.'

D'amharc an tiománaí ar éadaí Phrút agus ar a mhála.

'Is ea, tá tú cosúil le duine a mbeadh am caite ar an Mhór-Roinn aige. Sin an rud atá de dhíth orainn sa tír seo: eolas éigin a chur ar an domhan mhór, teangacha, bia, ceol, stíl. Barraíocht ama caite againn ag amharc ar a chéile.'

Bhí scéimh éigin sa taobh tíre le clapsholas. Na féidearthachtaí agus an tsaoirse samhlaíochta a thug na toirteanna fada de pháirceanna ina cheann. B'fhéidir ina dhiaidh sin, dar le Prút, nach raibh ann ach go raibh a intinn ar obair ag cuardach eachtraí a bhí i dtaisce aici. Bhí go leor acu sin ann.

Dialann Eachtraí Réamainn Prút
Nollaig 1942

An tríú hiarraidh a thug an t-eitleán ar mé a ligean amach os cionn Chontae an Dúin bhí snaidhmeanna ar mo bholg le háthas. Bhí mé i ndiaidh sé mhí d'oiliúint a fháil ar an dóigh le léim amach as eitleán, an dóigh le gan aird a tharraingt orm féin – faoin tuath, sa chathair, sa bhaile bheag, cois cladaigh, sa leithreas phoiblí in ainm Dé. Ach ba é an chéad rud a rinne mé nuair a léim mé amach as an eitleán sin liú ollghairdis a ligean as mo phutóga amach. Sin agus mallacht mhór fhada ar oiliúint na Gearmáine, 'Foc Hitler! Foc Himmler! Foc Hartmann! Foc – an talamh!' Is ar éigean a mhúscail mé achan teaghlach a bhí faoi scór míle den pháirc ar thuirling mé inti. Ansin, seal beag ag rothlú sa chac bó mar a bheadh fear mire ann. Stop mé. M'athair! Mo mháthair! Glan an cac bó de d'éadaí, a Phrút. *Scheiße*! *Scheiße*! *Scheiße*! Faigh réitithe den *scheiße* sula ndéanfaidh tú rud ar bith in ainm Dé. Bhí an chuid is mó de ar an pharaisiút. Dul ar ais chuig an tseanphéire cumhdaithe i gcac bó! Dar Críost, nár dheas an t-amharc a thabharfadh mo mháthair orm.

I ndiaidh mo chóisir bheag phríobháideach sa

dorchadas, bhí agam le mo bhealach a dhéanamh trí na páirceanna. Rud a rinne mé, a chara. Rud a rinne mé gan mórán stró, ní i ngeall ar oiliúint na nGearmánach, bíodh a fhios agat, ach na sealanna uile a bhí caite agam ag seilg le Diní Mac Eoin. Bhí mé ag déanamh go raibh lucht an RAF i mBaile Uí Chornáin dúisithe agam ach nár chuma? Níor bhaol dóibh a gcrúba a fháil ormsa an bealach a rachainnse. Bhéarfaidh mé suas ansin thú lá inteacht go bhfeice tú. Caithfidh tú na dreasóga a choimhéad sa dorchadas ach nuair atá piostal Gearmánach i do phóca ní heagal duit an dorchadas, a bhuachaill. Bhí mé chomh maith le cú ar bith de chuid Dhiní Mhic Eoin, cos ná murnán níor leon mé, tointe níor stróic mé agus i rith an ama, ní raibh ar m'intinn ach pionta sa Fort nó sa Sportsman's leatsa, a Jimí. Pionta pórtair sa Sportsman's! Is ea, ach an Sportsman's – a leithéid d'ainm ar áit chomh leamh neamhshuimiúil. Bhí mise san áit a mbíodh na *sportsmen* – buachaillí báire, a mhic. Chonaic mise rudaí i mBeirlín a shíobfadh blaosc an chloiginn díot.

Meán Fómhair 1988

Bhí fear an tacsaí ag míniú scéim airgid dó ar thug sé *timeshare* air ach bhí Prút róchóngarach don teach anois le haird ar bith a thabhairt air sin. Bhí sé ag smaoineamh arís ar shúile a mháthar. Corradh maith le dhá scór bliain ó shin, in aimsir na Nollag, a tháinig sé isteach tríd an gheata bheag go faichilleach. D'fhág sé an paraisiút a bhí aige sa scioból agus chóirigh an chasóg a bhí air. Casóg alpaca den chineál a chaitheadh réaltóga scannáin a bhí ann, ceann a sciob sé ag ceann de chóisirí rábacha Kurfürstendamm. Théaltaigh sé isteach tríd an chistin ag tabhairt spléachadh ceanúil ar an leagan amach dheismir a bhí ar an uile shórt, an drisiúr adhmaid a raibh sraitheanna cupán crochta air, fáinne gorm ar gach ceann acu agus an t-ordú céanna ar na plátaí ar an tseilf os a gcionn. Comharthaí uile dheasghnátha dheireadh na hoíche go díreach mar a shamhlaigh sé roimhe iad. An dá chupán béal faoi ar an tábla agus crúiscín beag an bhainne cumhdaithe le héadach.

Níor mhaith leis a thuismitheoirí a scanrú ach ní thiocfadh leis moill ar bith a dhéanamh ach oiread. Níor bhain sé de na buataisí ach shiúil leis de choiscéim éadrom lúfar suas an staighre beag caol. Fuair sé greim ar an ráille ag ceann an staighre agus tharraing a anáil. B'fhusa léim amach as eitleán ná siúl isteach i seomra a thuismitheoirí an t-am sin den oíche. Cad é a bhí sé ag dul a rá? Cad é eile a déarfadh siad féin ach fáilte a chur roimhe ar ais? Seans go mbeadh a athair ag seanmóireacht. Seanmóireacht? Bíodh aige!

Bhrúigh sé an doras go mall lena chorrmhéar agus choinnigh greim air leis an lámh eile, le nach bpreabfadh sé den bhalla. Bhuail uafás é. Bhí sé i ndiaidh ráillí na haltóra a thrasnú agus thosaigh an náire ag tonnadh aníos ann as a chuid buataisí. Bhí gruaig fhada a mháthar caite ar an cheannadhairt mar a bheadh scéal rúin ann a bhí sí a thrust leis an oíche. Gheit sí go tobann agus fuair greim ar a folt agus ar cheangal beag a bhíodh aici lena chóiriú.

'Mise atá ann. Réamann,' a dúirt sé.

Ní fhaca siad ach toirt ag cos na leapa idir iad is léas.

'Seo ... tá tóirse agam, lasfaidh mé é,' ar seisean.

Dhall sé iad leis an tsolas. Bhí trua aige dóibh, an dóigh a raibh siad caite siar gan chosaint agus an solas á nochtadh. Leag sé an tóirse síos ar an leaba ionas go lasfadh sé an taobh-bhalla. Ba léir dó anois an t-eagar néata a bhí ar an tseomra, go díreach cosúil leis an chistin. Ba léir dó fosta go raibh a athair ag géilleadh níos mó ná riamh don fheistiú a bhíodh ag a mháthair ar rudaí. Bhí loinnir bheag ina bhlagaid agus sa chorrribe liath a bhí ina chroiméal. De ghnáth bheadh rud éigin le rá ag a athair ach ní dhearna sé ach gliúcaíocht fhiarshúileach ar an strainséir a bhí ag cos na leapa.

D'éirigh a mháthair gur chuir lámh ar ghualainn a mic. D'amharc sí san aghaidh air agus choinnigh fad a sciatháin uaithi é mar a bheadh sí ag iarraidh teideal leabhair a dhéanamh amach gan spéaclaí a bheith uirthi. Bhí sí ard lomchnámhach. Beagán níos airde ná a athair. Shíl Prút go raibh sí á choinneáil uaithi mar gheall ar bholadh cac bó a bheith uaidh ach níorbh ea. Bhí sí ag amharc air ar dhóigh nár aithin sé féin i measc na mílte amharc máthartha a bhí i dtaisce ina chuimhne. Amharc fada polltach inar imigh ráithí agus blianta thairis. Níor thuig sé uaithi ach go raibh sí ag déanamh cinneadh éigin buan ina hintinn. Ba dhoiligh a rá cé acu ba thréine de thréithe a mháthar, an diongbháil fhearúil nó a hintleacht dhiamhair. Dar leis go raibh an dá thréith sin ag breith barr ar a chéile san amharc fhada chreathnach sin. Sa deireadh, d'aithin sé an fhearúlacht stobarnáilte sin ag éirí aníos agus thuig sé go dtosódh a mháthair anois ag cur eagar ar an chuaifeach ainrialach a bhí a mac i ndiaidh a thabhairt isteach sa teach. Diaidh ar ndiaidh.

A athair a labhair ar dtús.

'Cad é mar a tháinig tú isteach sa tír? Caithfidh sé gur amach as an eitleán sin a tháinig tú?'

'Is ea,' arsa Prút agus iarracht bheag den mhórtas ina ghlór. 'Paraisiút. Léim mé amach as eitleán thar an Rinn Fhada.'

'B'fhearr duit léim a thabhairt ar ais san eitleán,' arsa a athair go grod. 'Cad é faoi Dhia atá tú ag dul a dhéanamh anois? Beidh achan phéas ar do lorg. Cad chuige ar tháinig tú anseo?'

D'fhan Prút ina thost. Ní raibh sé ag dréim leis seo.

'Cad é faoi Dhia a thug ort dul ag obair ag na Gearmánaigh cibé? Cad é an cineál amadáin thú ag dul ar raidió le bheith ag déanamh bolscaireachta dóibh?'

'Chuala sibh mé?' arsa Prút, mar a bheadh gasúr ann.

'Chuala an tír talaimh thú! Anois beidh do ghlór le haithint chomh maith le do shoc. Faoi Dhia cad é air a raibh tú ag smaoineamh? *Lord Haw-Haw* a dó!'

I rith an ama sin, bhí a mháthair ag dul thart ar an tseomra ag bailiú éadaí. Nuair a labhair sí leis bhí a glór chomh stuama tomhaiste agus a bhí riamh.

'Cár fhág tú an paraisiút seo?'

'Sa scioból.'

D'amharc máthair Phrút ar a fear mar a bheadh sí ag tabhairt ordú dó.

'Beidh sin le cur faoi charn aoiligh agus le dó ina dhiaidh sin nuair a bheas sé sábháilte.'

Labhair sí ansin lena mac gan athrú ar bith le mothú ina glór.

'Anois, a ghiolla údaí, beidh ocras ortsa, tá mé ag déanamh. Tá rudaí gann go leor anseo leis an chiondáil bia ach tá uibheacha againn. Beidh greim le hithe agat sula socróimid cad é a dhéanfaidh tú.'

Thit néal ar Phrút i ndiaidh an tae. Ní bhfuair sé codladh ceart le cúpla oíche ag smaoineamh ar an turas ar ais agus a mbeadh le déanamh aige. Cé nár mhaith leis é a admháil, bhí a fhios aige go mbeadh air cuimhneamh ar an oiliúint a tugadh dó sa champa.

Ba iad glórtha a thuismitheoirí sa tseomra leapa os a chionn a mhúscail é. Cibé easaontas a bhí eatarthu is cinnte gur leisean a bhain sé. D'oscail sé súil amháin agus thug cluas dóibh a oiread agus a tháinig aige. Leis sin, anuas lena mháthair as an tseomra leapa. I gcogar ciúin réidh a labhair sí leis an iarraidh seo agus í ag stánadh air i rith an ama.

'Tá d'athair ag rá gur chóir duit tú féin a thabhairt suas do na péas. Deir sé go dtiocfaidh siad ort cibé ar bith agus gurbh fhearr duit dul chucu agus do chás a mhíniú ná iad breith ort agus tú ar do sheachaint.'

D'amharc Prút uirthi go hamhrasach.

'Cad é a shíleann tusa ba chóir a dhéanamh?'

'Sílimse gur amaidí atá ar d'athair. Cuir ort na héadaí seo agus bailigh amach chomh gasta agus a thig leat. B'fhearr duit do bhealach a dhéanamh thar an teorainn sula mbeidh an tóir anuas ort.'

* * *

Bhí an fear tacsaí ag ligean air go raibh sé ag cuardach briseadh i bpota beag a bhí lena thaobh.

'Tá sé agam anseo áit inteacht, a dhuine uasail. Fan anois, tá mé cinnte go bhfuil briseadh i mo vallait agam.'

'Is cuma, is cuma,' arsa Prút leis, 'ná buair do cheann faoin bhriseadh. Cuir isteach i gceann de na scéimeanna *timeshare* sin é.'

D'amharc an tiománaí air agus an faoiseamh le haithint sna súile.

'Nár laga Dia thú agus go raibh maith agat ar son an chomhrá phléisiúrtha fosta, a dhuine uasail.'

Fuair Prút an eochair amach as an chlúdach bheag dhonn a bhí ina phóca agus d'oscail doras an tí go faichilleach. Bhí ciúnas éigin sa teach a thaitin leis i ndiaidh an chomhrá. Sin agus sásamh éigin nuair a thuig sé go raibh ceann scríbe bainte amach aige. In amanna, dar leis, imíonn do bhuaireamh gan choinne, de d'ainneoin. Shiúil sé isteach tríd an chistin bheag a fhad le bun an staighre. Thug sé air féin siúl suas gan smaoineamh mar a bheadh sé ag diúltú d'amhras fada buan. Agus é ina sheasamh ag doras sheomra leapa a thuismitheoirí, chuir sé truilleán tobann garbh leis agus shiúil isteach. D'aimsigh sé lasc ar an bhalla lena thaobh agus thriail cúpla uair é ach ní raibh gar ann. Bhí an solas briste. Bhí fuinneog an dín scoilte os a chionn agus corrán gealaí á líonadh áit a mbíodh dallóg i gcónaí roimhe sin. Bheadh air rud éigin a dhéanamh faoi sin agus cuid mhór rudaí eile. Stán sé ar feadh meandair ar an ghealach, ag déanamh iontais de. Gile agus dorchadas ag breith barr ar a chéile. Súile liatha a mháthar. Mhair amharc fada na hoíche sin ina intinn ó shin sa dóigh gur threise é feasta ná amharc máthartha ar bith eile. Bhí a fhios aige anois cad é a bhí na súile sin ag rá leis: 'Is leor duit, a mhic, a ndearna tú d'olc faoi dhuilliúr díomuan bréagach an tsaoil seo.'

dó

Dialann Eachtraí Réamainn Prút
Eanáir 1943

I

Duitse atá mé ag scríobh, a Jimí. Is tú mo bhráthair ar chosán cam an tsaoil seo, go fiú dá mbeinn na mílte míle i gcéin. Tusa a mhol dom cuntas a choinneáil ar mo chuid eachtraí. Tusa a thug an misneach dom an chéad lá riamh.

'Gabh thusa amach agus cuir eolas ar an tsaol mhór – leanfaidh mise sa tsnámh thú,' sin na focail dheireanacha a dúirt tú liom an tráthnóna sin ag Cuan Bhéal Feirste. Ba dheas agus ba mhilis an braon biotáille a d'ól mé i do chuideachta sa Sportsman's an tráthnóna céanna, muid cuachta istigh i gclúid bheag a raibh gal gorm tobac os a cionn. War Horse Bar a bhí sa phíopa agat. Muid beirt á smailceadh le fad a bhaint as an imeacht sular shiúil tú liom ar leacacha fuara crua na ndugaí a fhad leis an ché.

Ba sin earrach 1939. Nuair a d'imigh soilse Bhéal Feirste agus an corrléaró eile ón chósta as radharc orm an oíche sin bhí a fhios agam go raibh mo chinniúint á deargadh in áit inteacht eile. Níl mé ag rá nár scanraigh an smaoineamh sin mé agus an bád ag treabhadh thonnta dorcha Mhuir Éireann. Cá bhfios nach bás uaigneach ar an fharraige a bhí i ndán dom? Ach shíothlaigh m'intinn nuair a thuig mé nach raibh an t-aistear ach ina thús agus go bhféadfainn mo rogha réalta a leanstan go deireadh an domhain. Gach eolas agus oiliúint a fuair mé ón Athair de Bhailís faoi thíortha agus faoi theangacha na hEorpa ba le m'ullmhú don aistear seo a bhí. Nuair a imíonn an scaoll uait tig meadhrán deas éadrom na meisce ina áit corruair. Is amhlaidh a bhí mé féin agus greim an fhir bháite agam ar ráille garbh gágach an bháid. Thug mé gealltanas i mo chroí arís d'eachtraí agus ealaín agus thug mé mo mhionna nach bhfillfinn ar bhaile beag suarach Bhéal Feirste go mblaisfinn fíonta as coirn óir na cruinne.

Ach tá sé chomh maith agam tosú san áit a bhfuil mé anois, Baile Átha Cliath. Tá mé ar mo sheachaint le coicís ó fhórsaí an stáit, thuaidh agus theas, ón uair a tháinig mé go hÉirinn in eitleán Gearmánach. Fuair mé seomra i dteach lóistín atá gar do Pháirc an Fhionnuisce ach gur mó de chillín ná de sheomra é a fhad is a rachaidh cuardach orm – cibé cuardach é. Corruair san oíche cluinim na hainmhithe ag búireach i nGarraí na nAinmhithe agus tuigim a gcás, cúngaithe istigh ina bpríosúin bheaga, mo dhála féin. Deir bean an tí liom go raibh siad réidh leis na créatúir a scaoileadh oíche na mbuamaí Gearmánacha dhá bhliain ó shin. Cuireadh an eilifint ar shlat a dhroma le bleaist amháin agus níorbh fhéidir é a shuaimhniú ina dhiaidh. I rith an ama bhí scréachach fhiáin ag na moncaithe, pléascáin is toit á mearadh gan staonadh agus na feighlithe ag faire taobh amuigh lena ngunnaí ar eagla nach mbeadh an dara rogha ann ach piléar a chur iontu. Ar ndóigh, tá scoth drochmheasa ag bean an tí ar na Gearmánaigh mar gheall ar an scrios a rinne a gcuid buamaí, ach síleann sí gur fear gnó mise atá thíos ón tuaisceart.

Ag an tseanphéire a bhí mé sular tháinig mé anseo. Dar Críost, an scanrú a bhain mé astu i lár na hoíche, bhí sé greannmhar! Chuaigh an seanleaid ar an daoraí liom – bhí an t-ádh orm nach raibh an gunna gráin in aice láimhe aige nuair a tháinig mé isteach. Shíl sé go raibh an SS istigh sa mhullach air. Ach ní thiocfadh le mo mháthair tae a choinneáil liom ina dhiaidh sin – caithfidh sé gur ól mé deich gcupán taobh istigh de leathuair. Agus uibheacha! 'Caith siar na huibheacha sin, tá tréan uibheacha againn …' Tá a fhios agat féin mo mháthair. Ní thiocfadh léi go leor a dhéanamh dom. B'éigean dom iad a fhágáil ina dhiaidh sin. Ní raibh deifir ar bith orm, bíodh a fhios agat, ar mhaithe leo féin a bhain mé Baile Átha Cliath amach. Ach níl a dhath ag dul sa chathair seo, féadaim a rá leat. Tá mé sáinnithe sa tseomra bheag seo mar a bheadh ainmhí i ngaiste ann, ag dul siar ar an tsaol a bhí agam sular ceapadh sa dul seo mé.

Tá a ndearna mé agus a bhfaca mé le ceithre bliana anuas uilig i dtaisce i mblaosc mo chinn. Róghnóthach a bhí mé le cuntas a scríobh ar na rudaí a bhain dom, gan trácht ar an chontúirt a bhainfeadh le nithe áirithe a scríobh síos. Mura bhfuil siad scríofa go fóill, tá na heachtraí i mo chloigeann agus tá siad sna cranraí beaga atá ar mo cholainn fosta dá gcuardóinn iad. Ní hionann an Réamann ar fhág tú slán leis ag an ché agus an Réamann atá anois ann. Maith go leor. Tús. Cá bhfuil an tús?

Cranraí ar mo lámha an tús is dócha. Sé mhí a mhair mé ag sciúradh agus ag scuabadh loinge sa chabhlach trádála. An chéad turas a thug muid, lasta den bhuillean óir a bhí linn go Nua-Eabhrac. Bhí an captaen á chac féin ó tharla muid gan garda cosanta againn – é ag déanamh go dtiocfadh Long John Silver orainn idir Southampton agus Meiriceá. Ar ndóigh, níor tháinig. Leamh leadránach mar thuras, cosúil le Sasana féin. Ansin nuair a bhain muid port amach i Nua-Eabhrac níor léir duit ach na céadta réalta drithlíneach ar chultacha dúghorma na bpéas ar an ché. Ní chreidfeá an slua gardaí a bhí romhainn ansin, meaisínghunnaí ar an uile thaobh réidh leis an chloigeann a bhaint díot. Sin agat na Meiriceánaigh – tá dóigh acu le rudaí a dhéanamh mar is ceart, chan ionann is na Sasanaigh.

Ba sin mo chéad drabhlás: Nua-Eabhrac. Níl rud ar bith nach dtig leat a cheannach sa chathair sin. Ach murab ionann is cuid de na donáin a bhí i mo chuideachta, níor cheannaigh mise bean. Sin rud nach mbeinn sásta a dhéanamh – cá bhfuil an spórt má *cheannaíonn* tú bean? D'ól muid ceithre huaire fichead gan néal agus sin a bhfuil de chuimhne agam anois air, *bourbon*, biotáille Mheicsiceach, fíon súilíneach. Cibé rud a d'ith mé, d'fhág sé trí lá den rup rap agam – dramhaíl chorcra ag úscadh amach as mo phutóga. D'fhéadfadh sé bheith níos measa – ghearr na Sínigh sceadamán fear amháin againn. Cibé locht a bhí ar an scian, níor mharaigh siad é. Dúirt sé féin gur mar gheall ar chluiche cártaí a thosaigh an teagmháil ach chuala mé ina dhiaidh sin gur bhain sé le bean, níl a fhios agam. Déarfainn gur ag insint bréag a bhí sé, an rógaire salach.

Tamall ina dhiaidh sin cuireadh go Buenos Aires muid le lasta mairteola a thabhairt ar ais. Turas fada mara ach b'fhiú a thabhairt. Maidir le mná, bhí sé cosúil le bheith in úllghort neimhe. Ina dhiaidh sin is uile, ní ar bhean amháin acu atá mé ag cuimhneamh anois ná ar an dream uilig acu ach rud eile … Ba in Buenos Aires a thuig mé cad é a bhí uaim. Bhí mé ag spaisteoireacht ar an Avenida 9 de Julio, an ascaill is leithne ar domhan, idir crainn mhóra a dtugann siad *palos borrachos* nó 'cuaillí meisce' orthu i ngeall ar an dóigh a bhfuil cruth buidéal Chianti orthu. Bhí lán an dá scamhóg agam d'aer milis allúrach na gcrann agus shamhlaigh mé, gach coiscéim den bhealach, mé féin a bheith i ngrá leis an uile spéirbhean ar leag mé súil uirthi.

Seo anois an saol mór a luaigh tusa liom tráth, os comhair mo dhá shúl. Níor ghá dom blaiseadh de le cruthú go raibh sé ann. Bhí sé ansin romham, chomh doshéanta leis an ghrian a bhí ag beathú na gcraobhacha os mo chionn – ollmhaitheas agus iontais an tsaoil. Tógadh an ascaill seo in onóir an naoú lá de mhí Iúil 1816, an lá a bhfuair na hAirgintínigh a neamhspleáchas. Ba ar an ascaill seo a fuair mé mo shaoirse féin, creidim. Is dócha gur sin an fáth ar fhág mé an cabhlach. Chonaic mé tíortha nach bhfeicfinn murach é ach bhí sé róchosúil le scoil nuair nach mbeifeá saor. Scoil mhór chónaithe ar snámh, obair mhaslach ar feadh an lae agus cluichí cártaí san oíche. Oifigigh agus mionoifigigh agus amaidí.

Rud eile a bhí uaim tamall a chaitheamh le teangacha. Ba mhaith an máistir teangacha é an tAthair de Bhailís. Má bhí rud ar bith agam ón scoil, bhí mé in ann an Fhraincis agus an Ghearmáinis a léamh agus a scríobh ach ní raibh taithí cheart agam ar iad a labhairt. Thosaigh mé amach i bPáras ag obair in óstán. Bhí Fraincis go leor agam taobh istigh de sheal gairid ach bhí níos mó ná sin agam. D'fhoghlaim mé nach gá don Éireannach prátaí a ithe seacht lá na seachtaine. Creid mise, tá sé fíor, a bhráthair. Bhí mé ag obair sa chistin agus ba ann a fuair mé blaiseadh de cibé a bhí ag dul amach chuig na bodaigh mhóra sa phroinnseomra. An rótham a bhí agam san óstán sin, ní fhaca tú a leithéid roimhe. Níl feoil ar bith nár bhlais mé an bhliain sin san óstán dom – laofheoil, uaineoil, frogfheoil, colmáin go fiú! Breá téachta a bhí mé roimh i bhfad, a bhuíochas sin ar Mathurin mór, fathach de Bhriotánach a bhí ina chócaire san áit. Thóg sé an cúram air féin oideachas Francach a chur orm. Ba sin an t-oideachas a bhí furasta a thógáil agus a iompar ina dhiaidh, féadaim a rá.

Rud ar bith a bheifeá ag iarraidh a fhoghlaim faoi mhná, bhí sé ag Mathurin. An *tombeur* is mó i bPáras agus an t-oide is fearr lena chois. Ar dtús, ní fhéadfainn é a chreidbheáil – mheallfadh an diabhal sin mná as an chlochar. Agus an rud ab iontaí ar fad nach raibh saothar ar bith air – é chomh suaimhneach réchúiseach i rith an ama, gan deifir dá laghad air. Ag deireadh gach lae, tharraingíodh sé a bhairéad thar a ghlib mhór dhubh, toitín fada cam ag crochadh as a bhéal mar a bheadh slaitín iascaireachta ann, agus amach leis go tiarnúil ar an tsráid. Ní bheadh le rá aige go minic ach '*Mademoiselle, vous êtes charmante …*.' B'ionann é féin a chur in aithne don bhean agus í a bheith faoina iomartas. Chuireadh sé ag machnamh mé ar an amaidí a bhíodh orainn sa bhaile ag céilithe, ag rith i ndiaidh óinseach ag súil is go mbeadh cead againn siúl ar an chosán chéanna leo. Ag iascaireacht sna linnte contráilte a bhí muid, a dheartháir. Ina dhiaidh sin uilig, an rud is mó a thaitin liom faoi Mathurin gur chuma leis. Ní hé go gcuireadh sé iog sa mhaide mullaigh gach uair a fuair sé bean, ba chuma leis ach iad a bheith fairsing agus é a bheith istigh ina measc. Chaith sé níos mó dua le scallamán beag lag a choinnigh sé tamall i bpóca a chasóige go bhfuair sé a neart. B'fhéidir gur thaitin an cineáltas sin leis na mná.

Maidir leis an oideachas a bhí sé a chur orm féin, ba mhó an dúthracht a chaitheadh sé ag trácht ar bhia agus ar fhíon. 'Oideachas goile,' a deireadh sé liom, 'is é is tábhachtaí.' Fealsúnacht ina dhiaidh sin. Mheas mé i gcónaí gur dualgas a bhí san fhealsúnacht aige, dualgas a bhí le comhlíonadh ach dualgas nach gcaithfeadh sé a shaol leis ach oiread.

'Níor bhlais an bia nach mblaisfidh an bás.' Sin an rud a deirtear. Níl a fhios agam an marbh atá Mathurin anois ach tháinig deireadh tobann leis an phrintíseacht. Bhí oireas aige faoin athrú a bhí ag teacht faoi thús an earraigh 1940. Ní raibh amhras ar bith air go mbeadh na Gearmánaigh ar shráideanna Pháras roimh thús an tsamhraidh. Thuig sé nach mbeadh cos agus lámh aige faoin chathair ina dhiaidh sin. Sna míonna deiridh sin d'éirigh sé tostach. Bhí cineál de dhíomá orm leis: Mathurin mór na dtromchloch ag cliseadh orm, an máistir ag nochtadh a laige. Ghoill sé orm ar feadh tamaill gur lean mé ar chor ar bith é – é féin agus a *Mademoiselle, vous êtes charmante*! Ach chonacthas dom ina dhiaidh sin gur fear a bhí ann a d'aithin deireadh a chaithréime roimhe – *sic transit gloria mundi* a déarfadh an tAthair de Bhailís. Thuig Mathurin sna míonna sin sula bhfuair na Naitsithe isteach go Páras go mbeadh aige anois le tiontú ar an fhealsúnacht agus cúpla cruacheist a fhreagairt. Cé dó a mbeadh sé dílis feasta? An raibh coinsias aige agus má bhí, cad é an mhaith dó é? D'imigh Mathurin faoi Aibreán 1940. Ní fhaca mé ó shin é.

Tráthnóna áirithe ina dhiaidh sin tháinig fear de na comharsana chugam, Faludy as an Ungáir, le hinsint dom go raibh na Gearmánaigh ag Pontoise agus go mbeadh siad i bPáras an mhaidin dár gcionn. Bhí an teitheadh mór faoi lánseol agus achan mhac máthara ag tarraingt ar an Porte d'Orléans lena mbealach a dhéanamh ó dheas. Ag déanamh ar Marseille a bhí an tUngárach agus a chomrádaithe, ag dúil is go bhfaigheadh siad bád go Maracó ina dhiaidh sin. Mhol sé dom teacht leo, thuig sé go raibh fonn orm tíortha allúracha a fheiceáil agus dar leis nárbh fhiú le haon duine a bheo nuair a thiocfadh na Gearmánaigh. Ach bhí barúil agam gurbh fhearr dom fanacht agus d'fhág sé slán agam.

Tháinig na Gearmánaigh, chuaigh siad ag pramsáil thart gan náire ar na sráideanna a mbíodh Mathurin ag mealladh na mban iontu tráth, agus shíl mé ar feadh i bhfad gur mhaith a bhí sé tuillte ag na Francaigh, nó nár lig siad do na baincéirí easair chosáin a dhéanamh den tír sular leag na Gearmánaigh buatais inti ar chor ar bith? Ní raibh trua dá laghad agam do na súmairí drabhlásacha a dhéanadh féasta gach oíche sna bialanna. Bhí Páras gan smacht le fada agus ba iad na Gearmánaigh a chuirfeadh eagar ar an áit. Sin a shíl mé ar scor ar bith.

Níor mhair mé i bhfad eile i bPáras. Bhí sé cosúil le bheith i do shuí i seomra feithimh agus na busanna uilig a bheith imithe, ní fada go ndruidfear an seomra feithimh féin. Ach sular tharraing mé bacán ar chor ar bith thug mé in amhail dul ó dheas i dtreo na hAfraice mar a chuaigh Faludy agus a chompánaigh ach ba í a litir siúd a chuir cúl ar an smaoineamh sin. Trí seachtaine i ndiaidh dó na bonnaí a bhaint as go Marseille, fuair mé scéala uaidh as Maracó. Níor thuig mé uaidh cé acu a bhí sé i bhfách liom é a leanstan nó nach raibh. Ach cibé nach raibh sa litir bhí an méid seo inti:

> Faightear achan bholadh faoin spéir i sráideanna caola Casablanca, cac camaill agus asail, craiceann banana agus an uile chineál luibhe agus ola ag meascadh tríothu. Thairis sin, áfach, tá ábhar eile anaithnid le brath ar na bolaithe seo. Ábhar é seo a chuireann claochlú ar gach boladh eile agus a ghabhann treise orthu dá réir. Sa chuan féin dom a mhothaigh mé an boladh éadrom cluanach sin a chuireann an baile seo

de – boladh leathmhadrúil an mhorgtha. Ní raibh a dhath ann a chuirfeadh masmas ná múisiam ort, is é rud a thabharfadh sé lobhadh dhuilleoga an fhómhair i do cheann, lena chumhracht thais mhistéireach, agus dar leat go raibh gaol idir é agus an transubstaintiú rúnda a dhéanann sú na bhfíonchaor agus é á choipeadh. Ní hé boladh leamh milis múisciúil an mharbháin é ach a réamhtheachtaí discréideach siúd, mar atá, an spíosra spreagúil sin a leagann an Bás ar thábla an bheo.

Bhí seo uilig ag dul trí m'intinn agus mé taobh amuigh d'fhuinneog caifé beag salach, áit a raibh mé ag coimhéad ar bheirt a bhí ag imirt fichille istigh. Níor chrom beirt os cionn clár fichille riamh a bhí chomh díbhirceach leo. Sa bhomaite, bhuail fear acu a raibh féasóg álainn bhán air, bhuail sé a dhá bhos ar a chéile leis an fhreastalaí a thabhairt chuige gur thug air dreancaid a phiocadh amach as idir a dhá shlinneán. Agus mé ag casadh ar shiúl uathu chuaigh slua tórraimh thart liom agus tóirsí tine ar iompar acu – a oiread deifre orthu is nár mhó ná gur thug mé faoi deara iad. Ag siúl liom, tháinig mé ar láthair troid sceana a bhí anois tréigthe agus a raibh i láthair i ndiaidh brostú leo mar a bheadh gnó éigin práinneach anois acu seachas an díomhaointeas ba ghnách leo. Ní raibh fágtha ach slodán fola a bhí ag sileadh isteach i gcuas lár an bhóthair.

Sa bhaile seo, dar liom, bíonn an Bás ina shuí i measc na n-aíonna ag gach féasta agus bíonn sé ina luí i leaba na leannán. Bíonn sé i láthair i gcónaí agus gach áit, mar a bhíonn i ngreanadh adhmaid sin Holbein, 'Totentanz', ach ní ar an dóigh chéanna. I saothar Holbein is stocaire é an Bás a gcuireann a chruthaíocht scéin agus éadóchas baoth ar chách. Anseo ní dol é an Bás a bhféachann fir chliste le héalú as. Anseo ní bhíonn aon duine ag súil go mairfidh siad an céad ná leathshúil acu leis an dá chéad. Ní chuirfeadh aon duine dath ina ghruaig agus ina fhéasóg agus iad leathchéad bliain d'aois agus ní dhéanfadh siad lúthchleasaíocht le meáchain gach maidin le fanacht aclaí. Anseo tuigtear nach cosaint ar an Bhás í an tsláinte féin. Anseo, is aoi é an Bás a gcuireann cairde fáilte chun tábla roimhe agus nuair a shuíonn sé ar cholbha leapa na leannán is lena ngríosú atá sé chun a bpógtha agus a ndeochta níos díochra fós.

Anseo, géilleann na daoine do bholadh an mheatha agus in áit breith ar a srón baineann siad a gciall féin as agus is mó a dteasmhian agus a ngoile don tsaol dá bharr ach iad ar nós na réidhe ina dhiaidh sin is uile. Ní bhíonn siad ag coraíocht leis an Bhás nó tuigeann siad nach dual dóibh é a shárú. Ní gá dóibh cairdeas a dhéanamh leis an Bhás nó ní raibh siad riamh in achrann leis, agus ní iarrann siad bréaga díomhaoine ar a ndochtúirí nó níl eagla roimh an Bhás orthu. Dearcann an t-óg go dána idir an dá shúil ar an Bhás agus siúlann an sean go mall in araicis na huaighe le dínit, mar a bheadh sí ina cathaoir uilleann chompordach a ndéanfaí sómas inti. Is é is dóichí gur samhail eile ar fad a thugann siad siúd don Bhás. Ní hé an seanchnámharlach draidgháireach agus a speal é nó san áit nach mbíonn eagla ní bhíonn scéin, an áit nach mbíonn cur in éadan ní bhíonn aon ghá le speal.

Bhí litir Faludy mar a bheadh tine bhruite ann nach dtig do shúile a thógáil di oíche gheimhridh ach tú faoi gheasa ag luaineacht na mbladhairí buí agus loisceantacht uafar na ngual dearg. Ní gan dua a d'fhág mé uaim í ach b'fhurasta cinneadh a dhéanamh sa deireadh. Má bhí an bás ó dheas agus gan aon chur ina choinne, dar liom gurbh fhearr dom dul ó thuaidh san áit a raibh cine a dhiongbhála.

II

Chuala mé go rabhthas ag iarraidh oibrithe i monarchana na Gearmáine agus chuaigh mé a fhiosrú an scéil. Rinne na Gearmánaigh gáire mór croíúil nuair a d'iarr mé cead dul ag obair ina gcuid monarchan. Thréaslaigh siad mo chuid Gearmáinise liom, d'fháisc mo lámh go teann agus dúirt liom go mbeadh Éire níos fearr as faoi Hitler nó nárbh fhada go gcuirfeadh sé múineadh ar Churchill. Chroch mé mo sheol agus bhain Beirlín amach ag tús an fhómhair 1940.

Bhí mé sé mhí ag obair ag Rheinmetall-Borsig, monarcha arm. Ní fhéadfá gan sonrú a chur san eagar a bhí ar gach rud. Chuir sé ag smaoineamh mé ar an lá ar thug an tAthair de Bhailís go Baile Átha Cliath muid, nuair a bhí an traein leathuair mall ag imeacht. Dúirt de Bhailís rud éigin trína fhiacla sa Ghearmáinis agus dúirt linn nach dtarlódh a leithéid de mhoill sa Ghearmáin. Níorbh aon áibhéil aige é. Ní hé amháin nár cuireadh bomaite amú, bhí muid roinnte inár n-aicmí de réir náisiún – cuireadh mise ag obair le cúpla Sasanach agus Meiriceánach, scaifte as an Ungáir in aice linn, Iodálaigh ina dhiaidh sin. Ba muid na *Gastarbeitnehmer* (aoi-oibrithe), agus b'aicme ar leith muid. Ina dhiaidh sin bhí na Polannaigh agus oibrithe as tíortha an Oirthir ann – chuaigh sé crua go leor orthu sin. Is iomaí uair a shíl mé go raibh obair dhlúsúil le déanamh againn féin ach ba bheag sin taobh leis an obair a rinne na Polannaigh. Ach má rinne muid lá maith oibre níor leor é sin ag na saoistí. Bhíodh brú i gcónaí ann tuilleadh a dhéanamh agus bhíodh siad ag síorghearán faoi na hIodálaigh. Bhí an oiread brú ar oifigeach amháin gur chuir sé piléar ina chloigeann féin. Insíodh dúinn gur chuid de thionscnamh mór soláthar arm muid a bhí faoi Fritz Todt, an t-innealtóir a rinne an *autobahn* (mótarbhealach). Ach dá mhéad a d'fhéach siad le muid a ghríosú, ní raibh muid riamh maith go leor.

Chuala mé ó dhuine de na saoistí go rabhthas ag lorg Béarlóirí le dul ag obair ag an stáisiún raidió. Ba é a thuig mé uaidh nach bhfanfadh sé féin sa mhonarcha dá mbeadh Béarla aige. Ba leor gaoth an fhocail domsa – nach raibh mo dhá shúil tuirseach den innealra liath sin agus de na línte táirgthe? Ar ndóigh, ní ar mhaithe leis sin a d'fhág mé Béal Feirste.

Cheistigh lucht an raidió mé faoi mo shaol go dtí sin, mo dhaoine muinteartha agus mo lucht aitheantais in Éirinn, féacháil an bhfóirfinn dóibh. Mhínigh siad dom go mbeadh píosaí le léamh agam, dréachtaí as leabhair staire, sin agus píosaí eile cainte a roghnódh siad. San fhoirgneamh ina raibh muid bhí daoine ag teacht agus ag imeacht agus aoibh orthu mar a bheadh siad ag obair i dteach siamsaíochta, iad ar fad ag déanamh réidh le dul ar stáitse nó ag filleadh uaidh. Thug mé faoi deara go raibh mná dóighiúla anseo agus cuma aerach orthu uilig. Dar liom féin, cuirfidh mé teagasc Mathurin i bhfeidhm má fhaighim obair an raidió – agus fuair.

Tuairim is bliain go leith a chaith mé ag taisteal ar bhusanna buí Bheirlín suas ascaill leathan dhuilleogach go dtí an Rundfunkhaus – 'teach cruinn an raidió'. Tá barúil agam go bhfuil déanamh an Colosseum ar fhoirgnimh chruinne an domhain agus gurb é an fáinne fí céanna atá iontu uilig. Nár ghnách linn fáinne a dhéanamh thart ar bheirt a bhíodh ag troid ar scoil? An té a mbeadh leisce air troid, bhrúfaí isteach i lár é agus ní bheadh aon éalú ón teagmháil aige. Ar ndóigh, níor thuig mé sin ag an am: go raibh leathchiorcal i lár an Rundfunkhaus le go ndéanfaí síorchomhrac ann, go díreach mar a bheadh troid choileach ann sna sciobóil atá in Éirinn. Rud eile nár thuig mé, gur chóir d'aird a dhíriú ar na súile folmha a leanann an mhuintir atá ceaptha i lár an fháinne.

Ní comhrac ach deis suirí a chonaic mé uaim sa Rundfunkhaus de chéaduair, go háirithe i ndiaidh dom míonna fada gortacha a chaitheamh sa mhonarcha arm. Bhí mná ann as an uile chearn agus lear mór aisteoirí ina measc. Na mná cotúla a raibh cleachtadh agam orthu sa bhaile, níorbh ann dóibh san áit seo. Mná a bhí san áit seo nár bhaol dóibh a gcinniúint a shamhlú le gréasán damháin alla ina raibh an bás morálta ag bagairt orthu le gach coiscéim. Mná iad seo a d'imeodh le cibé scléip a bhí ag dul san am. Osclaíonn mná doirse i mBeirlín a bheadh glasáilte ar fhear óg. Ní raibh aon náire orm an chéad chúpla seachtain ach mé ag leanstan scaotha ban thart ar dhorchlaí bíse an Rundfunkhaus mar a bheadh madadh caorach ann. Lig beirt acu isteach ina gcuideachta mé ar ball agus thug cuireadh dom dul leo chuig damhsa a bhí le bheith ag Ambasadóir na Sile.

Faoin am seo bhí dornán beag *Reichsmarks* agam ó lucht an raidió agus bhí sé d'acmhainn agam cuma leathmheasúil a chur orm féin. Sheas mé taobh amuigh d'áras an Ambasadóra ag déanamh iontais de na bróga éadroma lonracha a bhí orm agus den ghile a bhí i muinchillí mo léine. Bhí mé mar a bheadh duine ann a fuair ceadúnas éigin nach raibh tuigthe go fóill aige. De réir a chéile, thosaigh daoine ag dul thart liom ar a mbealach isteach san áras agus gan aird ag aon duine acu orm. Rith sé liom go raibh mé domharfa, dofheicthe agus ar foluain, go raibh mé saor ar an domhantarraingt féin. An bhfuil cuimhne agat ar an scéal a bhíodh ag an Athair de Bhailís faoi fháinne Gyges? 'Bhí fáinne ag Gyges, a bhuachaillí, agus dá mbeadh an fáinne seo ar do mhéar ní fheicfeadh aon duine thú. Mura bhfeicfeadh súil dhaonna thú, an gcloífeá leis na haitheanta nó an ngéillfeá do na hainmhianta?'

Tháinig Larissa agus Elena thart an choirnéal ag titim

ar a chéile leis na sála arda a bhí orthu. Bhí siad beirt ansin le bheith ag ceol *arias* ar cuireadh an Ambasadóra. Phléasc siad leis an ngháire nuair a chonaic siad uathu mé. Ag stánadh ar mo bhróga, tháinig gibiris éigin Rúisise astu agus ansin racht eile gáire. De réir a chéile thosaigh mé féin ag gáire. Cad é a bhí greannmhar? Cad é a bhí ann? Ní raibh anáil ar bith ag Elena leis an scréachach sciotaíola a bhí aici agus thosaigh sí ag bualadh a dhá dorn ar mo ghualainn. Ní bhfuair mé riamh amach cad é a chuir ag gáire iad ach nuair a tháinig siad a fhad le doras an Ambasadóra, bhí siad chomh stuama lena bhfaca tú riamh. Tugadh isteach san áras leo mé agus chuimhnigh mé arís ar fháinne Gyges.

An chéad rud a chuala mé, i measc an ghleo a bhí ag an tslua, an siansa tréasúil ceoil a bhí ag teacht ón phianó – 'Die Erste Walpurgisnacht' le Felix Mendelssohn. Chuala mé an píosa sin i rang ceoil Isaac Coss ar scoil agus chuimhnigh mé ar an scéal is údar don cheol: baicle Págánach a bheith ag fáil treise ar an Chríostaíocht agus iad ag ceiliúradh oíche Bhealtaine. Bhí an Giúdach Mendelssohn á chomóradh i ngarastún an Naitsíochais go díreach mar a bhí na Págánaigh ag fáil chead a gcinn oíche Bhealtaine, *Walpurgisnacht*! Ach ní raibh aon duine ag tabhairt cluas don cheol, ní raibh ann ach tús na hoíche nuair a bhí faill ag an cheolfhoireann a rogha féin ceol a dhéanamh sula dtosódh na damhsaí. Cén saol lenar bhain na daoine seo ar chor ar bith? Dar leat nach raibh cosa ar bith faoi na mná ach iad ag gluaiseacht go neamhchúiseach faoin halla ina ngúnaí fada geala. Bhí scátháin mhóra ar an uile thaobh agus drithle sí ag na céadta siogairlín criostail a bhí crochta ón tsíleáil. Bhí sceana geala agus miasa airgid ag lonrú go státúil ar shlaoda den tsíoda bhán agus giollaí ag dáileadh fíonta agus bia as stóras an Ambasadóra. Mairteoil agus cearc rósta, crúbóga, oisrí, agus arán bán le him – sólaistí agus billíní beadaí nach bhfaighfeá in áit ar bith eile i mBeirlín. Mhothaigh mé Larissa agus Elena ag líonadh a gcuid seálta síoda le feoil chomh formhothaithe le gadaithe sráide. Ach má bhí cíocras ar chuid againn bhí cuid mhaith den tslua patuar faoin fhéasta bia.

Cá has a dtáinig na daoine seo agus cá mbeadh siad i rith an lae? Cá fhad eile a mhairfeadh an féasta sula n-imeodh na seoda ina luaith agus an síoda ina dhusta? An fheoil a sciob an dá Rúiseach, an mbeadh sí ite ag na cruimheanna sula mbeadh an oíche thart? Shiúil mé suas tríd an halla, mé leath ag dréim leis an urlár mé a shlogadh agus an bhruíon sí seo imeacht ina ceo. Bhí smideadh ar na mná agus ba iad nár spáráil é mar smideadh. Shamhlaigh mé oráistí ó Mheiriceá Theas le dath an ómra dhóite a bhí ar na cuirtíní fada troma. Agus shílfeá, i rith an ama, gur in áras fathaigh a bhí tú ar a airde a bhí na fuinneoga agus na doirse. Fuair mé mé féin ar ball ag stua mór mahagaine mar a raibh céimeanna síos chuig gairdín a bhí ar bharr amháin solais ag lóchrainn agus ag laindéir Shíneacha. Cathair ghríobháin agus cuid súl a bhí romham sa bhomaite, idir chosáin chluthara agus chlúideacha rúnda a raibh driseoga agus rósaí fite go dlúth iontu. Ach dá mhéad mo dhúil sa gharraí, thiontaigh mé ar mo sháil nuair a chuala mé an dís bhan ag ceol.

Glór Larissa a mhothaigh mé ar dtús, nótaí fada crochta a rinne blár folamh den áras mhórthaibhseach. Chuala mé gairm an uafáis agus na scéine sa ghuth sin mar a bheadh sí i ndiaidh a theilgean amach as uaimh in íochtar aigéin. Nótaí ag dreapadh ar dhroim nótaí agus ansin gáir amháin á scaoileadh as crann tabhaill suas le creataí an halla. Sna meandair bheaga ina dtarraingíodh Larissa a hanáil bhí an t-aer lom briosc mar nárbh ann do thost ná fuaim féin. Ansin gan choinne, leath an bualadh bos tríd an halla mar a bheadh cith éadrom fearthainne ann.

Ní raibh ann ach gur aithin mé go raibh Elena ag ceol, is é rud a bhí sí ag ceol gan fhios dom. Bhí a glór ag teacht agus ag imeacht mar a bhíonn an léaró beag i dteach solais ag imeacht ar an té atá ar muir. Nuair a bhéarfadh do chluas greim ar an cheol, chluinfeá mearadh agus práinn i gcuideachta a chéile agus thuigfeá gur páirt bheirte a bhí sí a dhéanamh in aon ghlór amháin – lánúin a bhí ag achrann faoi ghealltanais a tréigeadh agus cumann a briseadh. Níl a fhios cén diabhal a lig di céasadh agus buairt na marbh a ionchollú ach mhair sí ag cur chora an phianpháis di ó bhaithis a cinn anuas go dtí a dhá cos. Agus ansin sa deireadh nuair a d'fhág na hanamacha cráite a colainn, chrom sí a smig go brónach agus stán go sollúnta ar an urlár gur chualathas an bualadh bos ar fud an halla arís.

Nuair a thosaigh an damhsa ní raibh moill orm greim láimhe a fháil ar Elena agus í a thionlacan go dtí an áit a raibh na beirteanna ag déanamh *waltz* ar an urlár ghlas marmair. B'iontach liom an coimhthíos a bhí ina malaí arda agus sa tsrón bheag rinneach. Bhí a dualaí dubha ceangailte ar chúl a cinn aici agus boladh allúrach óna craiceann geal. Ní raibh mé eolach ar aghaidheanna Rúiseacha agus ní raibh mé in ann an aghaidh sin a chur i gcomhthéacs ar bith a thuig mé. B'fhéidir gur den phór Rúiseach na tréithe aduaine a bhraith mé féin uirthi, b'fhéidir gur den bhua a bhí aici buairt na marbh a léiriú trí ghlór a cinn. Cibé faoin aduaine, bhí teas inti agus diabhlaíocht agus thaitin sé liom í a bheith suas le m'aghaidh.

D'fhiafraigh mé di cad é an dóigh ar tharla í féin agus Larissa i mBeirlín. Nuair nár tháinig a hathair ar ais ón chogadh mhór fágadh í féin i mbroinn a máthar agus a máthair ag brath ar mhuintir a hathar, teaghlach a bhí i seirbhís arm impiriúil an tSáir. Níor lean a máthair ar dtús iad nuair a theith siad sin i ndiaidh réabhlóid Dheireadh Fómhair 1917 ach, diaidh ar ndiaidh, thuig sí nach raibh teacht i dtír ar bith inti agus nach bhféadfadh sí féin agus a leanbh maireachtáil mar a bhí siad. Thug muintir Larissa faoina gcoimirce iad nuair a d'imigh siad sin ó dheas chun na Criméa áit ar éalaigh siad lena mbeo sula ndearnadh ár ar na 'Rúisigh Bhána'. Ba é seanchuimhne Elena é imeacht ar bord loinge – an long dheireanach, mar a deireadh a máthair ina dhiaidh sin léi – as Sevastopol in Aibreán 1919. D'inis mé di go raibh Sráid Sevastopol ann sa chathair inar tógadh mé féin agus rinne sí gáire.

Nuair a bhí an damhsa thart rinne Elena cogarnach éigin i mo chluas nár chuala mé, ach thonn teas a hanála trí mo chorp agus chuimhnigh mé ar an cheol a rinne an anáil sin ar ball. Lean mé síos an halla í go dtí an áit a raibh cuifealán beag bailithe thart ar sheanduine toirtiúil a raibh bogóga móra faoina dhá shúil agus lí an tobac ar a aghaidh. Mhínigh Elena gurbh é seo an tAmbasadóir agus théaltaigh sí uaim isteach tríd an bhaicle a bhí thart air. Cibé bua a bhí ag an dís Rúiseach seo, d'aithin siad i gcónaí an áit a raibh a leas féin – an long dheireanach as Sevastopol nó an féasta deireanach i mBeirlín. Mura raibh teacht i dtír i máthair Elena tráth, níor thaise don iníon é agus í ag cleitearnach thart gan náire ar an tseanduine chrón. Chuir sé fearg orm gur fágadh i mo stacán mé ag coimhéad orthu, mise a raibh sú na hóige i mo cholainn taobh leis an tseanchráin rocach seo d'ambasadóir.

Ag smaoineamh siar dom air seo uilig, d'fhéad mé

gan éad a bheith orm. Bhí croí Elena istigh sna fir óga, rud a fuair mé amach sa trian deiridh den oíche mhór bhrionglóideach sin. Ach amach as eachtraí na hoíche sin ní thig a dhath i mo cheann ag smaoineamh uirthi ach a smig bheag crom agus a súil síos le hurlár.

Ach seo anois mé sa phluais bheag leamh seo i mBaile Átha Cliath. Cá has a dtiocfaidh na heachtraí anois má éiríonn liom lucht na seilge a sheachaint? Níl a fhios an cuimhin leat an grianghraf sin a tarraingíodh sa bhliain dheireanach ar scoil agus a bhí i mbliainiris na scoile. Bhí sé agam an oíche sin a fuair mé an bád as Béal Feirste agus is minic mé ag amharc air anois. An ceann a raibh an bheirt againn ann leis an Athair de Bhailís, tráth a bronnadh duaiseanna an scrúdaithe orainn. Beirt stócach atá ag stánadh ar gheataí na saoirse agus cosantóir a n-anam ag fágáil slán leo. Ní fhaca mé do ghruaigse riamh chomh dubh agus a bhí sí sa phictiúr sin. Agus an t-amharc a bhí i do shúile, shílfeá nach raibh dúcheist nó rúndiamhair ar bith nach bhféadfá a fhuascailt. Sin mar is fearr liom cuimhneamh ort i gcónaí.

Ach caithfidh mé aird a bheith agam ar an rud atá romham anois. A fhad is nach dtuigfidh bean an tí gur fear atá ar a sheachaint atá aici fanfaidh mé sa teach lóistín seo go mbeidh sé sábháilte filleadh ar an tuaisceart. Dá mbeadh grianghraf ag na gardaí seans gur an ceann céanna sin ó bhliainiris na scoile a bheadh acu. An rud is mó atá le déanamh agam, mar sin, ná an pictiúr sin a bhréagnú. An mhoing fhionn a bhí orm sa ghrianghraf, tá sin anois slíoctha siar leis an ola ghruaige agam. Lig mé don fhéasóg agus bíonn spéaclaí orm i rith an ama. Ar ndóigh, tá mé rud beag níos troime sna guaillí anois. Níl aon fháinne Gyges agam ach ní dócha go n-aithneofaí anois ón ghrianghraf sin mé. Tá mé chomh cleachta anois leis an chur i gcéill go ndéanaim dearmad den rud atá le ceilt agam. B'fhéidir gur sin an fáth a mbím ag amharc ar an ghrianghraf seo i gcónaí: tá sé mar a bheadh compás i mo phóca ann, níl le déanamh agam ach amharc air agus beidh a fhios agam cá bhfuil mo thriall.

III

Bhí Elena iontach deas liom nuair a casadh ar a chéile sinn i ndiaidh oíche an fhéasta. Thuig mé sa bhomaite nach raibh suim aici ionam ach ina ainneoin sin bhí sí chomh síodúil agus a bhí riamh, dóigh a bhí aici le gan naimhde a dhéanamh is dócha. Ní thig liom a rá nach raibh beagán den díomá orm. Níl mé ag rá nach dtabharfadh sé misneach dom í a bheith ceanúil orm. Ina dhiaidh sin uilig, dar liom, nach seo an rud atá uaim: bean a thuigeann nach dtiocfaidh eachtraí an lae inniu mura dtabharfar cúl le heachtraí na hoíche aréir? Dúirt mé liom féin gur comrádaí agus comhghuaillí a bhí sa bhean seo in ord na nua-aoise agus ghéill mé dá stuaim Shlavach.

Bhí Larissa sa bhus liom cúpla uair an tseachtain sin ar ár mbealach chuig an Rundfunkhaus. Thagadh sí ar an bhus ag Charlottenburg leath bealaigh idir stad s'agamsa agus ceann scríbe. Bhíodh cóta uirthi a raibh dath éadrom donn air agus scairf bhuí fána muineál i gcónaí. Cé go bhfeicimis a chéile ar an toirt ní amharcadh sí orm in am ar bith go dtí go mbíodh sí ina suí in aice liom agus ansin bhíodh sí greamaithe díom mar a bheadh bairneach ann, ag baint toitíní as mo phóca nó ag cóiriú choiléar mo léine dom nó ag piocadh snáithe éigin as mo mhuinchille mar a bheadh táilliúir ann. Bhí sí fionnrua agus súile glasa aici a raibh foighne mhillteanach iontu. Ba chuma cad é a tharlódh sa chogadh seo, ní raibh amhras ar bith go dtiocfadh an bhean seo slán as. Mhínigh sí dom gur thit buama tine ar an teach ina raibh an seomra aici féin agus Elena cúpla oíche roimhe sin. Réab sé trí dhá shíleáil gur thuirling sa chistin ar bhabhla a bhí lán scadán. Níor phléasc an buama ach b'éigean na scadáin a chaitheamh amach. Thosaigh sí ansin ag caint ar an luach a bhí ar na scadáin agus ar an dúil a bhí aici iontu. B'fhusa Rasputin a mharú ná an bhean seo, dar liom. Ansin samhlaíodh dom gur croí cloiche a bhí aici agus nach raibh eagla uirthi roimh an bhás féin. Ach chuimhnigh mé ar an cheol a rinne sí oíche an fhéasta agus ar an ghuth osnádúrtha a sháraigh an cholainn dhaonna as a dtáinig sé. B'fhéidir gur margadh a bhí déanta leis an diabhal aici agus gur uaidh a fuair sí iasacht an ghlóir mar luach anama. Cibé cúis a bhí leis, ba chuma le Larissa an domhan a bheith á phléascadh, bheadh sí ag piocadh fríd bheag éigin de mo chasóg agus á scuabadh ina dhiaidh sin.

Ar an dóigh chéanna, nuair a d'fhiafraigh mé di cá raibh Elena d'inis sí dom go raibh sí tinn an mhaidin sin, gan trua ar bith a dhéanamh di ná cúis an tinnis a mhíniú. Thosaigh sí ag caint ar sceideal an Rundfunkhaus agus ar an taifeadadh a bheadh le déanamh aici tráthnóna le beirt eile agus ar an duine áirithe seo a chuidigh le taifeadadh a rinne Caruso ag tús na bhfichidí. Bhíodh troid i gcónaí ann faoi na páirteanna a bhí le ceol acu ach san áit a raibh sí féin, Rúiseach i mBeirlín, ní bhfaigheadh sí a ceart choíche. Ba chuma chomh holc leis an cheoltóir, má bhí sí fionn bhí an pháirt aici, sin mar a bhí.

D'fhiafraigh sí díom cad é mar a bhí na daoine a raibh mise ag obair leo agus b'éigean dom smaoineamh air tamall.

'Chuir tú mo ghnoithe de cheist ansin orm,' arsa mise, ag cuimilt mo ghlúine. Caithfidh sé gur shíl sí gur duine leamh mé nach dtiocfadh cuntas a thabhairt di ar an obair a bhí mé a dhéanamh agus ar an mhuintir a raibh mé ag obair leo. Ach má bhí sise ar nós cuma liom faoin chogadh, bhí mise ar an dóigh chéanna faoin raidió. Obair fhurasta a bhí ann a d'fhág saoirse agam eolas a chur ar an tsaol mhór Eorpach. Ach bhí Larissa ag fanacht le freagra. Mhínigh mé di nach raibh mórán déanta agam ag an tús ach mé ag coimhéad ar na baill eile den Irland-Redaktion. Gearmánach agus beirt eile as Éirinn nach raibh mórán spéise agam iontu. Maidir leis an dís Éireannach, ní ar mhaithe le cuideachta Éireannach a tháinig mé chun na Gearmáine. Lena chois sin, bhí siad níos sine ná mé agus éirí in airde iontu. Stuart a bhí ar an fhear agus is cosúil gur scríbhneoir a bhí ann. Níor théigh mo chroí leisean ná leis an bhean a thug Róisín uirthi féin. Róthugtha don Naitsíochas a bhí sí sin, dar liom, agus í ag déanamh gur chóir dom ionadh a bheith orm i láthair Stuart ar an ábhar gur scríbhneoir agus fear ollscoile é.

Nuair a bhí an Rundfunkhaus sroichte againn casadh duine dá comhghleacaithe ar Larissa ag teacht den bhus dúinn. Ba léir gur duine tábhachtach a bhí ann nó d'imigh sí léi gan focal eile a rá liom. Lean mé an bheirt acu le mo shúile agus thug mé faoi deara gur bhreac sí nóta beag ar bhlúire páipéir gur sháigh isteach ina phóca siúd é. Cad é a bhí scríofa aici? Cuireadh chun tí? Ní chuirfeadh sé iontas ar bith orm. Sin mar a bhí an áit seo – ní bheadh an bhean náireach éadálach choíche. Bhí guth éigin i mo chloigeann ag insint dom gur chóir dom a bheith níos cosúla léi sin: spéis a chur i mo chomhghleacaithe, bheith níos iomaíche faoi ghnó an raidió, mo chuid smaointe féin a chur chun tosaigh seachas a bheith ag déanamh chomhairle na saoistí i gcónaí go moiglí modhúil. Ó tháinig mé chuig an raidió bhí mé mar a bheadh duine ann a bhí ag fanacht le cnag ar an doras agus duine oifigiúil éigin insint dom go raibh meancóg ann agus go raibh mé san áit chontráilte, go mbeinn ag dul ar ais chuig an mhonarcha le bheith ag obair leis an innealra liath sin arís. Shiúil mé isteach ar an doras mhór práis an mhaidin seo agus barúil agam go leanfainn de mhana Elena.

Bhí 'Róisín' istigh romham, nó ar a laghad ar bith

d'aithin mé a coiscéim san oifig, í ag deifriú mar ba ghnách le timireacht éigin a dhéanamh do Stuart. Níl a fhios agam go fóill an sin an t-ainm ceart a bhí uirthi. Mhínigh sí dom roimhe gur dílleachta de bhunadh na hÉireann í ach gur tógadh i dteach mór de chuid Shasana í. Bhíodh sí féin agus Stuart ar an phort chéanna i gcónaí liom, go raibh stair agus todhchaí na hÉireann ag brath ar a ceangal leis an Eoraip agus go raibh seasamh le déanamh in éadan an ábharachais Angla-Mheiriceánaigh. Ghoill sé orm nár shamhlaigh siad go mbeadh tuairimí ar bith agamsa arbh fhiú a dhath iad agus gur mhair siad ag seanmóireacht liom. Ach má ghoill, chuimhnigh mé i gcónaí gur bhall de bhráithreachas ársa eachtraí agus ealaíne mé agus go mbeadh cuimhne ar mo chuid gníomhartha nuair a bheadh cnámha na beirte sin ina bpúdar tirim.

Nuair a d'fhiafraigh mé di cad é an t-ábhar a bhí le craoladh an mhaidin sin, shín sí chugam sceideal a bhí déanta amach ag an tsaoiste, Herr Hartmann.

'Nach cuma duit,' ar sise. 'Is iontach liom go bhfuil tú anseo go fóill. Cad é go díreach atá déanta agat ó tháinig tú anseo?'

D'amharc mé anuas ar an sceideal le go smaoineoinn ar fhreagra éigin a dhingfeadh an focal ar ais ina clab.

'Is beag orm é mar sceideal. Na sleachta seo as *Beatha Wolfe Tone*, seanmóirí Stuart faoi ord nua na hEorpa … agus, i gcead duit, do chuidse cainte faoin chócaireacht Ghearmánach …'

D'ardaigh sí mala amháin mar a bheadh droim cait ann agus í scanraithe.

'Níl a fhios agam an dtuigeann tú, a stócaigh, an tábhacht atá leis an obair seo atá idir lámha againn.' Bhí an dá liopa anois tarraingthe ar a chéile aici agus í, dar léi, ag brath mo lascadh gan trócaire as easumhlaíocht a dhéanamh léise, bean chogair agus príomhshearbhónta an údair mhóir, Francis Stuart.

'Táimid anseo ar mhaithe le hanam agus croí na sean-Eorpa ionas nach mbeidh an tseansaíocht mhaorga caillte go deo. Seo anois báire na fola, a ghiolla na leisce agus na súl dearg. Níl maith duit a bheith anseo mura bhfuil ann ach le dul ar meisce san oíche le striapacha Rúiseacha.'

'Cad é atá tú a mhaíomh?' arsa mise léi go grod.

'Cibé a thug anseo thú, ní le leas na hEorpa ná na hÉireann a tháinig tú ach ar mhaithe leat féin agus do ghoile féin a shásamh.'

D'fhéad mé rud nó dhó a rá léi faoin striapachas ach bhí mé i mbroid go dtuigfinn cad é mar a bhí a fhios aici faoin oíche aréir.

Bheadh agam le fanacht nó bhí Hartmann i ndiaidh teacht isteach le labhairt liom. Bhí an sceideal le scrios agus ceann úr le ceapadh ina áit.

'Tá seisear le daoradh chun báis i mBéal Feirste as póilín a lámhach. Beidh Stuart ag caint ar a gcás siúd agus ar sháinn na gCaitliceach sa chathair sin. Is ann a tógadh tú féin, nach ea?'

Thuig mé go raibh gléas agam anois mé féin a chruthú agus nach mbeinn faoi shotal feasta do Róisín ná do Stuart féin.

'Tá Stuart ag tosú ar óráid anois ina mbeidh sé ag caint ar Bhéal Feirste mar "Danzig na hÉireann." Caithfimid breith ar an áiméar agus na daoine thall a chur a smaoineamh ar chabhair na Gearmáine. Beidh agatsa anois le script a réiteach don lá amárach. Tá an seisear anois i bPríosún Bhóthar Chromghlinne – an bhfuil tú eolach ar an áit?'

Ar ndóigh, is mé a bhí – nár tógadh ar an bhóthar chéanna mé agus nach raibh mé ar scoil in aice leis an phríosún?

'Is tráthúil a tháinig tú isteach inár measc,' arsa Hartmann. 'Tá faill agat anois an t-eolas áitiúil seo a chur ar sochar don Irland-Redaktion. Tabharfar breith an bháis do sheisear fear as do bhaile féin as póilín a scaoileadh. Cawnpore Street, Falls Road – an bhfuil tú eolach air? An aithníonn tú na hainmneacha: Williams, Cahill, Cordner, Perry, Oliver agus … Simpson? Níl am ar bith le spáráil – seo anois do sheans, a bhuachaill!'

Sheas sé bomaite ag stánadh orm agus aoibh ar a aghaidh agus d'imigh ar ais chuig a oifig féin. Ní bhfuair mé de shásamh aghaidh Róisín a fheiceáil. Níor luaithe an chaint as béal Hartmann go raibh sí ar shiúl ar lorg Stuart le faisnéis a thabhairt dó, is dócha.

Ba ghairid ina dhiaidh sin gur thosaigh Stuart a ghliodaíocht liom. Thuig sé go mbeadh tábhacht éigin liom mar gheall ar an 'eolas áitiúil' sin a luaigh Hartmann liom agus d'iarr sé orm dul amach a shiúl sa Grunewald, an choill mhór atá ar chúl an Rundfunkhaus. Bhí sé ag déanamh, de réir mar a mhínigh sé dom, go dtiocfadh linn a bheith ag comhoibriú ar an chaint le chéile.

'Bhí mé ag cuimhneamh aréir ar thuras a thug mé i dtrátha 1917 ar Bhéal Feirste. Bhí atmaisféar éigin san áit a thaitin liom agus mé ag tarraingt isteach ar an traein fá Shráid Eabhrac – na siopaí beaga nuachtán a mbíodh leabhair ar díol iontu agus an leathdhorchadas mealltach sin iontu i gcónaí. Thart fá chúig bliana déag d'aois a bhí mé ag an am. Is dócha nach raibh tú féin ar an tsaol san am?'

Dúirt mé leis nach raibh, in 1921 a rugadh mé nuair a bhí an clampar thart, nó geall leis.

'Ní raibh sé ach ina thús,' ar seisean, 'domsa, ar scor ar bith. Nuair a bhí tusa ag lámhacán ar urlár theach do mháthar, bhí mise i ngéibheann mar gheall ar an pháirt a bhí agam sa troid in aghaidh an Chonartha.'

Mhínigh sé dom faoin tréimhse a chaith sé i mbraighdeanas in Éirinn i gcuideachta fir a bhí dílis don réabhlóid, dála na bhfear óg sin i mBéal Feirste a raibh sealán na croiche le dul orthu in aicearracht.

'Agus mé ag éisteacht leis an scéala seo as Béal Feirste, thug sé rud i mo cheann a chonaic mé agus mé i gceann de na campaí príosúin. Iarracht a bhí déanta againn an príosún a chur le thine an lá áirithe seo. Scaoil na gardaí rois urchar linn agus muid cruinn i gclós an champa. Chaith gach mac máthara é féin ar an talamh agus eagla an bháis air. Ach nuair a d'amharc mé aníos tríd an toit agus an fhearthainn, cad é a fheicim ach fear óg amháin a d'fhan ina sheasamh i rith an ama, é beag beann ar na piléir. An spiorad a bhí san fhear óg sin, tá mé á chuardach ó shin. Nuair a chuala mé faoin tseasamh chróga a ghlac an seisear óg sin chuir sé a leithéid sin i gcuimhne dom.'

'Mharaigh siad póilín,' arsa mise.

'Má mharaigh cén dochar?'

'Póilín é m'athair. Bhuel, tá sé éirithe as le fada.'

Bhí sé ag amharc orm anois agus cineál iontais air. Shílfeá gur cluiche a bhí eadrainn ach go raibh mise i ndiaidh géilleadh dó agus gan an imirt ach i ndiaidh tosú.

'Mac póilín,' ar seisean agus cineál de leathgháire aige. 'B'fhéidir go gcrochfá féin an seisear sin dá mbeadh do rogha agat?'

'D'fhág m'athair na póilíní nuair a bhí mé i mo leanbh. Bhíothas in amhras go raibh sé ag sceitheadh eolais leis na hÓglaigh agus tugadh greasáil dó sa bheairic oíche amháin. D'fhág an léasadh a lorg ar a shláinte agus ba dhoiligh dó obair ar bith ceart a fháil ina dhiaidh sin.'

D'fhan sé tamall beag sular labhair sé arís. Bhí an cluiche níos casta ná mar a shíl sé.

'Ní thuigim. An bhfuil trua agat don phóilín a maraíodh? Ar ndóigh, ba é a leithéid a thug an greadadh do d'athair.'

'Níl ann ach go bhfuil mé ag rá go bhfuil an cás níos casta ná mar a thuigimid féin agus gan againn ach leath-thuairisc.'

D'amharc sé orm arís agus cineál de mhífhoighne air, dar liom. Leis an fhírinne a dhéanamh, ní raibh a fhios agam cad chuige a raibh mé ag ligean orm go raibh trua éigin agam don phóilín a maraíodh. Ní raibh ann ach gur shíl mé go raibh sé beagán dána ag Stuart a bheith ag déanamh gur thuig sé an eachtra ar fad.

'Deir tú go raibh tú i mBéal Feirste i do stócach duit ach nach i Sasana a tógadh tú féin? Níl ann ach gur sin an blas cainte atá agat.'

'Bhí mé ar scoil i Sasana,' ar seisean, 'Rugby College, ach is le tuaisceart Chontae Aontroma a bhainim dáiríre, Baile an Bhogaidh. Síleann na Sasanaigh gur Éireannach mé agus síleann na hÉireannaigh gur Sasanach mé.'

Thost sé tamall.

'B'fhéidir gur cosúla an bheirt againn ná mar a shíleann tú,' ar seisean. 'Cibé faoin chuidiú a thug sé do na hÓglaigh, ba phóilín é d'athair agus bheadh go leor daoine in amhras fút dá bharr. Bheadh an seisear fear óg sin, abair – lucht do chomhaoise féin – bheadh siad sin in amhras fút.'

''Bhfuil tú ag déanamh?' arsa mise le teann feirge leis.

Choinnigh muid orainn ag dul isteach níos doimhne sa Grunewald agus gan mórán iomrá ar an chomhoibriú seo a bhí muid in ainm is a bheith a dhéanamh. Sa deireadh d'amharc sé ar a uaireadóir agus dúirt gurbh fhearr dúinn filleadh ar an Rundfunkhaus.

IV

An lá arna mhárach bhí Róisín istigh romham mar ba ghnách. Shíl mé go gcuirfinn ceist lom uirthi faoin chaint a bhí aici an lá roimhe faoin dá Rúiseach.

'Cibé áit a raibh sibh bhí bhur sáith le hól agaibh. Chonaic mé sibh ag stámhailleach thart le m'árasán an oíche sin,' ar sise. 'Goilleann sé orm Éireannach a bheith ag cur droch-chuma ar a thír dhílis féin san áit seo, áit a bhfuil na náisiúin uile cruinn lena gcion féin a dhéanamh don ord nua dhomhanda. Anseo, croílár an tionscnaimh sin – an é nach dtuigeann tú? Is anseo atá spiorad agus meanma an chine dhaonna á n-athnuachan agus tá deis againne ainm na hÉireann a lua leis an tionscnamh mhór chinniúnach sin. B'fhearr duitse d'aird a dhíriú air sin, a bhuachaill, seachas ar na hóinseacha sin.'

Níl a fhios agam ar theip ar mo mhisneach ach fágadh gan freagra mé. Sílim gur ag smaoineamh ar Elena agus Larissa a bhí mé. B'fhearr liom go mór a gcuideachta siúd ná Róisín agus Stuart lena n-intleachtúlacht thur. Ach ní raibh na focail agam leis an méid sin a chur in iúl do Róisín, ar dhóigh a thuigfeadh sí, agus d'fhág mé sin mar sin. Bhí agam le labhairt le Hartmann cibé, mo script a thaispeáint dó le go ndéanfadh sé eagarthóireacht uirthi. Ach mhínigh sé dom go raibh athchomhairle déanta aige: thabharfadh Stuart an chaint faoi sheisear Bhéal Feirste agus thabharfadh Hartmann sliocht as *Beatha Wolfe Tone* domsa le cleachtadh don chéad chraoladh eile.

'Mura miste leat mé a fhiafraí cad é a thug an t-athrú intinne ort?' arsa mise leis.

'Tá Stuart ina scríbhneoir aitheanta a bhfuil meas ag daoine air. Tá clú ar Éirinn as a cuid scríbhneoirí – cuid acu níos fearr ná a chéile, ar ndóigh – ach tá ról agatsa go fóill, ná bí buartha.'

'Ach shíl mé go raibh an t-eolas áitiúil sin a luaigh tú, go raibh tábhacht leis sin sa chás áirithe seo?'

'Is ea, bhuel, níl sé chomh tábhachtach agus a shíl mé ar dtús. Seo ceist idirnáisiúnta, dáiríre, agus tá an pheirspictíocht cheart idirnáisiúnta ag Stuart.'

Thuig mé óna ghlór go raibh an comhrá thart agus nár mhaith dom bheith ag cur tuilleadh ceisteanna ar eagla go sílfí gur ag ceistiú a údaráis a bhí mé. Dúradh seo uilig in éisteacht Róisín, rud a ghoill orm, ach b'éigean dom foighne a dhéanamh. Bhí mé ar an duine ba shóisearaí san oifig agus ní raibh sé de cheart agam bheith ag easaontú le focal an tsaoiste.

Má fágadh maolchluasach mé i ndiaidh ghnó na scripte, mhothaigh mé níos umhaile arís nuair a thosaigh mé a léamh na sleachta as *Beatha Wolfe Tone* an oíche sin agus nuair a tuigeadh dom go raibh mé aineolach ar chuid de mo stair féin. Thuig mé ó na nótaí a bhí breactha ag Hartmann i gciumhais na sleachta go bhféadfadh an Gearmánach seo stair mo thíre féin a theagasc dom. Ach bhí sliocht amháin a thuig mise níos fearr ná mar a thuigfeadh seisean, dar liom. Bhí Tone ag cur síos ar an mhí a chaith sé i mBéal Feirste in 1795 sular éalaigh sé lena theaghlach go Meiriceá:

> I rith na míosa beagnach a chaitheamar ann bhí coinne déanta i n-aghaidh gach lae linn ag duine éigin, fiú daoine ná raibh aon aithne ar éigean aca orm, bhíodar d'iarraidh aoidheacht a thabhairt dúinn, do cuirtaí céilithe agus turasanna ar siubhal mar chaitheamh aimsire dhúinn. Go dearbhtha ba dheacair ár n-iomchur-na agus an fháilte a cuireadh romhainn i mBéal Feirste a shamhlú le duine gur tré mhíorbhailt a sheachain sé an chroch agus a bhí d'á thiomáint as a thír d'fhonn críoch níos náirighe a sheachaint. Is cuimhin liom go speisialta dhá lá do chaitheamar ar Bhinn Mhadagáin. Ar an gcéad lá chuir an Ruiséallach, Mac Néighill, Simms, Mac Reachtain agus duine nó beirt eile againn fé gheasa go solamhanta sinn féin ar mhullach Dúin Mhic Airt gan staonadh choidhche dár saothar go leagfaimís ar lár forlámhas Shasana ós cionn ár dtíre agus go saorfaimis í, agus is dóigh liom nach miste dhom a rádh im chuid-se dhe ná dearna col geise ann.

Léigh mé na focail sin arís agus arís eile go raibh siad de ghlanmheabhair agam. Fear ar bith a bhí in ann a bheatha a thabhairt suas do dhaoine nach raibh aithne aige orthu, chaithfeá bheith in amhras faoi. Ach go fiú na daoine nach raibh ach beagán aithne acu ar Tone bhí siad ag iarraidh bheith mór leis. Níor fágadh aon lá amháin gan comhluadar é ar mhéad a bhí gnaoi na ndaoine air – agus i mo bhaile beag féin a tharla seo uilig. Ba sin an chéad uair a tháinig cumha orm ó d'fhág mé slán agat i gCuan Bhéal Feirste trí bliana agus an t-am sin. Ach ina dhiaidh sin, rud is mó ná cumha a bhí orm. Déarfainn gur amhras a bhí orm faoin chineál fáilte a chuirfí romhamsa sa bhaile nuair a d'fhillfinn. Bhí mé ag cuimhneamh fosta ar bhráithreachas beag s'againn féin – an mhóid a thug muid ar son eachtraí agus ealaíne – agus den chéad uair riamh níor líon mo chroí le mórtas.

Thit mé a chodladh an oíche sin agus an leabhar i mo lámh agam. Nuair a bhain mé an Rundfunkhaus amach bhí Hartmann ag fanacht liom ina oifig. Bhí sé ag iarraidh labhairt liom. Dar liom go dtaitneodh sé leis go raibh píosaí de *Beatha Wolfe Tone* curtha de ghlanmheabhair agam ach dá gcuirfeadh sé ceist orm faoi na sleachta eile bhí mé i bponc. D'iarr sé orm suí i gceann den dá chathaoir leathair a bhí san oifig aige agus dhearg a phíopa. Ba chomhartha é seo, dar liom, go raibh comhrá fada le déanamh againn ach bhí mé ag smaoineamh faoi na sleachta nach raibh léite agam agus bhí díoscán as an chathaoir leathair gach uair a chorraigh mé inti. D'fhiafraigh sé díom an raibh talamh ar bith déanta agam le *Beatha Wolfe Tone* agus mhínigh mé dó go raibh, cinnte. An píosa sin faoi Bhéal Feirste, arsa mise, shíl mé go dtabharfaí cluas mhaith dó anois agus an seisear sin le daoradh chun a gcrochta. Ní dhearna Hartmann ach stánadh orm tríd an ghal tobac agus mhothaigh mé díoscán eile as an leathar chrua a bhí fúm.

D'fhan sé ina thost gan comhartha ar bith ar a aghaidh a thabharfadh le fios cad é a bhí uaidh. Rinne mé féin an rud nár chóir a dhéanamh ar ócáidí mar seo: thosaigh mé a chaint le nach slogfadh an tost mé. Ag boilgearnach liom, faoin mhóid a thug na hÉireannaigh Aontaithe dá chéile, an dílseacht a bhí acu dá gcúis, an neamhspleáchas a bhí le baint amach, an radharc ab éigean a bheith acu ar pháirt mhór de Chúige Uladh ó bharr Bheann Mhadagáin an lá sin, Dún Mhic Airt mar a raibh cathaoir oirnithe ag Clann Aodha Buí … Ní dhearna Hartmann ach corrsmailc a bhaint as a phíopa go díreach mar a chuirfí corrshéideog as na boilg le tine a fhadú. Saothar dá laghad ní raibh air, gíog ná míog ní raibh as ach é ag éisteacht go foighneach le mo chuid béalastánachta nó gur thráigh an sruth gibirise faoi dheireadh. Go fiú ansin, agus an tost ag seadú arís, níor labhair sé. D'imigh bliain thart sa bhomaite sin sular labhair sé liom. Agus nuair a labhair sé ní raibh ann ach le fiafraí díom an raibh mé eolach ar theach éigin i dTír Chonaill a mbíodh sé ag stopadh ann. Dúirt mé leis nach raibh. Tost agus smailceadh arís.

'Cén úsáid atá ionatsa dúinn anseo?' ar seisean faoi dheireadh.

Ag smaoineamh anois air, an comhrá sin a bhí agam le Stuart an lá roimhe, tuigim gurbh é a d'ullmhaigh mé leis an cheist dhána sin a fhreagairt. An rud ba chóir dom a rá le Stuart sa Grunewald bhí mé anois á rá le Hartmann. Mhínigh mé dó go mbeadh Caitlicigh na Sé Chontae ag éisteacht le teann fiosrachta le cláracha an Irland-Redaktion agus go mbeadh siad ag súil le focal éigin dóchais faoin tseisear a bhí le crochadh. Gach bomaite a chuaigh thart bheadh an teannas ag méadú agus an brú ar Shasana ag ardú. Dá fheabhas *Beatha Wolfe Tone* níorbh am é seo do cheacht staire, bhí go leor den stair curtha díobh ag na daoine sin. Thuig mise sin nó tógadh ina measc mé. Nach raibh mé ar comhaois leis an tseisear a raibh sealán na croiche le dul orthu? Bhí a fhios agam an phráinn a bheadh sa chomhrá a chluinfí in achan teach anocht, an cogar mogar a dhéanfaí i dtithe tábhairne agus gach mac máthara ag maíomh gurbh é báire na fola anois é. Bhí a fhios sin agam agus, rud eile de, bhí a fhios agam an rud a bhí uathu. Sin an úsáid a bhí ionam.

Chonacthas dom go raibh greim ar m'fhocal agam

an iarraidh seo. Seachas é a bheith ag smailceadh agus ag stánadh roimhe, bhí an píopa anois ina lámh ag Hartmann agus gan aird ar bith aige air, dar liom. Nuair a labhair sé arís, thuig mé go raibh éifeacht éigin sa méid a dúirt mé ach nach raibh sé sásta sin a admháil go fóill. 'Tá ráflaí ann,' ar seisean go mall tomhaiste, 'tá ráflaí ann go mbíonn droch-chuideachta á coinneáil agat ó tháinig tú anseo, rálacha ban agus lucht rancáis, mura bhfuil dul amú orm. Daoine nach nós leo na suáilcí a thaithí …'

Fágadh i mo stacán mé an t-am seo. Cad é a déarfainn leis sin agus cá has a dtáinig na scéalta seo cibé? Ach sula raibh faill agam mo bhéal a oscailt, lig Hartmann a sheanracht gáire as, é thar a bheith sásta leis féin, is cosúil, i ngeall ar an phreab a bhí sé i ndiaidh a bhaint asam. Ansin labhair sé arís go sollúnta, mar dhea.

'Ná cluinim arís na ráflaí seo ó dhaoine eile, a stócaigh – ba mhaith liom an fhaisnéis uilig a chluinstin díreach uaitse!'

B'éigean dom ligean orm go raibh seo uilig iontach greannmhar ach is ag smaoineamh ar an té a bhí ag sceitheadh orm a bhí mé, sin agus ar an chéad bhogadh eile a bheadh le déanamh agam sa chluiche seo.

Má bhí éifeacht ag an méid a dúirt mé faoin úsáid a bhí ionam, níor lig Hartmann mórán air. Faoin am seo bhí mé i ndiaidh sé mhí a chaitheamh ag timireacht dóibh san oifig agus gan mórán airde ag Hartmann orm, dar liom. Anois agus arís, luadh sé cúrsaí traenála a bheadh le déanamh agam nuair a bheadh an t-am ann chuige ach níor tharla a dhath. A fhad is a bhí Stuart aige ní raibh feidhm liom. Ar ndóigh, d'fhóir sin go maith domsa agus gan aird agam ach ar na rudaí a luaigh sé féin, rálacha ban agus rancás! Mar sin féin, chorraigh an comhrá sin rud éigin ionam. B'fhéidir nach raibh ann ach cumha, an píosa sin faoi Bhéal Feirste a léamh i leabhar Tone agus ansin an scéal eile seo faoi mharú an phóilín agus an cás a lean. Cibé a bhí ann, tháinig sé idir mé agus codladh na hoíche nó den chéad uair ó thosaigh mo chuid eachtraí bhí mé i mo luí i lár na hoíche ag amharc ar bhallaí loma mo sheomra bhig agus ag meabhrú faoi mo chinniúint.

Is ea, ag meabhrú faoi mo chinniúint! Cé a shamhlódh é? Mise nach raibh uaim ach eachtraí agus ealaín, beag beann ar a dhath eile. Ach seo mé, a chomrádaí, i mo luí múscailte ag amharc ar sholas réabghealaí mar a raibh sé ag leathadh ar mharmar tacair an *linoleum* faoi fhuinneog mo sheomra, léas gléineach airgid a d'fhéadfadh fírinne an tsaoil a nochtadh dom mar a léifeadh dochtúir x-ghathú. Ach dá mhéad a d'fhéach mé le patrúin chaismirneacha sin an mharmair bhréige a ghrinniú, sháraigh orm ciall ar bith a bhaint astu. Seachas aisling nó fuascailt, níor taibhsíodh a dhath dom sa limistéar leathchodlatach sin dom ach amhras nár bhraith mé riamh roimhe. Ansin, díreach nuair a shíl mé go raibh an oíche amú orm ag marana gan tairbhe, sciob réalta rubaill thart leis an fhuinneog gur fágadh i mo luí ar an urlár mé. Bhí pian i mo chluasa nuair a d'éirigh mé i mo sheasamh agus an t-aer thart orm lán dusta. Murab é go raibh stocaí orm cheana bheadh na cosa stróicthe ag gloine bhriste faoin urlár.

Tháinig fear faire an fhoirgnimh ag tailmeáil ar an doras mar a bheadh fear mire ann gur dhúisigh as mo mhearbhall mé.

'Imigh leat síos anois go dtí an stáisiún traenach!'

Tharraing mé orm mo chasóg agus bhain mé bun an staighre amach sa bhomaite mar a raibh daoine ag bailiú go héidreorach ag an doras. Bhí duine ag ceann an tslua ag fanacht le comhartha a thabhairt don mhuintir eile. Nuair a mhothaigh mé an dream a bhí romham ag bogadh, lean mé trasna na sráide iad, ag stámhailleach liom trí smionagar an bhuama. Thug mé spléachadh amháin ar clé mar a bheinn ag súil le trácht na sráide ach níor léir dom ach tine mhór caoga slat uainn agus toit dhubh phlúchtach ag éirí aisti. Lean mé an scaifte go doirse práis an stáisiúin, áit a raibh oifigeach iarnróid ag scaoileadh na mboltaí leis na daoine a ligean isteach. Is ar éigean a chuaigh cuid acu a shatailt air nuair a brúdh siar é le driopás agus scéin an scaifte.

Faoin am seo ní raibh smacht ar bith ar mo chosa agam ach mé ag imeacht síos le sruth na ndaoine a bhí á mbrú isteach trí dhoirse an stáisiúin. Ag dul síos an staighre dúinn bhí bean amháin ag screadach faoina máthair, seanbhean a raibh pluid casta thart uirthi agus a bhí i mbaol a tachta sa chlibirt. Sa deireadh, mhoilligh an tonn daoine agus fuair mé mé féin i mo sheasamh i measc streachlán teifeach a bhí ag iarraidh áit suí a aimsiú dóibh féin ar cheann d'ardáin an stáisiúin.

Shíothlaigh an clampar beagán ar bheagán agus ansin, go tobann, bhí an slua ina thost, cluas ag gach duine againn leis an chéad phléascán eile a thiocfadh ón spéirling amuigh. Ciúnas iomlán ar feadh meandair agus ansin marbhthoirneach a chualathas mar a bheadh an chontúirt ag éalú uainn. Ní raibh an t-am ag an tslua teifeach an anáil a fháil leo gur tháinig scread áit éigin ó bhun an ardáin agus ansin glór garg fir.

'Fan amach uaim, a ghadaí, nó cuirfidh mé mo dhorn tríot!'

Shíl mé gur chuala mé buillí á mbualadh agus geonaíl agus ansin coiscéimeanna múchta ag slabhráil chugainn tríd an dorchadas. Cibé a bhí i ndiaidh tarlú, ba chosúil go raibh an gadaí i ndiaidh éalú ón teagmháil ach gan a fhios ag aon duine cá raibh sé.

Bhí oiread breacsholais faoin áit agus go bhfeicfeá an leathdhuisín daoine ba dheise duit agus mhothaigh mé duine acu sin ag baint na súl asamsa. Duine é seo a d'aithin mé ón chomharsanacht, fear leathshúile a raibh cuma an tseansaighdiúra air. Cibé a bhí ag cur caite air, thosaigh sé ina mhonabhar gur éirigh ina shlabhra fada mionnaí móra faoin Sasanach seo inár measc. Bhí daoine eile ag cur sonrú ionam agus fear na leathshúile ag éirí níos tógtha le gach achasán a chaith sé liom.

'Cad é atá tú a dhéanamh anseo inár measc, a chuilcigh? Crochaimis anseo é, an bligeard! Cén mhaith dúinn an namhaid a throid san aer nuair atá siad anseo inár measc ar thalamh?'

Labhair mé go stuama agus d'iarr air breith ar a chiall, nárbh Éireannach mise agus gráin agam ar Shasanaigh, a dhála féin? Ach bhí an ráfla ag imeacht ó dhuine go duine faoin *Engländer* agus bhí sé féin ar theann a dhíchill ag iarraidh na daoine a bhí thart orm a ghríosú.

'Spiaire é seo, a deirim! Ná creidigí a chuid bréag. Dá mbeadh mo mhiodóg liom chuirfinn go feirc ionat í, a chunúis ghránna!'

Bhí an focal *Gastarbeitnehmer* á rá agam nuair a mhothaigh mé lámh ar m'uillinn. Righnigh mo cholainn agus mé ag súil le buille nó rinn scine sna heasnacha ach bhí m'aird uilig ar fhear na leathshúile a bhí ag teacht ionsorm mar a bheadh coileach troda ann. Cruthaíocht mná a tháinig idir an bheirt againn, an té a bhí i ndiaidh a lámh a chur ar m'uillinn, bean óg a bhí anois ag míniú d'fhear na leathshúile go raibh aithne mhaith aici orm agus go raibh mé ag déanamh obair thábhachtach don Ghearmáin. Nach raibh comhghuaillithe na Gearmáine ar fud an domhain agus cuid acu anseo i mBeirlín ag seasamh an fhóid linn? A fhad is a bhí an comhrá seo ag dul, mhothaigh mé anáil the i mo chluas agus glór a d'aithin mé. Elena a bhí ann agus í brúite suas le mo thaobh ag cogarnach go teann faoina cara, Monika, Gearmánach óg a bhí ag obair sa Rundfunkhaus.

'Ní baol duit, tá aithne ag Monika ar achan duine agus cuirfidh sí comhairle ar mo dhuine, fan go bhfeice tú. Chonaic mé féin agus Monika uainn thú ar ár mbealach isteach. Fan linne agus beidh tú i gceart.'

Mhair Monika ag comhrá le fear na leathshúile agus á choinneáil uaim nó gur shíothlaigh sé beagán. Caithfidh sé go raibh braon ólta aige nó, anois is arís, ligfeadh sé mallacht eile leis na Sasanaigh agus bheadh obair ag an bhean óg greim a choinneáil air ach, diaidh ar ndiaidh, tharraingíodh sí an comhrá ar nithe eile agus í á chealgadh léi. Má bhí duine ar bith den tslua daoine a bhí brúite isteach thart orainn in amhras fúm, níor léir anois é agus Monika i ndiaidh mo chás a chur in iúl don tseansaighdiúir le bladar agus briathra milse. B'fhíor d'Elena, níor bhaol dom ach mé fanacht leo. Nuair a bhí Monika ag déanamh go raibh an seanduine ceansaithe aici agus an tsíocháin i réim arís, shín sí fleasc póca chugam féin agus Elena.

'Ónár gcara é seo, ólaimis a shláinte.'

Bhain mé slog as, cibé a bhí ann ní fhéadfainn a rá – poitín dá dhéantús féin is dócha – ach nár chuma, is iomaí rud ba mheasa ná glincín poitín san áit ina raibh muid. Mhair muid mar sin ar feadh tamaill ag cur an fhleasca póca ó dhuine go duine agus Monika ag baint cian den tseanduine lena caint mhín.

I rith an ama seo, bhí na daoine a bhí thart orainn ag déanamh cibé compord dóibh féin ab fhéidir. Iad siúd a raibh siad acu, á soipriú féin isteach i bpluideanna, agus iad siúd nach raibh ag smaoineamh ar sheift éigin le ceannadhairt a dhéanamh dóibh féin as ball éigin dá gceirteach. Bhí ár ndroim féin leis an bhalla ag an cheathrar againne, tréan comhrá ag an tseansaighdiúir agus dearmad déanta aige, is cosúil, den tallann a tháinig air roimhe. Thosaigh sé féin agus Monika ag drantán ceoil ach gan ceachtar acu i dtiúin leis an duine eile. Nuair a bhain sé curfá an amhráin amach thosaigh an seansaighdiúir ag glafaireacht chomh hard is a bhí ina cheann. Murab é go raibh Monika ag déanamh tionlacan leis ní bheadh a fhios agat gurbh é 'Lili Marlene' a bhí á rá aige. Bhí an oiread de dhifear idir an dá leagan den amhrán amháin gur thosaigh daoine ag seitgháire agus ag casachtach, ansin scairt duine acu leo bheith ina dtost in ainm Dé agus chualathas duine eile ag tabhairt 'Dick und Doof' (*Laurel and Hardy*) orthu. Cluineadh gáire ansin a chuir an seansaighdiúir ar an daoraí: d'éirigh sé ina sheasamh agus dorn á luascadh aige ach d'éirigh le Monika é a cheansú arís agus chuir sí an fleasc póca lena bhéal athuair.

Nuair a shíothlaigh an gleo arís thiontaigh mé agus

d'fhiafraigh mé d'Elena cá raibh siad sular tharla an bhuamáil. Mhínigh sí dom go raibh siad in áit nach raibh sí riamh roimhe, club éigin nach luafadh sí as a ainm ach a mbeadh dúil mhór agamsa ann, dar léi. Labhair sí liom arís i gcogar, 'Ní chreidfidh tú an áit seo, caithfidh tú teacht linn an chéad uair eile. Tá an t-eolas uilig ag Larissa ach labhróidh mé leat nuair a bheas muid linn féin, as éisteacht na ndaoine seo uilig.' Thost muid tamall ag éisteacht leis an mhonabhar chiúin a bhí thart orainn. Bhí smig an tseansaighdiúra ina ucht agus srannfach phiachánach anásta aige. Bhí cloigeann Monika ar a ghualainn agus na súile druidte aici. Chas mé thart chuig Elena le labhairt léi ach ní thiocfadh na focail liom. Thosaigh muid ag pógadh a chéile go mall cíocrach.

V

Casadh seansaighdiúir eile orm go gairid ina dhiaidh sin, seansaighdiúir as Éirinn a bhí faoi choimirce Stuart, má b'fhíor dó. Tharla sé go raibh Stuart ag gliodaíocht liom arís agus d'iarr sé orm a bheith leis i ndiaidh na hoibre chuig caifé ar an Unter den Linden, ascaill mhór álainn a bhfuil Geata Brandenburg ag a ceann agus an Tiergarten, ceann de pháirceanna mórluachacha Bheirlín, ar a chúl sin arís. Is dócha gur shíl Stuart nach mbeadh cleachtadh ar bith ag mo mhacasamhailse ar na háiteanna galánta seo agus go mbeinn faoi chomaoin aige ina dhiaidh. Ní raibh a fhios aige, ar ndóigh, gur thaithigh mé féastaí Ambasáid na Sile agus go raibh mé le dul chuig áit den chineál chéanna le hElena roimh i bhfad. Bhí a fhios agam go maith cad é an ealaín a bhí ar Stuart. Bhí sé ag obair ar a chuid cainteanna faoi na buachaillí sin a bhí i bpríosún Bhéal Feirste, Tom Williams agus iad, agus shíl sé go bhfaigheadh sé eolas áitiúil uaimse a chuirfeadh maise ar a mbeadh le rá aige. Ar an dóigh sin, ní bheadh baol ar bith go n-iarrfaí ormsa ceann ar bith de na craoltaí a dhéanamh. Lig mé dó, nó dar liom gurbh fhearr dom gan namhaid a dhéanamh de, go háirithe agus an oiread amhrais ar Róisín fúm.

'Siúil leat,' ar seisean liom an tráthnóna áirithe seo, 'go bhfaighimis bolgam deas fíona. Tá Éireannach ar mhaith liom tú a chur in aithne dó. Fear a throid in éadan an tSaorstáit agus atá anois i mBeirlín le roinnt bheag blianta. Tá sé cineál caillte sa chathair seo agus ba mhaith liom go mbeadh cuideachta daoine óga aige.'

Fuair muid bus go lár an bhaile agus tharraing sé anuas an comhrá ar Bhéal Feirste arís, an raibh mé eolach ar Bhóthar na bhFál agus an mbeadh raidió ag mórán daoine sa cheantar sin? Cén tuiscint a bhí ag Caitlicigh an bhaile ar na hathruithe móra a bhí le teacht, 'an t-ord nua domhanda'? Cibé eile a luaigh sé, níor luaigh sé m'athair ná an t-amhras a tharraing sé air sa chomhrá a bhí againn sa Grunewald. Thuig sé an t-am sin gur baineadh mo mhíthapa asam faoin méid a dúirt sé, is é sin nach mbeadh dáimh ar bith ag an tseisear poblachtach liomsa, mac pílir, beag beann ar a raibh déanta ag an phílear chéanna ar son na cúise.

Nuair a bhí sé tamall ag iascaireacht eolais ar an dóigh sin, gan a dhath ar a shon aige, thiontaigh sé ar an phlámás.

'Seo,' ar seisean, 'tá súil agam nach síleann tú go gcaithfidh tú a bheith ar d'fhaichill liomsa.'

'Cén dóigh?' arsa mise.

'Tá,' ar seisean, 'an scéal seo atá ag dul thart faoi tú a bheith i do bhuachaill báire, ag rith i ndiaidh na mban san oíche. Ná síl go mbeinnse in amhras ort, is amhlaidh atá mé in éad leat!'

'Ní le duine é féin a dhéantar a athiomrá,' arsa mise. 'Ach cibé a dúirt sin leat, tá sí contráilte.'

Bhain sin gáire as agus thosaigh sé ag maíomh faoi na héachtaí móra a bhí déanta aige féin le mná agus an tábhacht a bhí lena leithéid ag fear a raibh spiorad na saoirse ann.

'B'fhéidir nach n-aithníonn tú féin é ach níl an bheirt againn éagsúil lena chéile ar mhórán dóigheanna.'

Níl a fhios ar thuig sé an oiread den stangadh a bhain na focail sin asam nó bhí muid i ndiaidh an caifé a bhaint amach agus bhí freastalaí ag teacht chugainn leis an ordú a ghlacadh. D'ordaigh sé féin buidéal fíona agus gheall sé go mbeadh greim le hithe againn ar ball. B'fhada liom sin agus mé beo ar arán dubh agus *Kunsthonig*, cineál de mhil tacair nach raibh blas ar bith air. Chuaigh mé isteach chuig an leithreas ar mhaithe le héalú uaidh tamall beag, sin agus le téad an chomhrá a bhriseadh. Nuair a tháinig mé amach arís bhí sé féin ag cur thairis go fóill ach bhí fear mór fada dorcha ina shuí sa chathaoir a bhí agam féin. Tharraing an freastalaí cathaoir eile anall agus shuigh mé isteach leo.

Ní mó ná gur aithin Stuart go raibh mé i ndiaidh teacht ar ais, lean sé air ag seanmóireacht leis an fhear eile gan ceachtar acu sonrú ar bith a chur ionam. Ba leor cluas le héisteacht éigin a bheith ag Stuart agus is cinnte go raibh sin ag an fhear eile, cluas mhaith. Ar thoradh moille, thost Stuart agus chuir sé in aithne dá chéile muid. 'Seo é, Frank Ryan. Is ar éigean is gá insint duit cé hé.'

Thug mé in amhail ligean orm go raibh a fhios agam cérbh é féin ach ní raibh gar ann. Idir ocras agus tuirse, ní raibh oiread fuinnimh ionam agus a ligfeadh dom cur i gcéill.

'Ar an drochuair, níl a fhios,' arsa mise. 'Réamann Prút, is ainm dom féin, dála an scéil.'

Leath meangadh gáire ar bhéal an strainséara agus las na súile le háthas.

'B'fhearr duit gan fios a bheith agat cé mé, a stócaigh. B'fhearr duit sin! Ach seo, beidh ort d'ainm a rá os ard arís, tá mé beagán bodhar.'

Shuigh sé siar ina chathaoir agus thosaigh ag gáire leis féin agus é ag stánadh orm i rith an ama.

'Prút, an ea? Cosúil le *The Reliques of Father Prout*. An té a scríobh an leabhar áirithe sin, níorbh é sin a ainm ceart. Cá bhfios dúinn nach ainm bréige sin agatsa, Réamann Prút?'

Sula raibh faill agam freagra a thabhairt air, bhí sé ag seitgháire leis arís agus an dá shúil sáite ionam go fóill.

Nuair a labhair Stuart arís, dhorchaigh aghaidh an fhir eile go tobann agus chuir sé lámh amháin le cúl a chluaise le héisteacht leis. Bhí rud éigin faoin dóigh a raibh sé ina shuí nó b'fhéidir an saothar a bhí air éisteacht le Stuart ach bhí an loinnir imithe as na súile agus bhí allas sna roic i gclár a éadain. Cibé a bhí ag cur caite air, dar leat nach dtuigfeadh Stuart é. Choinnigh sé sin air ag cur comhairle air faoin tsaol a d'fhéadfadh a bheith aige i mBeirlín:

'Níl maith duit an aois a ligean ort, a Frank. Tuigim go bhfuil moill éistigh ort ach ná lig dó sin beaguchtach a chur ort. Tá fear óg anseo linn a thuigeann an dóigh le scléip a bheith aige sa bhaile seo! Cinnte, tá an cogadh ar siúl ach bíonn buntáistí go leor ag ár leithéidne nach mbeadh ag go leor de na gnáthdhaoine.'

'Is leo a bhainim féin,' arsa Ryan go grod, 'leis na gnáthdhaoine sin a luaigh tú.'

'Anois, a Frank, ná tosaigh ar an "Internationale" san áit seo, tarraingeoidh tú an *Gestapo* orainn!'

'Beag orm iad sin,' arsa Ryan go searbh agus cuma dheoranta ar a ghnúis.

Thost siad beirt tamall agus mé ag fiafraí díom féin i rith an ama cad chuige ar tugadh anseo mé le suí leis an bheirt mheánaosta seo nuair a d'fhéadfainn a bheith le mo chomhluadar féin.

I ndiaidh tamaill bhig, d'éirigh Stuart gur fhág slán againn. Ag imeacht dó, dhing sé roinnt *Reichsmarks* i bpóca mo chasóige agus scairt 'Bon appétit' ina dhiaidh.

'Cad é atá i gceist aige?' a d'fhiafraigh Ryan.

Mhínigh mé dó gur gheall sé greim le hithe dom agus go raibh sé i ndiaidh airgead a fhágáil agam. Leis sin, tharraing Ryan an clár bia chuige féin go mífhoighneach.

'Bhuel, cad é an mhoill atá ort?' ar seisean. 'Ordaímis!'

Dála mar a tharla i gcónaí nuair a chastaí beirt choimhthíoch ar a chéile i mBeirlín, níor lig ceachtar againn mórán orainn ach muid ag déanamh mionchainte faoin bhia agus faoin aimsir. Ghoill sé orm go mbeadh Éireannach eile deoranta liom, go háirithe duine tíriúil den chineál seo agus fear a raibh meas agus urraim air in Éirinn, de réir cuma. Ina dhiaidh sin, má bhí a oiread ocrais air agus a bhí ormsa níorbh iontas é a bheith ciúin.

Bhí sé tamall beag ag scrúdú an chláir bia gur dhírigh sé é féin sa tsuíochán agus thug mé suntas don airde a bhí ann. D'ordaigh muid beirt béile den chineál a gheofá in Éirinn, prátaí agus muiceoil, agus i rith an ama, Ryan ag coimhéad orm mar a bheadh cigireacht de shórt éigin ar siúl aige. Ní fhéadfadh ceachtar againn an cheist a chur ba mhaith linn a chur ar a chéile, 'Cad é a thug go Beirlín thú?' Ar an ábhar sin, labhair muid faoi Éirinn agus faoin dífhostaíocht sna 1930í. D'fhiafraigh sé díom faoi na racáin a tharla in 1932 nuair a tháinig cosmhuintir Bhéal Feirste le chéile, idir Chaitlicigh agus Phrotastúnaigh, gur ionsaigh siad na péas. Mhínigh mé dó gur chuala mé iomrá ar an chlampar sin ach go raibh mé i mo ghasúr scoile san am. Thost sé tamall. 'Fear as Béal Feirste a bhí ag insint dom faoi na racáin sin,' ar seisean, 'Liam Tumilson.'

'Cén áit i mBéal Feirste a bhfuil cónaí air?' a d'fhiafraigh mé de.

Thost sé tamall agus shíl mé go raibh sé ag doicheall roimh an cheistiú.

'Níl ann ach, b'fhéidir go mbeadh aithne agam air.'

'Má bhí cónaí air i mBéal Feirste,' arsa Ryan, 'ní ann atá sé anois. Tá sé marbh agus a chorp faoi chré sa Spáinn.'

Agus na focail á rá aige, bhí sé ag ábhaillí leis an ghloine mar a dhéanfadh páiste. Chonacthas dom go raibh an dreach dorcha ag teacht ar a aghaidh arís.

'Deir tú nach bhfuil a fhios agat cé mé agus b'fhéidir gur fíor sin ach tá sé chomh maith agam a mhíniú duit go raibh mé páirteach i gCogadh na Spáinne. Sin an áit ar casadh Tumilson orm. Fuair sé bás i gcath a raibh mé féin páirteach ann in áit a bhfuil Jarama uirthi. Agus ní ar thaobh cara Hitler, Franco, a bhí muid, ach ar an taobh eile. Anois, tá a fhios agat cé mé agus b'fhéidir go n-inseofá thusa an méid seo domsa. Cibé a thug go Beirlín de chéaduair thú, cad é faoi Dhia nó os cionn an Diabhail atá tú a dhéanamh anseo anois?'

San áit ina raibh muid inár suí, ar an *terrasse* faoi na crainn teile, bhí cuid de na custaiméirí eile i ndiaidh imeacht agus tháinig cúpla páiste gur sciob cibé bruscar bia nó grabhróga a bhí fágtha ar an tábla. Bhí an freastalaí amuigh sa bhomaite ag béiceach orthu ach bhí siad róghasta aige. D'fhág siad síos siar ina ndiaidh é agus a ngáire ag baint macalla as leacacha na sráide. Tharraing an freastalaí a chos siar beagán amhail is gur dheas leis cic a bhualadh orthu.

'Glam cú i ndiaidh a sháraithe,' arsa Ryan go searbhasach. 'Nach mór an dochar a dhéanfadh sé cúpla grabhróg a fhágáil ag na páistí?'

Shíl mé go raibh Ryan ar tí tosú ar an fhreastalaí ina theanga féin ach bhí sé siúd i ndiaidh scuabadh leis arís.

'Bhuel?' ar seisean, 'cén fáth nach mbailíonn tú leat amach as an áit seo?'

'Nach maith an té atá ag tabhairt achasáin?' arsa mise go dána leis.

Shíl mé ón strabhas a chuir sé air féin go raibh sé ar tí greim sceadamáin a fháil orm ach is é rud a chuaigh sé ag gáire go piachánach isteach i gcoiléar a chasóige.

'Is ea, is maith cinnte,' ar seisean, 'nach bhfuilimid beirt san abar?'

D'fhiafraigh mé de an mbeadh buidéal eile fíona againn nuair a bhí a leithéid le fáil agus dúirt sé go mbeadh.

Murar ól sé an oiread liom féin den chéad bhuidéal – é ar a fhaichill, dar liom, roimh chaint scaoilte – níor spáráil sé an dara buidéal. Shíl mé gur chomhartha é sin go raibh an doicheall ag imeacht agus go raibh sé ag téamh liom beagán. Ag cuimhneamh dom anois air, sílim nach raibh ann ach go raibh sé idir dhá chomhairle faoi mhórán rudaí. Ach ag an am bhí mé ag déanamh go raibh rud éigin ag baint leis an tseandream sin a throid sna 1920í, bheadh obair agam ainm a thabhairt air – go raibh siad níos iomláine ar dhóigh ná daoine eile, nó go raibh siad cosúil le daoine a raibh an dara saol i ndán dóibh ar thalamh, beag beann ar neamh. Cuid acu, thógfaí dealbha díobh nuair a gheobhadh siad bás nó, ar a laghad ar bith, bheadh siad luaite in amhráin. Luafaí le leithéidí Tone agus Parnell iad agus as a sloinne a d'aithneofaí iad. Sin mar a chonacthas domsa é, ar scor ar bith. Ach de réir a chéile, thuig mé nach mar sin a tuigeadh do Ryan é.

'Cén aithne atá agat ar Stuart, mura miste leat mé a fhiafraí?' ar seisean.

'Táimid beirt ag obair sa Rundfunkhaus,' arsa mise go faichilleach.

Thost sé tamall agus d'amharc sé thar a ghualainn mar a bheadh sé ag iarraidh a bheith cinnte nach raibh aon duine ag cúléisteacht. Leis sin, tharraing sé a chathaoir isteach níos cóngaraí dom.

'Cad é go díreach a bhíonn ar siúl agat féin san áit?'

'Scrios Dé mórán go dtí seo ach táthar ag caint ar ligean dom cuid de na cainteanna a thabhairt.'

'Má tá ciall ar bith agat ní dhéanfaidh tú sin. Nach dtiocfadh leat leithscéal éigin a chumadh nó ligean ort nach mbeadh maith ar bith ionat chuige?'

Níor thuig mé cad é an buaireamh a bhí air faoin raidió. Chonacthas domsa gur bheag dochar a dhéanfadh sé sleachta as dialann Wolfe Tone a léamh cúpla uair sa tseachtain. Ar ndóigh, níorbh ionann é agus éide an SS a tharraingt ort féin. Finné neodrach a bhí ionamsa, a mhínigh mé dó, agus nuair a bheadh stair an domhain san fhichiú haois le scríobh nach mbeadh scéal le hinsint agam? Ar chluinstin na bhfocal sin dó, d'fhan sé mar a bheadh stacán ann gan bogadh as. Níor thuig mé cad é a bhí air ach tá mé anois ag meas go raibh sé ag iarraidh a chuid foighne uilig a chruinniú le chéile ar eagla go steallfadh sé ar an daoraí liom. Sa deireadh, labhair sé go mall liom agus a ghlór beagán múchta.

'Níl a leithéid de rud ann agus finné neodrach. Ní thig a bheith neodrach. Thig le duine a bheith cúramach, seiftiúil go fiú, ach ní thig leis a bheith neodrach. Tiocfaidh an t-am nuair a bheas orainne cuntas a thabhairt inár ngníomhartha agus, tá mise ag rá leat nach mbeidh cead ag aon duine a bheith neodrach.'

Bhí na súile móra bolgacha sáite ionam agus é ag caint amhail is dá mbeadh sé ag iarraidh iomlán a urra a chur lena chuid focal.

D'ól muid tuilleadh den fhíon agus d'fhág sé uaidh an tseanmóireacht tamall ach níorbh fhada gur tharraing sé anuas arís scéal an raidió, agus scéal mo chomhghleacaithe go háirithe. D'fhiafraigh sé díom cén aithne a bhí agam ar Róisín. 'Más olc maol is measa mullóg,' arsa mise leis. Dar liom gur thug na focail sin uchtach éigin dó nuair a thuig sé go raibh muid ar an iúl chéanna faoin bheirt úd.

'Róisín a thugann sí uirthi féin,' ar seisean, 'ach ag Dia atá a fhios cé hí féin. Ní bhíonn a fhios ag duine cé leis a mbíonn sé ag caint san áit seo. Is léir gur chuir sí olc ort féin, cibé a bhí ann.'

'Is dócha gur chuir,' arsa mise, 'ní maith léi fir óga a bheith ag siúl amach le mná óga san oíche, is cosúil. Agus ní maith liomsa daoine a bheith ag déanamh scéala orm leis an tsaoiste. Seachas sin, níl mórán airde agam ar an amaidí seo uilig a bhíos acu beirt faoin domhan nua atá le teacht, go bhfuil an tsean-Eoraip á múscailt as a suan agus go gcaithfimid a bheith ag ullmhú don tsaol úr.'

Rinne Ryan draothadh beag gáire agus bhain súimín as an fhíon.

'Tá cuid den fhírinne acu,' ar seisean, 'tá athrach mór ag teacht. Ach má fhaigheann siad sin a ndóigh, ní hé amháin go rachaidh an saol chun donais, rachaidh sé go fíoríochtar ifrinn.'

'B'fhéidir nach bhfuil ann ach cogadh, bhí cogaí ann roimhe agus beidh arís. Tá cogaí na haoise seo níos mó ach …'

Sula raibh faill agam an abairt a chríochnú theann sé isteach liom go tobann agus fuair greim ar mo mhuinchille.

'Éist, a stócaigh. Cibé faoin tsean-Eoraip atá le múscailt, caithfidh tusa múscailt. Nach dtuigeann tú an chontúirt a bhaineann leis an áit ina bhfuilimid? Níor chóir do cheachtar againn a bheith anseo ach tá bealach éalaithe agatsa. An dá luas is a bheas gléas ort an áit seo a fhágáil, imigh leat abhaile go hÉirinn. Dá mbeinnse i d'áit, sin an rud a dhéanfainn, geallaim duit.'

'Cad é fút féin, cad é a dhéanfaidh tusa?' a d'fhiafraigh mé de.

Bhí sé ina thost bomaite.

'Tá sé deacair mo chás a mhíniú nuair nach dtuigim féin go hiomlán é. I mbeagán focal, bhí pionós an bháis orm sa Spáinn nó gur chuir na Gearmánaigh spéis ionam. Thug siad sin amach as an phríosún mé agus tá mé anseo ó shin faoi choimirce an Abwehr – an dream atá i mbun faisnéis mhíleata sa tír seo. D'fhéach siad sin le mé a thabhairt go hÉirinn i bhfomhuireán ach an fear a bhí liom, Seán Ruiséal, fuair sé bás le linn an turais agus cuireadh an plean uilig chun siobarnaí. Níl a fhios agam anois cad é atá i ndán dom. Ní ligfear ar ais go hÉirinn mé mura bhfaighidh mé dóigh éigin le héalú ar ais faoi choim ach táthar 'mo choimhéad go géar anseo.'

'A fhad is a bheas tú anseo nach mbeadh sé chomh maith agat áil a dhéanamh den éigean?'

'Cad é atá tú a mhaíomh?' ar seisean go giorraisc.

'Níl ann ach … má tá tú gafa anseo tá sé chomh maith agat spórt a bheith agat.'

Bhí beirt bhan óga i ndiaidh siúl thart linn ar an chosán, sála arda agus tóineanna luascacha acu.

D'amharc sé orm an iarraidh seo mar a bheadh sé ag déanamh trua dom.

'Níl a fhios cá fhad atá tú féin anseo ach tá mise anseo ó 1940. An dtuigeann tú go bhfuil siad i ndiaidh na Giúdaigh a bhí sa chathair a ruaigeadh amach le tine agus le harm? Ná habair nach bhfuil na rudaí seo tugtha faoi deara agat. Tá mise bodhar ach an é go bhfuil tusa dall?'

Dúirt mé leis nach raibh ionainne ach cuairteoirí sa tír agus gan neart againn ar an chineál réimis a bhí ag páirtí Hitler. Na daoine a mbínnse ina gcuideachta, nárbh Éireannaigh nó coimhthígh a bhí iontu uilig ach sa bheag?

Dhiurnaigh Ryan an braon deireanach a bhí ina ghloine agus shín toitín chugam. Bhí na malaí ardaithe aige agus é ag deargadh a thoitín agus ba dhoimhne na roic i gclár a éadain ná mar a bhí roimhe. Bhí an ceart ag Stuart: bhí an fear mór urrúnta seo ag ligean na haoise air féin. Ar ndóigh, bhí a shaol caite aige le cúis pholaitiúil gan mórán ar bith ar a shon aige, dar liom. B'fhéidir gur sin an rud a thug air gach neart a bhí ina cholainn a dhíriú ormsa le go gcuirfeadh sé comhairle mo leasa orm uair amháin eile.

'Na daoine sin uilig atá ag obair ag an raidió, na hÉireannaigh agus na coimhthígh sin a luaigh tú, ní bheidh aon duine acu saor ó chiontú, ach oiread linne, má mhairimid san áit seo. Luaigh mé na Giúdaigh leat. Níor díbríodh an duine deireanach acu go fóill nó tá corrdhuine acu nár rúscadh amach as a chró folaigh. Ach tá sin ag teacht, chomh cinnte agus a d'éirigh an ghrian ar maidin tá sé ag teacht agus ní stadfaidh an ghéarleanúint sin go mbeidh an duine deireanach aimsithe acu.'

Tharraing sé go mall ar a thoitín agus labhair sé liom níos ciúine ná roimhe.

'Chonaic mé rud inné ó m'fhuinneog sa chearnóg mhór atá faoi m'árasán. I lár an lae ghil a tharla seo agus ní faoi choim na hoíche. Gasúr á tharraingt trí na sráideanna agus saighdiúirí ag tabhairt bhail na madaí dó, á chiceáil rompu mar a bheadh mála páipéir ann. Gach uair a thiteadh sé ar leacacha na sráide, chuireadh sé lámh amháin faoina chorp lena ardú féin nó lena chosaint féin, sin nó bhogadh sé ball éigin dá cholainn. Bhí siad i ndiaidh caoga slat a shiúl ar an dóigh seo, an páiste seo á chiceáil le buataisí troma saighdiúirí, nuair a thit an gasúr in aice le tábla a bhí taobh amuigh de bhialann. Daoine ina suí, mar atáimid féin, ag ithe agus ag déanamh a gcomhrá. Caithfidh sé go raibh an páiste faoi shlat de na táblaí seo nuair a thit sé. Bhí mé ag fanacht leis an lámh dul faoi le taca a thabhairt dó féin nó lena chosaint féin. Shíl mé go bhfaighinn comhartha éigin san fhíor bheag sin a bhí spréite ar leacacha na cearnóige thíos fúm. Shíl mé fosta go mbeadh na daoine sin ag na táblaí ag súil leis an rud chéanna, comhartha éigin go raibh an dé go fóill sa cholainn bheag a bhí sínte ag a gcosa. Ach má bhí, ní leomhfadh aon duine acu sonrú dá laghad a chur ann, is é rud a d'amharc siad uilig sa treo eile. Agus nuair nach raibh bogadh ar bith as, tharraing na saighdiúirí an spairt bheag leo mar a tharraingeofá sac folamh i do dhiaidh. Caithfidh sé nach raibh sé ach naoi mbliana d'aois.'

D'fhan muid beirt inár dtost arís. Ní raibh a fhios agam cad é a déarfainn leis sin, ach labhair Ryan arís.

'Cad é an rud a chuir barr ar an donas, dar leat? Níorbh é go raibh daoine ina suí taobh amuigh den chaifé agus gur amharc siad sa treo eile. Ba é an chuid ba mheasa de gur lean mise orm ag amharc ar an rud ó mo sheomra beag ag barr an tí. Gíog ná míog ní raibh asam.'

Bhrúigh sé a raibh fágtha den toitín i gcoirnéal an luaithreadáin lena ordóg mhór gharbh.

'Anois,' ar seisean, 'tuigim nach furasta imeacht as Beirlín faoi láthair. Ach in ainm Dé, a luaithe a thig leat, faigh bealach éigin amach as an áit seo. Creid mise, ní fhanann muir le fear sotail.'

Ag siúl ar ais chuig mo theach lóistín dom, ag éisteacht le macallaí mo choiscéimeanna féin, bhí aer na hoíche níos nimhní agus scáileanna na gcúlsráideanna níos dlúithe ná roimhe. Agus an uaisleacht a shamhlaigh mé go minic le seanfhoirgnimh Bheirlín, níor léir dom an oíche sin í. Chuaigh mé isteach tríd an doras mhór agus suas an staighre. Ba mhinic roimhe a shamhlaigh mé taisí ón aois seo caite a bheith ag dul thart liom ar an tseanstaighre mhórluachach chéanna. Is iomaí uair a chuir mé sonrú sa staighre féin, an cheardaíocht álainn a bhí sna patrúin chasta dheismire a bhí greanta san iarann, an mhionghaibhneacht, an fhíneáltacht agus an ghalántacht. Ní smaoineamh ar bith den chineál sin a rith liom agus mé ag oscailt dhoras mo sheomra bhig ar an tríú hurlár. Is amhlaidh a bhí mé ag smaoineamh ar an torann tholl a lean mo choiscéimeanna trí leacacha na sráideanna amuigh, trasna cearnóga folmha, síos ascaillí bánaithe agus ansin suas céimeanna marmair an staighre mhóir gur bhain mé mo chró beag féin amach faoi dheireadh.

VI

Tharla rud eile an oíche sin nár thug mé faoi deara ag an am. Cuireadh nóta faoi mo dhoras a raibh na focail seo breactha go garbh air le peann luaidhe tiubh: 'Deutsches Theater, Schumannstraße 22:30. E&L'.

Caithfidh sé gur shiúil mé thar an nóta ag teacht isteach dom, ar mhéad a bhí mé ar mo mharana. Ina dhiaidh sin, dá mbeadh solas lasta agam b'fhéidir go bhfeicfinn é ach bhí sé crosta orainn solas a lasadh i ndiaidh an aer-ruathair. Ó Elena agus Larissa a tháinig sé gan amhras ach cad é a bhí siad ag iarraidh orm a dhéanamh? An é go raibh siad le mo thabhairt chuig an áit sin a luaigh Elena liom oíche an aer-ruathair? Nuair a chuimhnigh mé ar Elena b'éigean dom suí siar ar mo leaba bheag. Ní drúis a mhothaigh mé ná tnúthán ach mearbhall éigin. Cad chuige ar phóg sí mé an oíche sin? Shíl mé nach raibh aon spéis aici ionam i ndiaidh fhéasta an Ambasadóra agus ansin i dtobainne an oíche sin sa stáisiún bhí an bheirt againn … B'fhéidir dá labhróinn léi i rith an lae ach seachas suíochán a fháil léi sa bhus b'annamh a d'fhaighinn an fhaill sa Rundfunkhaus. Chuimhnigh mé ansin ar chomhrá Ryan san oíche aréir agus bhí náire orm.

Sháigh mé leabhar Wolfe Tone i bpóca mo chasóige ar mo bhealach amach as an tseomra dom. B'fhearr dom sin a fhágáil ar ais ag Hartmann. Cibé a bhí le déanamh agam ní fhéadfainn faillí a dhéanamh sa raidió nó ba é m'arán laethúil é – agus níor mhaith an rud ag strainséir a bheith díomhaoin sa chathair seo. Ach ab é go raibh Monika in ann cuntas a thabhairt ar mo chuid oibre nach raibh seansaighdiúir sin na leathshúile réidh le mo shá? Sin nó bhí na daoine eile gríosaithe aige le mo mharú in áit na mbonn. Coinneáil orm, sin a raibh le déanamh. Cá bhfios i ndiaidh tamaill nach dtiocfadh athrach éigin nó slí éalaithe ach níorbh é an t-am go fóill é.

Ag dul isteach doras an Rundfunkhaus dom chuala mé beirt ag comhrá i mBéarla romham, fear blagaideach a raibh craiceann donn air agus Sasanach, de réir cosúlachta, a raibh colm mór crochta idir bun a chluaise agus coirnéal a bhéil mar a bheadh slabhra uaireadóir póca crochta as póca veiste. Ba é an blas cainte a thug an t-uaireadóir póca i mo cheann, nó ba den uasaicme Shasanach é de réir thuin ghalánta a chuid cainte. Má bhí an dís seo feicthe roimhe agam níor chuir mé sonrú iontu go dtí sin. Ba mhó, ar ndóigh, a chuirinnse sonrú sna mná agus bhí mé i mbroid ag iarraidh Elena a fheiceáil thar aon duine eile. Corruair d'fheicinn amach uaim í ar an fháinne mhór a bhí i lár an fhoirgnimh agus chuir mé cor bealaigh orm féin an mhaidin sin mar i ndúil is go bhfeicfinn ansin í. Ní raibh gar ann. Chuala mé ceol ag teacht as cuid de na seomraí agus shíl mé go bhfaca mé Monika ag dul isteach chuig a hoifig siúd ach ní raibh iomrá ar bith ar Elena.

Bhí Hartmann ag stánadh ar mholl páipéar a bhí ar a dheasc nuair a chuaigh mé isteach chuige le leabhar Wolfe Tone a thabhairt ar ais dó. Choinnigh sé an leabhar ina lámh mar a bheadh sé ag smaoineamh ar rud agus ansin thug ar ais dom é.

'B'fhearr duit *Beatha Wolfe Tone* a choinneáil go fóill, cá bhfios duit nach mbeadh piachán i sceadamán Stuart lá de na laethanta seo. Bheadh fear ionaid ansin againn ach tú a bheith réidh.'

D'fhiafraigh mé de an raibh scéala ar bith as Béal Feirste faoin tseisear a cúisíodh as bás an phóilín. Níor fhreagair sé ar dtús mé agus dar liom go raibh iarracht bheag den mhíshásamh ina shúile, é ag déanamh go raibh mé ar ais ar mo sheanphort faoi eolas áitiúil a bheith agam a chuideodh liom caint a chraoladh. Mhínigh mé dó nach raibh ann ach go raibh spéis agam ina gcás agus sin a raibh ann, dáiríre. Mura mbeinn ag déanamh chomhairle Ryan láithreach – teitheadh liom as Beirlín – ní raibh sé i gceist agam bheith leath chomh díograiseach faoi obair an raidió.

'Ní bheimid ag caint ar a gcás siúd arís go cionn tamaill,' a mhínigh sé dom go patuar. 'Go dtí go gcuirfear triail orthu ní fiú a bheith ag trácht orthu go fóill. Ach nach cuma duit? Tá go leor eile le déanamh inniu agat.'

B'fhíor dó, bhí liosta jabanna romham ar mo dheasc, litreacha agus teachtaireachtaí a bhí le cur, comhaid a bhí le bailiú agus fiche rud eile. Thosaigh mé ag smaoineamh ar Elena arís agus ar leithscéal a thabharfadh amach as an oifig mé go bhfeicfinn í. Sula raibh faill agam cuimhneamh ar sheift tháinig Hartmann isteach chugam agus d'iarr orm teacht isteach chuig a oifig arís. Lean mé isteach é agus dhruid sé an doras i mo dhiaidh.

Bhí cuairteoir istigh aige an iarraidh seo, fear fionn gealchraicneach a raibh déanamh an tsaighdiúra air ach gan na héadaí a bheith ag teacht leis – culaith shaoire á caitheamh aige agus hata a raibh duilleog leathan air. Bhí cuma shómasach air ina shuí siar i gcathaoir Hartmann, na lámha sínte thar a bholg aige agus na méara snaidhmthe ina chéile go néata. Cé gur Hartmann a rinne an chaint, ba léir gur bhain céimíocht éigin leis an fhear eile nár thuig mé go fóill. Bíodh is nár oscail an strainséir a bhéal ach le beannú dom, nuair a labhair Hartmann liom is ag amharc i dtreo an fhir eile a bhí sé i rith an ama mar a bheadh a chead nó a urra siúd uaidh.

'Seo é Herr Fischer. Tá sé ag iarraidh orainn amharc ar roinnt cáipéisí. Ba mhaith leis ár dtuairim. Ba mhaith leis … ní hea, ba mhaith *linn*, ár mbeirt, do bharúil. Is é sin le rá, ba mhaith linn do bharúil, mar ghnáth-

Éireannach, ar a bhfuil iontu. Rud beag eile. Bíodh a fhios agat gur ábhar rúnda atá iontu agus go mbeadh do bheatha i mbaol dá luafá le haon duine eile iad.'

Thuig mé anois ón dóigh shollúnta stadach ar labhair sé liom nach míshásamh a bhí air ar ball beag ach rud éigin eile. Sméid mé mo cheann ionann is a rá gur thuig mé cad é a bhí i gceist aige.

Thuig mé go maith go raibh fógra tugtha ag na húdaráis faoin phionós a bhainfeadh le tréas a dhéanamh in aghaidh na Gearmáine. An té a gheofaí ciontach i dtréas dhéanfaí é a dhícheannadh le tua mar a dhéantaí sa Mheánaois. Níor leor an *guillotine* a bhí acu cheana, de réir gach cosúlachta. Leag Hartmann comhad amach romham agus scaoil an ribín a bhí á cheangal go mall. Leag sé amach na doiciméid agus chúb siar ansin go n-amharcfainn féin orthu agus go dtuigfinn cad é an t-ábhar seo a raibh an oiread contúirte ann agus go mbainfí an ceann díot dá bharr. Bhí dath bándearg ar na leathanaigh, an dath céanna a bheadh ar urlár seamlais nuair a bheadh an fhuil á glanadh de. Ach, ar dhóigh éigin, chuir sé deann beag áthais tríom a bheith ag amharc ar rud a raibh uafás do-inste ann. Nuair atá an bás i ndeas duit bíonn tú beo dáiríre.

Cáipéisí bándearga agus grianghraif a bhí romham agus ba sna grianghraif a chuir mé an sonrú is mó.

'An i dTír Chonaill atá sé sin?' a d'fhiafraigh mé de go tobann.

Rinne sé comhartha lena lámh, ag tabhairt le fios dom nár chóir mo ghlór a ardú.

'Ní hea,' ar seisean go ciúin, 'i gContae Chiarraí a tarraingíodh an grianghraf.'

Nuair a thug sé an rabhadh dom faoin tréas níor thuig mé go mbeinn ag amharc ar ghrianghraf de theach ceann tuí i gCiarraí. An chéad rud a rith liom gur ag magadh a bhí sé féin agus an fear eile agus nach raibh sa rud seo uilig ach bobaireacht. Ach ansin d'amharc mé ar ais orthu agus thuig mé gur lom dáiríre a bhí siad. Faoin ghrianghraf den teach ceann tuí bhí míniú beag sa Ghearmáinis:

Bauernhaus bei Killarney, Kerry.
Ein- bis zweiräumige Hütten, in denen, wenn der Stall fehlt, nicht selten Mensch und Tier zusammen hausen.
[Teach feirme i gCill Airne, Ciarraí.
Maireann daoine agus ainmhithe le chéile go minic i mbotháin aon seomra nó dhá sheomra nuair nach bhfuil aon bhóitheach ann.]

Is dócha gur thuig sé ó m'aghaidh go mbeadh míniú éigin breise de dhíth orm. Choinnigh sé súil amháin ar an fhear eile agus é ag caint.

'Is cineál de threoir atá anseo. Treoir don Ghearmánach a dtarlódh dó a bheith in Éirinn, abair. Tá roinnt grianghraf ann agus eolas praiticiúil agus frásaí coitianta Gaeilge. Ba mhaith linn tú do shúil a chaitheamh ar an rud uilig agus más léir duit aon dearmad, sin a lua.'

Tharraing sé cathaoir anall agus thosaigh ag útamáil lena phíopa de réir mar a bhí mé ag léamh na gcáipéisí.

Bhí grianghraif ann d'fhoirgnimh ar leith i mBaile Átha Cliath agus tuilleadh acu a tarraingíodh faoin tuath. Lena gcois sin bhí léarscáileanna éagsúla ann de Bhaile Átha Cliath agus roinnt cathracha eile. Bhí an rud uilig cosúil le lámhleabhar turasóireachta ach gan an maisiú céanna ann. Thug mé suntas ar leith don liosta focal Gaeilge a bhí ar leathanach amháin. Ní frásaí coitianta den chineál a bheadh úsáideach ag cuairteoir – an ndíoltar tobac anseo? Cá bhfuil oifig an phoist? – ach liosta focal a bhain le logainmneacha agus tíreolaíocht: *ard*, *áth*, *baile*, *bun*, *carraig*, *cnoc*, *doire*, *droichead* ... D'amharc mé thar mo ghualainn ar Hartmann a bhí ina shuí agus an píopa á ghlanadh go ciotach aige. Arbh é seo an t-ábhar a bhí chomh rúnda sin go gcuirfí chun báis mé as é a lua taobh amuigh de bhallaí na hoifige seo? Cártaí poist agus liosta focal nach mbeadh mórán feidhme leis? Ní raibh ann ach go raibh mé in ann cúl a chur ar an gháire.

'Bhuel?' arsa Hartmann faoi dheireadh, 'aon ní ansin atá contráilte, dar leat?'

'An teach ceann tuí,' arsa mise, 'an fíor go gcónaíonn daoine in aon seomra le hainmhithe i gCiarraí?'

Leath meangadh gáire ar aghaidh an strainséara. B'fhéidir nár thuig siad nach raibh mé riamh níos faide ó dheas ná cathair Bhaile Átha Cliath.

Leis sin, d'éirigh an cuairteoir ina sheasamh go tobann agus chrom sé thar an tábla. 'Fágaimis sin mar sin,' ar seisean le Hartmann ag bailiú na bpáipéar le chéile i gcarn néata lena gcur ar ais sa chomhad dhúghlas. Ansin thiontaigh sé chugamsa agus straois aisteach ar a bhéal.

'Ach ná déan dearmad den rud a dúirt Herr Hartmann ar ball. Ábhar rúnda é seo. Ar mhaithe leat féin, fanadh sé ina rún.'

Thionlaic Hartmann an fear eile amach go dtí príomhdhoras na hoifige féin, é ag oscailt gach doras roimhe go humhal. Nuair a bhí an dualgas sin déanta aige, isteach leis arís go maolchluasach gan aon rud a rá. Tharraing sé doras a oifige ina dhiaidh go ciúin.

Níor imigh cuid ar bith de seo ar Róisín agus chonacthas dom go raibh iarracht den éad ina glór nuair a d'fhiafraigh sí díom cén gnó a bhí ag an chuairteoir liom.

'An bhfuil tú ag iarraidh orm post ar bith a bhailiú duit?' arsa mise léi gan aird dá laghad a thabhairt ar a ceist. Thuig sí go maith nárbh ábhar ar bith beag nó suarach a thug an cuairteoir isteach, ach má thuig níor lig sí a dhath uirthi.

'Tá,' ar sise, 'tá, ach beidh beirt againn de dhíth. Na boscaí comhad sin atá le tabhairt ar ais. Caithfidh mé beagán eagair a chur orthu ar dtús ach an bhféadfá cuidiú liom leis na boscaí i dtrátha am lóin?'

Dúirt mé go bhféadfadh ach bhí barúil agam go mbeadh ceistiú i ndán dom ar ball.

Nuair a tháinig an t-am, shiúil muid amach leis an dá bhosca gan a dhath ar m'aird agam féin ach an bhfeicfinn Elena nó Larissa féin ar cheann de na dorchlaí nó na staighrí. Thosaigh Róisín ag caint ar naomh Éireannach, Cillian, agus ar thuras éigin a bhí le tabhairt aici ar bhaile Bamburg, áit a raibh altóir ann dó. Nuair a thosaíodh sí ar a leithéid, dhéanadh sí léacht mhór fhada de agus d'fhóir sin go maith domsa nó bhí mé i mbroid go bhfeicfinn Elena. Choinnigh muid orainn thart leis an fháinne mhór i lár an fhoirgnimh agus síos an staighre mar a raibh doras gloine ag a bhun agus clós mór ar a chúl sin a raibh scaifte cruinn ag ithe a lóin ann agus ag comhrá faoi ghrian an earraigh. Chnag Róisín ar dhoras oifige taobh leis an doras gloine agus thóg beirt a bhí istigh na boscaí dínn. Bhí súil amháin agam i rith an ama ar an chlós mhór amuigh, ach níor aithin mé aghaidh ar bith i measc na ndaoine a bhí cruinn ach an Sasanach agus an fear donnchraicneach a casadh orm ag dul isteach ar maidin dom.

Nuair a chonaic Róisín an dís sin chroith sí lámh orthu go háibhéalach ach ní fhaca siad í.

'Siúil amach go bhfeice tú iad seo,' ar sise agus fuadar fúithi.

Lean mé amach í tríd an chlós agus thart le daoine a bhí ina suí in aice le toim bheaga agus crainn ísle, cuid acu ar chathaoireacha agus níos mó acu ar a leasluí ag fáiltiú roimh an ghrian agus roimh aer úr an Aibreáin. Bhí an bheirt úd ina suí i lár báire, cathaoir an duine acu agus tábla eatarthu a raibh clár fichille air. Nuair a bheannaigh Róisín dóibh, thóg an Sasanach lámh amháin in airde le tost a iarraidh. Chuir seo a chomrádaí ag gáire.

'Níl maith duit a bheith ag caint leis,' arsa an fear donnchraicneach, 'tá sé ag meabhrú go domhain faoin chéad bhogadh eile nó mura n-éalóidh sé as an ghaiste seo beidh an báire liomsa arís.'

Níor thóg an fear eile a cheann le hamharc orainn ach a dhá shúil sáite sa chlár fichille aige.

'Níor mhaith liom cur isteach ar an chluiche,' arsa Róisín go leithscéalach.

'Ná bac leis an chluiche, tá sé ar a shéala a bheith caillte ag an duine bhocht,' arsa an fear donnchraicneach. 'Ní thuigeann sé gur san India a thosaigh an fhicheall!'

Chuir an Sasanach a chorrmhéar le barr a shróine, á cuimilt go mall machnamhach. Faoi sholas na gréine, bhí an colm mór a thug mé faoi deara ar maidin níos doimhne ná roimhe. Shílfeá gur léarscáil a bhí ar a leiceann, an Afraic nó an India b'fhéidir, agus gurbh é an colm domhain sin an cósta. D'fhéadfá a rá nárbh olc an tsamhail é nó bhí an domhan mór le fáil sa Rundfunkhaus. Na daoine seo a bhí sa chlós, b'ionadaithe ón iliomad náisiún iad agus a dteangacha éagsúla le cluinstin san áit a raibh siad bailithe. Is é an rud nár thuig mé cé acu ag teitheadh a bhí siad nó ag déanamh réidh le seilbh a ghlacadh ar an domhan san ord nua seo a bhí le teacht – an saol nua a labhraíodh Stuart agus Róisín faoi.

'Cá fhad atá sibh ag imirt?' a d'fhiafraigh Róisín den bheirt go lúitéiseach.

'Rófhada,' a d'fhreagair an Sasanach gan a shúile a thógáil den chlár fichille, 'ach cogar, cad é mar atá ag éirí leis an Irland-Redaktion? An bhfuil sibh ag cur shoiscéal Hitler abhaile ar na hÉireannaigh dhobhránta sin?'

'Nach Éireannach thú féin?' arsa Róisín go cosantach, 'agus sloinne breá de chuid na Gaillimhe ort, Joyce?'

'Is ea, bhuel. Is ea, is dócha nach bhféadfainn a shéanadh cé gur bheag fáilte a bheadh romham i nGaillimh.'

Leis sin, bhuail sé a chorrmhéar ar rí bán na fichille, á leagan go mífhoighneach.

Tharraing an fear donnchraicneach air a chóta go gealgháireach agus d'fhág slán againn.

'Ná bíodh smut ort anois, a Joyce,' a scairt sé thar a ghualainn, 'is deacair an tIndiach a bhualadh ag a chluiche féin!'

Thóg Joyce toitín amach as cás airgid a bhí ar an tábla agus shuigh siar sa chathaoir lena dheargadh.

'Sin é Chandra Bose, dála an scéil – fear atá ag iarraidh náisiún na hIndia a shaoradh. Níl a fhios cén fáth, ar ndóigh, bheadh sé chomh maith agat páistí a chur i mbun monarchan. A dhála sin, cad é faoi na hÉireannaigh agus a "Saorstát" úd? An dtuigeann siad nach fada eile saor iad?'

'Anois, caithfear a gceart a thabhairt dóibh siúd a thug béim síos do Shasana,' arsa Róisín, 'agus beidh siad níos saoire arís nuair a bheas atheagar ar pholaitíocht an domhain.'

'Is ea, bhuel, is beag Giúdach a bheas le ruaigeadh acu ar a laghad ar bith,' arsa Joyce.

Bhí cineál náire orm gur fhan mé i mo sheasamh ansin i mo bhéal gan smid. Ba é an nós a bhí agam ligean do na boic mhóra seo a gcomhrá a dhéanamh agus gan mórán airde a thabhairt orthu. Ach bhí sotal sa tSeoigheach seo, lena bhlas Sasanach agus a chuid achasán faoi mhuintir na hÉireann. Thosaigh mé ag smaoineamh ar rud éigin cliste le rá ach chuir sé forrán orm féin sula raibh faill agam mo bhéal a oscailt.

'An de chlann Míleadh an stócach seo atá leat?'

'Nach cinnte?' arsa mise.

'Tuaisceartach, mura bhfuil dul amú orm? Tá sé le haithint ón bhlas cainte dúranta sin agat.' Chaoch sé súil ar Róisín.

'Níl mórán measa agat ar do thír féin, is cosúil, thuaidh ná theas?' arsa mise.

'Ná bac le Joyce,' arsa Róisín, ag déanamh bean eadrána di féin, 'ag magadh faoi achan rud a bhíonn sé – nach sin an fáth a dtugann na Sasanaigh *Lord Haw-Haw* air! Eagla ar Churchill roimhe is cúis leis sin nó tá sé ar dhuine de réaltaí móra na craoltóireachta.'

Thaitin an moladh leis, de réir cosúlachta. Bhí fonn orm ceist a chur air faoin cholm, cé a d'fhág air é agus cá mbeadh sé le go gceannóinn deoch dó? Ach thosaigh Róisín ar thuilleadh plámáis a dhéanamh leis agus dúirt mé léi go raibh sé in am agamsa filleadh ar an oifig.

Faoin am a raibh mé ag an doras gloine arís bhí sí ag sodar i mo dhiaidh. 'Fóill, fóill,' ar sise, 'siúlfaidh mé leat. Nach maith gur bhuail tú le William Joyce? Agus Chandra Bose, ar ndóigh. Fear eile a mhothaigh mé a bhí ansin al-Husseini, Grand Mufti Iarúsailéim. Arabach mór le rá é siúd a bhíonn ag craoladh leis na Moslamaigh. Nach mór an onóir dúinn a bheith san áit ina bhfuilimid agus stair an domhain á scríobh inti?'

Bhí mé ag cuimhneamh go fóill ar an tsotal a bhain leis an tSeoigheach ghránna úd ach níor lig mé a dhath orm.

'Nach méanar dúinne atá ag obair i gcroílár an domhain úir?' arsa Róisín arís go gearranálach, 'Smaoinigh féin! Beidh scéal nó dhó le hinsint agat do do gharchlann. Seo anois an t-am le tú féin a chruthú. Fear óg as Éirinn agus nach iomaí Éireannach romhat a rinne leas na hEorpa? Na naoimh bheannaithe a bhí anseo sa

Ghearmáin sa Mheánaois agus a d'fhág a lorg ar shibhialtacht ársa na hEorpa. Seo anois do shealsa sa ré ghlórmhar nua seo!'

Níor thuig mé cén bhaint a bheadh ag leithéidí Columbanus le dream a mharaigh páistí ach d'fhan mé i mo thost. Bhí a fhios agam go raibh cúis éigin ag Róisín le mise a leanúint nuair a d'fhéadfadh sí a bheith ag lústar le leithéidí Joyce.

'Tá a fhios agam nach naomh ar bith thú ach is scafaire mór fir thú agus beidh a leithéid de dhíth ar an Ghearmáin. Ní hiontas, abair, an cuairteoir sin a bhí san oifig ar maidin a bheith ag cur sonrú ionat.'

Thost sí tamall go bhfeicfeadh sí an dtabharfainn leid ar bith di faoin chomhrá rúnda a bhí in oifig Hartmann ar maidin.

'Fir óga scafánta chróga a dhéanfaidh obair mhór san am atá romhainn. Ní hiontas dá n-iarrfaí a leithéid ort féin.'

Bhí muid ag tarraingt ar dhoras na hoifige agus thuig sí féin nach raibh broideadh ar bith le fáil aici. Chuir sí lámh ar mo mhuinchille agus muid ar tí dul isteach agus labhair go ciúin comhcheilgeach liom, 'tá a fhios agam go ndéanfaidh tú an rud ceart nuair a thiocfaidh an t-am!' Má shíl Róisín go mbeadh obair mhór rúnda éigin á déanamh agam don chuairteoir úd, níor mhill mise a barúil uirthi.

VII

D'imigh trí seachtaine eile thart agus ní raibh iomrá ar bith ar Elena ná Larissa. Ní raibh siad le feiceáil sa bhus ná sa Rundfunkhaus. Tráthnóna amháin chuaigh mé chuig an oifig a raibh Monika ag obair inti ach nuair a d'iarr mé labhairt léi, dúradh liom go raibh sí imithe agus nach raibh a fhios cá raibh sí ag obair nó cá mbeadh sí le fáil. Bean chonróideach mheánaosta a thug an méid sin eolais dom agus ba léir nach mbeadh foighne aici tuilleadh ceisteanna a fhreagairt. Ghabh mé buíochas léi agus d'imigh liom go héadóchasach ar ais chuig m'oifig féin.

Bhí Stuart imithe ar théad eile ina chuid craoltaí faoin am seo agus ní raibh tagairt ar bith aige do scéal sheisear sin Bhéal Feirste. Tháinig mo sheal faoi dheireadh, mar sin féin, nuair a d'iarr Hartmann orm roinnt leathanach a léamh as *Beatha Wolfe Tone*. De réir mar a bhí mé féin ag cailleadh spéise in obair an raidió, b'amhlaidh ba mhó a bhí sé féin ag cur muinín ionam. Níor luaigh sé an cuairteoir ach dar liom go raibh rún éigin eadrainn a d'fhág go raibh sé níos dáimhiúla liom ná roimhe. Thug sé moladh mór dom nuair a bhí an craoladh déanta agus d'fhiafraigh díom an raibh aisteoireacht ar bith déanta agam. Ar ndóigh, ní raibh – den chineál a bhí i gceist aigesean. Ach, ina dhiaidh sin, nach aisteoireacht a bhí ar siúl agam ó tháinig mé chuig an Rundfunkhaus? Aisteoireacht, cleasaíocht agus cur i gcéill. A dhála sin, bhí Róisín cinnte go raibh misean mór tugtha ag an chuairteoir úd dom agus ní raibh lá rúin agamsa an fhírinne a chur ar a súile di.

Má bhí mé níos oilte sa chur i gcéill ní sásamh a d'fhág sé agam ach searbhas. Is iomaí uair sna seachtainí sin a chuimhnigh mé ar na seanmóirí beaga a thugadh an tAthair de Bhailís dúinn sna blianta deiridh ar scoil. Ár n-ullmhú a bhí sé, is dócha, sula gcuirfí amach i gcionn an tsaoil muid. É ag siúl idir na deasca de choiscéim mhall agus an glór siosach suaithní sin aige ag ardú agus ag síothlú arís le gach béim. Sin agus gach samhail aige ag breith barr ar an cheann a tháinig roimhe.

'Jonah! A bhuachaillí, an fear a shíl go dtiocfadh leis toil Dé a sheachaint. Nuair a d'ordaigh Dia dó múineadh a chur ar mhuintir Ninivé, nár imigh sé leis ar bord loinge agus é ag brath dul i bhfolach. Shíl sé dá rachadh sé chomh fada siar le Tairsís nach dtiocfadh Dia air. Má shíl, bhí breall air. D'éirigh mórtas farraige agus shéid gaoth mhór tríd an long gur thosaigh na mairnéalaigh ag mairgneach faoin donán mhallaithe a thug an t-anfa orthu. D'admhaigh Jonah dóibh gurbh é féin ba chiontaí agus nach dtiocfadh deireadh leis an stoirm a fhad is a bhí sé féin ina measc. Ba leisce leo é a chur as an long ach nuair a chuir faoi dheireadh, shíothlaigh an stoirm sa bhomaite. Níor luaithe san fharraige é agus gan i ndán dó ach an bás nuair a shlog péist mhór áibhéalta é. Mhair sé trí lá agus trí oíche i mbolg na péiste sin nó gur iarr sé cabhair Dé. Agus cad é a tharla, a bhuachaillí? Chaith an phéist amach as a bhéal é agus bhain sé talamh amach, é faoi chomaoin ag an Dia uilechumhachtach uilefheasach atá os ár gcionn uilig. Ba ansin a thuig sé go raibh toil Dé le déanamh agus siúd leis anonn go Ninivé go gcuirfeadh sé comhairle a leasa ar mhuintir na cathrach sin, sin nó go dtabharfadh Dia scrios agus bascadh orthu as a bpeacaí. Anois, a bhuachaillí, nárbh fhearr do Jonah an fhírinne a aithint sular leag sé cos ar an long sin an chéad lá riamh?'

Cad é a déarfadh an tAthair de Bhailís faoi Ninivé seo na Gearmáine? Cá raibh an phéist a shlogfadh isteach ina bolg mé go ligfeadh amach arís ar thalamh na hÉireann mé? Níorbh fhiú a bheith ag súil lena leithéid ach bhí comhairle agus rabhadh sin Ryan i mo chluasa i gcónaí: ní fhanann muir le fear sotail. Cibé a bhí le déanamh, rinne mé amach go mbeadh orm Elena a fheiceáil sula bhféachfainn le himeacht áit ar bith.

Nuair nach raibh tásc ná tuairisc le fáil ar Monika, smaoinigh mé ar an nóta sin faoin Deutsches Theater. Leath i ndiaidh a deich a bhí ar an nóta a d'fhág Elena agus Larissa an t-am eile. Rinne mé amach go rachainn ann an oíche chéanna sin díreach ag an am sin. D'fhág mé mo sheomra ar a deich nuair a bhí an foirgneamh ag éirí ciúin agus bunús na ndaoine ag déanamh cibé rudaí beaga a dhéanadh siad roimh dhul a luí. Shiúil mé ann tríd an cheobhrán agus mo hata tarraingthe síos thar mo ghlib. Nuair a bhain mé Schumannstraße amach bhí an Deutsches Theater romham, foirgneamh mór leathan maorga agus cearnóg bheag chluthar roimhe. Má bhí sé ina ionad siamsaíochta agus gleo roimhe, bhí cuma thréigthe thaibhsiúil anois air agus é faoi bhrat dorchadais. Chuimhnigh mé ar an chosc ar shoilse a lasadh i ndiaidh an aer-ruathair ach, go fiú agus na fuinneoga dubhaithe, bheadh léaró beag solais as bun an dorais nó áit éigin dá mbeadh dráma ar siúl. Bhí bileog mhór ar an bhalla agus é leathstróicthe, *Der Kaufmann von Venedig* (*The Merchant of Venice*), ba dhoiligh an dáta a dhéanamh amach ach nuair a las mé cipín faoi ba léir gur *März* (Márta) an mhí a bhí luaite.

Cibé acu a bhí an áit á hathchóiriú nó a bhí sí druidte ar ordú éigin ón rialtas, ní raibh a fhios. Ach caithfidh sé go raibh obair éigin faighte ag Elena agus Larissa ann nuair a bhí siad ag iarraidh orm bualadh leo ag an doras, trí seachtaine ó shin. Bhí mo sheanchasóg chomh maol sin gur bheag cosaint a bhí agam ar an cheobhrán throm agus shíl mé gurbh fhearr dom dul ar ais chuig mo sheomra. Ach ansin ní bheadh ann ach an caolseans go bhfeicfinn sa bhus iad nó sa Rundfunkhaus agus nuair nach raibh siad le feiceáil le trí seachtaine bhí mé in amhras nach bhfeicfinn Elena arís.

Bhí stua beag ag taobh na hamharclainne mar a raibh cabhsa cúng ag dul síos a fhad le cúpla bothán a bhí cosúil le seanstáblaí. Shiúil mé síos go dtabharfainn sásamh éigin do m'intinn nach raibh aon chomhartha eile ceilte orm sula n-imeoinn. Bhí an cabhsa chomh dorcha sin gur las mé cipíní romham le nach mbainfí tuisle asam sa tslí. Chuaigh mé thart leis na stáblaí agus síos go dtí coirnéal cúil an fhoirgnimh mar a raibh taobh-bhalla nach raibh ach beagán thar sheacht dtroithe ar airde. Thug mé iarraidh ar an bhalla agus tharraing mé mé féin aníos go bhfeicfinn cad é a bhí ar an taobh thall de. Bhí caochsholas dearg amach romham i gcoirnéal amháin. Lig mé mé féin anuas ar an taobh eile agus anonn go dtí foinse an tsolais.

Fuinneog bheag thanaí a bhí ann a raibh spota beag inti nár dubhaíodh go hiomlán. Nuair a chuir mé mo chluas leis an fhuinneog rinne mé amach go raibh monabhar éigin le cluinstin. Bhain mé bonn dhá *Reichsmark* amach as mo phóca agus thosaigh ag cnagadh go ciúin ar an ghloine. Bhí mé tamall maith ag cnagadh ar an dóigh sin gur thuig mé nach raibh gar ann. Ansin d'ardaigh an monabhar agus mhothaigh mé coiscéimeanna ag teacht níos gaire dom. Go tobann, osclaíodh doras beag íseal taobh liom go garbh agus thit bean agus fear amach tríd ag gáire agus ag cogarnach. Sula raibh faill agam labhairt leo thit siad ina gcnap ar an talamh ag pógadh agus ag deochadh a chéile. Choinnigh mé súil amháin thar mo ghualainn orthu agus choinnigh orm isteach tríd an doras bheag íseal.

Lean mé orm síos pasáiste dorcha agus mo chluasa ag déanamh an eolais dom i dtreo na nglórtha nach raibh iontu acu monabhar íseal ar ball. Chuala mé geonaíl íseal ar thaobh amháin mar a raibh seomra stórais de chineál éigin agus an doras ar leathoscailt. Nuair a d'amharc mé isteach níor léir dom ach toirteanna anaithnide ag coraíocht go mall agus anáil shaothrach anásta ag éirí astu. Bhí eagla orm coiscéim eile a thabhairt ar eagla go gcluinfí mé ach chuir mé cos amháin romham go faichilleach sa dorchadas agus choinnigh orm ionsar an ghleo. Leis sin, líonadh an pasáiste le solas nuair a phreab doras ar oscailt romham agus siúd chugam beirt a bhí snaidhmthe ina chéile agus gan aird ar bith acu orm. Bhí buidéal lena ucht ag duine acu agus greim láimhe ag an duine eile ar an bhuidéal chéanna. Bhrúigh siad tharam agus choinnigh mise orm isteach tríd an doras.

Bhí mé anois i mo sheasamh i gcoirnéal amháin den amharclann, ag amharc aníos ar an stáitse mar a raibh coinnle lasta ar an urlár agus bean fhada chaol ina suí go huaibhreach ar stól ard agus í ag ceol i nglór garbh múchta. Bhí a gruaig ghairid fhionn slíoctha siar aici agus loinnir gheal ón ola ghruaige. Smideadh tiubh craorag a bhí ar a dhá pluc agus spota dubh ar a leiceann deas mar a bheadh ball seirce ann. Bhí leathspéacla ar shúil amháin agus téad fhada síoda ar crochadh as síos go dtína brollach bán leathnocht. Bhí cos amháin ar an urlár aici agus sáil ard na coise eile crochta ar fhonsa an stóil, buataisí arda leathair a raibh solas na gcoinnle ag baint loinnir ghairéadach astu, agus amharc fánach ar bhrístíní dubha den tsról.

Chríochnaigh sí an t-amhrán le nóta fada olagónach agus d'umhlaigh a ceann go mall áibhéalta. Chualathas bualadh bos agus gáire ó na suíocháin tosaigh faoin stáitse agus phreab duine amháin ina sheasamh gur scairt *'Da capo!'* D'éirigh an ceoltóir agus shín a corrmhéar amach chuig duine den bhaicle bheag a bhí sa tsraith thosaigh. Leis sin, chuaigh an lucht éisteachta ag gáire agus ag scairtigh, 'Elena! Elena!' Lean mo shúile an chruthaíocht a d'éirigh óna suíochán agus a rinne a bealach suas an staighre taoibh go dtí an stáitse. Ba í a bhí ann. Ceannbheart ard de chleití dorcha a bhí uirthi agus gúna fada a raibh dath an airgid air agus mionchlocha geala greagnaithe ann faoin bhásta. Bhí smideadh dorcha faoina dhá súil agus dar leat gur amach as seanscannán Gearmánach a tháinig sí chun stáitse. Nuair a chuala mé glór a cinn mhothaigh mé tnúthán ionam nár bhraith mé ón oíche sin a cheol sí don Ambasadóir. Ach an iarraidh seo ní raibh neart ar bith i mo bhaill ná eagar ar bith ar mo chuid smaointe. Sheas mé mar a raibh mé, i mo stacán gan bhogadh agus gach nóta dá glór ina bhalsam ar m'anam. An t-amhrán céanna a bhí ann, an ceann céanna a cheol sí oíche an fhéasta, faoin lánúin a bhí ag achrann faoi ghealltanais a tréigeadh agus cumann a briseadh. De réir a chéile, chuimhnigh mé ar an méid a dúirt sí liom faoi nuair a bhí an bheirt againn ar an uaigneas le chéile an oíche sin. *Aria* as ceoldráma Rúiseach a bhí ann, faoi bhean óg álainn ar ghlac an Sár chuige mar bhrídeog í in éadan a tola. Táthar i ndiaidh leannán na mná óige a chur chun báis agus ceolann sí féin, í as a meabhair le grá agus le buairt chroí. Níl a fhios ar thuig an streachlán beag ólta a bhí ag éisteacht le hElena an méid sin ach thuig mise é. Thuig agus b'fhada liom go mbeadh seal eile ar an tsuaimhneas agam leis an bhean a bhí anois ag ceol.

Nuair a bhí nóta fada deiridh sin an *aria* ar crochadh go fóill thosaigh mé ag siúl trí shraith suíochán le go mbeinn ag bun an staighre taoibh nuair a thiocfadh Elena anuas. Bhí cuma strainséartha aduain uirthi faoina smideadh ach théigh mo chroí nuair a d'aithin sí i mbreacsholas na hamharclainne mé. Níor fhan sí le fiafraí díom cad é mar a fuair mé san áit seo í ach thug croí isteach dom sa bhomaite. Choinnigh sí greim láimhe orm agus tharraing ina diaidh mé go dtí an áit a raibh an chuideachta.

'Seo é, seo an buachaill a raibh mé ag insint daoibh faoi!'

Ní raibh a fhios agam cad é a déarfainn leis an dream éagsamhalta a bhí spréite ar na suíocháin agus buidéil *champagne* ar an urlár rompu. De réir gach cosúlachta, níorbh iontas ar bith acu mé a bheith i ndiaidh teacht ar an chóisir rúnda seo. Ar ndóigh, bhí siad seo ag diúgadh *champagne* mar a bheadh prionsaí agus banphrionsaí ann le níl a fhios cá fhad. Bhí an doras mór druidte ar an chathair chrua scáfar sin agus níor bhaol dóibh, dar leo. Chomh maith le hElena agus an bhean fhada chaol, bhí ceathrar eile sa chuideachta sin faoin stáitse, fear acu a raibh caipín agus culaith chaptaen loinge air, bean a raibh *sombrero* mór glas uirthi agus beirt a bhí gléasta in éide *The Merchant of Venice*. Chuir Elena lámh ar mo ghualainn agus d'iarr ciúnas.

'A mhaithe agus a mhóruaisle, a oirfideacha oirirce na hamharclainne, a aos ealaíne agus eagna, cuirigí fíorchaoin fáilte roimh an bhuachaill bhán as Éirinn, Réamann ró-uasal Prút! A dhaoine uaisle, Réamann, Réamann-ko Prút!'

Ardaíodh gloiní agus buidéil agus óladh mo shláinte agus siúd chugam bean an *sombrero* ghlais agus gloine *champagne* á síneadh aici chugam.

'Amhrán as Éirinn!' a scairt captaen na loinge agus é ina sheasamh romham go bréagúdarásach, 'Amhrán as Éirinn nó fiche lasc, a mhairnéalaigh óig!'

Tharraing Elena ar ais chuig an staighre taoibh mé

agus suas liom chuig an stáitse agus an *champagne* á chaitheamh siar agam. Bhí sé i mo cheann agam go gceolfainn 'Níl sé ina lá' ach sula raibh mé ag barr an staighre chualathas tailm mhór á bualadh ar an phríomhdhoras amuigh. Ba léir nárbh í an chéad tailm ach oiread í nó baineadh croitheadh as an halla leis na chéad bhuillí eile. Dar liom nár leis na hailt a bhíothas ag cnagadh ach le cos chrua raidhfil. Tháinig fear meánaosta de rith aníos an pasáiste láir agus é ag impí orainn a bheith inár dtost.

'In ainm Dé, imígí, gabhaigí amach ar cúl anois agus bígí ciúin, in ainm dílis Dé! Labhróidh mise leo mura bhfuil an doras ina smidiríní cheana acu. Imígí, imígí!'

Fuair Elena greim orm agus thosaigh ag rith leis an chuid eile acu, iad ag tuisliú agus ag stealladh *champagne* agus gach duine acu ag déanamh ar an phasáiste chúng dhorcha sin agus ar an doras bheag cúil mar ar tháinig mé féin isteach ar ball.

Nuair a bhí gach duine cruinn le chéile sa chlós bheag ar chúl na hamharclainne, chuaigh muid síos ar na glúine beaga faoin taobh-bhalla. Ní raibh aon duine ag caint ach na cluasa ar bior acu ar fhaitíos go dtiocfadh póilíní nó saighdiúirí isteach sa mhullach orainn. Amach as caochsholas an dorais tháinig beirt amach ionsorainn ach d'aithin mé an chéad duine, Larissa agus stócach éigin a raibh a chóta siúd thar na guaillí aici. Fuair Elena greim sciatháin uirthi agus tharraing go talamh í agus chuir lámh lena béal. B'fhéidir go raibh muid ansin deich mbomaite gan chorraí, inár suí fúinn sna scáthanna ach má bhí, ní raibh plean agam féin ná ag aon duine faoin dóigh a n-éalóimis as an ghábh ina raibh muid.

Ar thoradh moille, tháinig cloigeann chuig an doras bheag cúil. Ní caipín crua póilín ná clogad saighdiúra a bhí ann ach blagaid bhog an fhir mheánaosta úd a thug rabhadh dúinn ar ball.

'Tá siad imithe ach beidh oraibh féin bailiú libh anois láithreach. Níl am ar bith le spáráil. Seo, osclóidh mé an geata cúil daoibh ach imígí amach go ciúin nó beimid uilig san fhaopach.'

Lean muid go dtí an geata é agus é ag fústráil le cloigín eochracha sa dorchadas. Lig sé amach inár nduine agus inár nduine muid agus é ag mairgnigh linn i gcogar cráite imníoch faoin chontúirt a bhí muid i ndiaidh a tharraingt air.

'Murab é go raibh aithne agam ar an fhear a bhí i gceannas bhí mo phost mar fhear faire agus m'áit chónaithe caillte agam go cinnte. Tá mé róbhog libh, róbhog. Ach seo an uair dheireanach, seo an uair dheireanach go cinnte anois!'

Mé féin agus Elena an bheirt dheireanach a lig sé amach tríd an gheata. Thiontaigh Elena chuige agus chuir a lámha thart ar a mhuineál, á phógadh go ceanúil.

'Ná déanadh sé aon bhuaireamh duit, a Otto,' ar sise leis ag cuimilt a leicinn go muirneach, 'beidh oícheanta eile againn, a stór.'

Níor fhreagair sé féin í ach dhruid an geata go ciúin faiteach inár ndiaidh.

Ní raibh a fhios agam cad é an ealaín a bhí ar Elena ach fuair mé amach ina dhiaidh go raibh an Otto bocht seo faoi dhraíocht aici agus gur ar mhaithe léise a bhí sé ag ligean don bhaicle bheag shuaithní seo ionad ragúis a dhéanamh den amharclann a fhad is a bhí sí á hathchóiriú. Thuig mé nárbh fhiú dom a bheith in éad le hOtto; ní raibh ann ach seift eile a bhí Elena a imirt, dála mar a dhéanadh sí i gcónaí – an long dheireanach as Sevastopol, an féasta deireanach i mBeirlín, d'aimseodh sise é. Dá mbeadh doras cúil amach as ifreann bheadh eochair aici dó. Níorbh iontas ar bith í a bheith anois ag tabhairt treoracha don bhuíon bheag aerach seo. Lean muid í síos cabhsa eile a bhí ar chúl na hamharclainne agus amach linn ar shráid bheag a thug go taobh an Tiergarten muid. Dúirt duine den bheirt a bhí gléasta in éide *The Merchant of Venice* go mbeadh seisean ag déanamh an eolais dúinn ina dhiaidh seo. *Berliner* a bhí ann féin a dúirt sé agus gach cosán agus lána beag sa Tiergarten siúlta aige.

Thug an captaen loinge iasacht lastóra dó agus dúirt go mbeadh air é a fháil ar ais uaidh roimh dheireadh na hoíche nó go mbeadh punt dá chuid feola aige. Lean muid ár dtreoraí faoina chlóca mór corcra agus a hata dearg feilte trí choillte dlútha an Tiergarten, gan fhios agam cá raibh ár dtriall. Ba chuma liom a fhad is a d'fhéadfainn féin agus Elena siúl i ngreim láimhe ina chéile. Ba bheag m'aird ar aon ní eile agus má bhí contúirt i mBeirlín níor léir domsa í. D'fhógair sí don scaifte nach mbeadh cead ag aon duine dul a luí ach *nuit blanche*, oíche go maidin, a dhéanamh de. Ansin mhínigh sí domsa go raibh sí san áit a raibh an *nuit blanche* acu: Cathair Pheadair na Rúise sa tsamhradh, áit nach mbíonn sé dorcha riamh amach ó sheal beag den bhreacsholas. Cé nár admhaigh mé di é, i ndorchadas dlúth an Tiergarten féin bhí sé ina lá geal samhraidh i m'intinnse. Níl a fhios an mar gheall ar í a bheith imithe gan tuairisc go dtí an oíche sin a tharla sé dom ach thuig mé anois nach raibh leigheas ar bith ar mo ghalar ach í a leanúint go deireadh an domhain.

Cibé a tharla an oíche sin, ní deireadh an domhain a bhí ar an taobh thall den Tiergarten ach teach mór galánta in Kurfürstendamm. Bhí cóisir ag lucht scannán ann agus réaltóga móra nach raibh aithne ar bith agamsa orthu san áit. An bhaicle bheag dhalba neamhumhal ar tháinig mé isteach leo, dar liom gur tháinig athrú éigin orthu nó gur leáigh a misneach nuair a shuigh siad i gcuideachta dhéithe móra na pictiúrlainne. Uair an chloig roimhe sin, bhí siad i ndiaidh éalú as greamanna dubha na bpóilíní nó cibé cén bhuíon bithiúnach a bhí ag doras na hamharclainne an t-am úd. D'éalaigh siad agus thrasnaigh siad an Tiergarten sa dorchadas, an dream suaithní síúil seo, gach duine acu agus a fheisteas iontach féin air. Ba shamhail iad den spiorad neamhghéilliúil thréasúil a bhí in easnamh sa chathair seo, áit a raibh cead ag saighdiúirí a bhás a thabhairt ar pháiste in aice le daoine a bhí ag ithe lóin agus ag ól caife. Ach anois, cibé iomartas a bhí ag dream sotalach seo na scannán orthu, leáigh an laochas a bhí i mo chomrádaithe agus d'imigh draíocht na hoíche sin mar a leáfadh cúr na habhann. Ach bhí duine amháin nár theip ar a misneach agus nuair a bhí an chuideachta ag titim chun suain bhí sí liom go dtí an doras. Ar ár mbealach amach dúinn sháigh sí casóg mhór alpaca faoi m'ascaill agus súil amháin thar a gualainn aici.

Ba seo anois maidin Domhnaigh agus gan fiachadh ar cheachtar againn dul ag obair. Dúirt Elena go raibh an rannóg lenar bhain sí féin aistrithe go háit éigin eile sa chathair agus nach sa Rundfunkhaus a bheadh sí féin agus Larissa feasta. Rith sé liom a rá léi go raibh mé féin ag iarraidh an Rundfunkhaus a fhágáil ach shíl mé go bhfanfainn go fóill beag. Bhí an lá uilig againn agus níl a fhios cá fhad ina dhiaidh sin, go leor ama le labhairt ar gach rud.

Chuaigh muid ar ais chuig m'fhoirgneamhsa agus suas an staighre maorga go bhfeicfeadh sí an áit ar chodail mé san oíche. Níor luaithe thar thairseach an dorais muid gur shuigh sí de phlimp síos ar an leaba. Bhain sí di an ceannbheart ard cleití mar a bheadh sí ag baint ualach trom dá cloigeann le faoiseamh. Bhí an smideadh trom faoina súile ina shúiche smeartha salach faoi sholas geal na maidine. Bhain sí di na bróga agus luigh siar sa leaba. Níor bhog mise as an chathaoir a bhí os comhair na leapa ach mé ag amharc uirthi ina luí san áit a luínn féin, an tearmann beag sin nach bhfuair aon duine eile cead isteach ann go dtí seo. Go dtí anois, agus an duine ab ansa liom ar an tsaol seo ina luí ann faoi na héadaí leapa céanna ina bhfaighinn foscadh ón fhuacht agus faoiseamh ó thuirse an lae. Ní fhéadfainn ach stánadh uirthi, ar a folt dubh gruaige spréite ar an cheannadhairt agus ar a corp seang faoi na braillíní. Mhair mé mar sin go dtí meán lae ag déanamh iontais den chor nua seo i mo shaol. An *nuit blanche* mhíorúilteach nach raibh deireadh léi go fóill.

VIII

Ní raibh sa tseomra agam ach canta aráin agus beagán den mhil tacair, an *Kunsthonig*. Nuair a mhothaigh mé Elena ag múscailt go mall agus ag baint na sramaí dá súile, chuir mé síos an citeal agus rinne braon tae don bheirt againn. Thug mé ar ais an t-arán agus an tae agus leag síos ar stól a bhí in aice na leapa iad. Bhí sí féin ina suí anois agus a droim leis an bhalla, a dhá lámh cuachta ar a glúine aici. Thosaigh sí ag súimíneacht an tae mar a bheadh sí ag iarraidh a haird a dhíriú ar chruacheist éigin lena ciall a mhúscailt i ndiaidh a suain.

'Cá fhad i mo chodladh mé?' ar sí i gcogar piachánach.

'Níl a fhios,' arsa mise. 'Níl m'uaireadóir socraithe agam.'

Shiúil mé go dtí an fhuinneog agus d'amharc amach ar chlog na grúdlainne a bhí ag coirnéal na sráide.

'Leath i ndiaidh a dó dhéag atá sé. Bíodh néal codlata agat más maith leat, ní miste liomsa. Níl deifir ar bith orm. Agus ní raibh an oiread den *champagne* agam agus a bhí agaibhse aréir.'

Tháinig meangadh pianmhar ar a béal.

'Ná labhair liom faoi *champagne*. Ceann de na buntáistí atá ag an Ghearmáin. Anois agus an Fhrainc ina seilbh acu tá an *champagne* le fáil go réidh i mBeirlín.'

Bhí gach frása dár labhair sí ag cur saothar uirthi. Chuir sí a cloigeann leis an bhalla agus dhruid na súile. Bhí an smideadh ina chrústa de phúdar tirim ar a haghaidh.

'Tá uisce glan sa chrúiscín agus an babhla sa choirnéal. Más maith leat tú féin a ní.'

'Cad é atá tú a mhaíomh?' ar sise. 'An bhfuil cuma chomh holc sin orm gur mhaith leat mé m'aghaidh a ní? B'fhearr liom toitín má tá ceann ar bith sa tseomra seo agat.'

Chuaigh mé a fhad leis an chasóg alpaca agus bhain amach an cás beag lonrach a bhí i gceann de na pócaí.

'Bíodh sé agat,' arsa mise. 'Tusa a sciob an chasóg. Nuair a chuir mé mo lámh sa phóca aréir mhothaigh mé an cás toitíní seo ann.'

D'éirigh Elena go hanásta ón leaba agus shiúil a fhad leis an fhuinneog. Bhain sí sracadh beag as an hanla agus lig isteach aer úr an tráthnóna. Leis sin, dhearg sí toitín agus lig gal fada ribeogach toite amach san aer eadarbhuas. Sheas sí ansin gan bhogadh, a cruthaíocht álainn chomair idir mé agus léas, solas na gréine ar a gruaig fhíneáilte a bhí caite siar ar irisí a gúna síoda airgid. Cá mhéad uair a d'amharcfainn uirthi mar sin, ina seasamh ag machnamh nó ag aislingeacht ag fuinneog faoi sholas an tráthnóna? B'fhada liom go dtuigfinn cad é mar a mhothaigh sí féin ach faoi láthair ní fhéadfainn gan iontas a dhéanamh d'achan uile mhionrud a rinne sí: an dóigh ar bhain sí súimíní as an tae ar ball, an dóigh ar dhiúl sí práib mheala a bhí ar bharr a méire nó an fústar beag a rinne sí ag scuabadh grabhróg dá glúine lena corrmhéar sular éirigh sí ón leaba ar deireadh. Gach rud, dá laghad é, ba chuid suntais sa bhomaite sin é.

Thiontaigh sí chugam le luaithreadán a ghlacadh uaim agus d'aithin mé an t-amharc rógánta ag dúiseacht ina súile arís i ndiaidh an toitín.

'Cad é atáimid ag dul a dhéanamh leis an lá saoire seo?' a d'fhiafraigh sí díom, ag baint fad as gach focal.

Chuir sí lámh amháin le mo ghiall agus phóg mo bhéal go séimh cineálta.

'Ar tharla rud ar bith aréir eadrainn, a Réamainn?'
'Rud ar bith …?'
'Is ea, rud ar bith den chineál sin, an cineál ruda a tharla oíche fhéasta an Ambasadóra agus oíche an aer-ruathair.'

'Níor tharla,' a d'fhreagair mé agus lasadh i m'aghaidh. Phléasc sí amach ag gáire agus chuir truilleán liom, do mo bhrú siar sa chathaoir.

'Cá bhfuil an crúiscín seo in ainm Dé? Ní dhéanfaidh a dhath maith duit ach mé m'aghaidh a ní is cosúil!' ar sise, ag máirseáil mar dhea go coirnéal an tseomra. 'Caithfidh sé gur san arm a bhí tú, a Réamainn, sular tháinig tú ag obair sa Rundfunkhaus! Is dócha go mbeidh orm an leaba a chóiriú anois agus seasamh in aice léi go ndéanfaidh tú cigireacht uirthi?'

'Ní san arm a bhí mé ach sa Chabhlach Trádála,' a d'fhreagair mé.

'Mairnéalach!' ar sise, ag doirteadh an uisce as an chrúiscín agus ag cromadh ar an mhias mhór leathan lena ní féin. 'Tá mo chroí istigh san fharraige agus sa loingeas. Ar inis mé duit go raibh m'uncail sa chabhlach le Rimsky-Korsakov – an cumadóir ceoil a chum *Brídeog an tSáir*?'

Bhí cineál d'aiféaltas orm faoin tuáille bheag scáinte a bhí agam ach shín mé chuici é agus í ag cur na méar fliuch trína dualaí dubha gruaige agus ag amharc uirthi féin sa scáthán bheag shaor a raibh cailicín liath air nár glanadh riamh.

'Rimsky-Korsakov. Ba é a chum an *aria* sin a cheol tú arís aréir?'

D'amharc sí thar a gualainn orm agus binn an tuáille lena cluas, í mar a bheadh imeachtaí na hoíche sin dearmadta aici agus mé á n-aithris arís di iad.

'Is ea, is ea … "Aria Marfa" … Sin an ceann a cheol mé. As *Brídeog an tSáir*.'

Stán sí orm ar feadh bomaite agus bhris an gáire uirthi arís.

'An miste leat mé na héadaí céanna a chaitheamh

inniu arís, a Réamainn? Nó an bhféadfainn péire bríste a fháil ar iasacht uait?'

'Ní chuirfí sonrú ar bith ionat aréir dá mbeadh bríste fir féin ort,' arsa mise. 'Nár shuaithní an dream muid ag trasnú an Tiergarten mar a bheadh sorcas a d'éalaigh amach san oíche ann?'

'Níl a fhios an mbeidh faill againn cóisir mar sin a bheith againn arís san amharclann,' arsa Elena go leathmhaoithneach. 'Ba é sin an *cabaret* rúnda ar stáitse mór maorga an Deutsches Theater. Ní bhfaighimid cead isteach arís ann.'

'Ní bheidh tusa i bhfad ag cluain ar an Otto sin arís,' arsa mise léi. 'Is cosúil nach bhfuil rud ar bith nach ndéanfadh sé duit, nó sin a bhíothas a rá aréir. Ar ndóigh, tuigim dó.'

A luaithe a bhí an dá fhocal dheireanacha sin ráite agam, thit tost orainn. Oiread a bhí foghlamtha agam le míonna anuas sa chathair seo faoi bheith cúramach faoin méid a déarfainn, gan mo rún a scaoileadh ná mo smaointe a nochtadh, bhí sé uilig ar neamhní anois agus an dá fhocal sin ráite agam. D'amharc mé amach ar an fhuinneog le haiféaltas nó le faitíos roimh an rud a bhí mé i ndiaidh a rá. Tháinig Elena chuig an fhuinneog agus chuir méar amháin faoi mo smig. Bhí obair agam amharc sna súile uirthi ar eagla go n-aithneoinn an diúltú iontu. Bhí a fhios agam go raibh barraíocht ráite. D'fhan sí ar feadh meandair bhig ag amharc orm sular labhair sí.

'Cá bhfuilimid ag dul? Nó an bhfuil tú fá choinne an t-aon lá saoire atá againn a chur amú?'

Chuimhnigh mé ar rud a deireadh an tAthair de Bhailís, 'ón uair a chuirtear focal ar muir, ní féidir leis filleadh choíche. Horace, a bhuachaillí.'

Dhruid mé an fhuinneog agus chuir mé orm an chasóg alpaca. Sheas Elena siar ag déanamh iontais di agus í ag cuimilt olann bhog na muinchille lena lámh.

'Mise a sciob sin, a deir tú? D'fhéad mé casóg mná a sciobadh. Tá mé rómhaith duit, a Réamann-ko! Anois, in ainm Dé, siúil leat go bhfeicfimis cad é eile atá le fáil sa chathair seo!'

Nuair a bhí muid ag bun an staighre tháinig Frau Schneider chuig a doras agus d'iarr orainn fanacht. Seanbhean thíriúil í seo a raibh aithne ag achan duine san fhoirgneamh uirthi mar gheall ar dhá phearóid a choinnigh sí a raibh frásaí beaga Gearmáinise acu.

'B'fhéidir go mbeadh dúil agaibh iontu seo?' ar sise ar fhilleadh di agus mála páipéir lán cnónna milse á shíneadh chugainn aici. 'Gortaíonn siad m'fhiacla agus ní fiú an saothar dom iad ach ní bhíonn trioblóid mar sin ag an aos óg.' D'amharc sí ar Elena agus chaoch súil ormsa mar a bheadh sí ag tréaslú mo leannáin nua liom.

'Nach méanar daoibh,' ar sise, ag druidim an dorais ina diaidh agus í ag gáire léi.

Ag dul amach ar an phríomhdhoras dom chuir Elena a lámh faoi m'ascaill ag dul síos an chéim.

B'fhéidir nach raibh ann ach go raibh an *champagne* ag cur míobhán uirthi go fóill agus go raibh taca de dhíth uirthi ach neartaigh sé mo mhisneach.

Ag dul thart leis an ghrúdlann dúinn mhothaigh mé gur chuir Elena a haghaidh le mo ghualainn mar a bheadh sí ag iarraidh foscadh a fháil ó bholadh trom lus an leanna.

'Seo,' arsa mise léi, 'bain triail as ceann de na cnónna milse seo. Cuideoidh an siúcra leat.'

Theann sí níos gaire dom agus choinnigh a cloigeann cuachta istigh faoi mo ghualainn. Mhothaigh mé amach romhainn fear ard fionn ag stánadh ar Elena agus aoibh air. Thrasnaigh sé an tsráid agus ghlaoigh ainm Elena i nglór domhain múchta.

'Cad é a d'éirigh daoibhse?' ar sé ag gáire, 'agus tusa, Elena, ag caint ar an *nuit blanche*, d'imigh sibh sula raibh sé ina lá!'

D'ardaigh Elena a ceann agus thug croí mór isteach dó, á phógadh ar an dá leiceann go ceanúil. Ach ab é go raibh rud éigin ann faoin duine seo a bhí ag déanamh mearbhaill dom, bheinn in éad leis as an dá phóg sin. Ní raibh aon chuimhne agam air ón oíche aréir go dtí gur thosaigh sí ag déanamh *waltz* le hElena ag taobh na sráide agus ag ceol amhráin a bhí cluinte agam an oíche roimhe. Ba í seo an bhean fhada chaol a bhí ina suí ar stól ar an stáitse nuair a tháinig mé ar an chóisir de chéaduair! Ba dheacair sin a shamhlú leis anois faoina chulaith dhúghorm agus a hata *Trilby* ar leathmhaig.

'Nach cinnte go raibh muid ann go maidin,' arsa Elena á bhrú uaithi, 'ach sibhse a bhí ag smúrthacht fá dtaobh de lucht scannán, ní hiontas nach dtabharfadh sibh sinn faoi deara!'

'Ó luaigh tú é,' ar seisean, 'tá mé leis an stiúrthóir a fheiceáil ar ball. Deir sé go bhfuil páirt aige dom, fear fionn Gearmánach uaidh le haghaidh gearrscannán fógraíochta. Caithfidh mé tosú áit éigin agus tá na *Reichspfennigs* le cuardach, a thaisce!'

Ghlac sé trí choiscéim fhada siar uainn mar a bheadh sé ag scátáil ar leac oighir agus d'umhlaigh romhainn go drámatúil mar a rinne sé an oíche roimhe ar an stáitse ina bhean dó.

Lean mé féin agus Elena orainn i dtreo an Tiergarten mar a mbeadh daoine romhainn ag déanamh só agus ag spaisteoireacht faoi dhuilliúr úr an earraigh. Shiúil muid isteach tríd an gheata dhubh iarainn agus thart le stainníní bláthanna agus cairteacha uachtar reoite. Thosaigh mé ag cuimhneamh ar an tráthnóna úd in Buenos Aires, ar an Avenida 9 de Julio agus ar an toircheas a bhraith mé san aer chumhra mhealach ann. Fuair mé mo shaoirse in Buenos Aires nó b'ann a thuig mé gur cineál príosúnachta a bhí sa chabhlach agus go raibh mo shaoirse le cuardach in áit éigin eile agam. Cén fáth nach dtiocfadh fírinne éigin mar sin chugam arís sa

Tiergarten dá gcoinneoinn mo mhisneach? Go háirithe agus lámh Elena faoi m'ascaill go fóill agus teas a colainne ag cur m'fhuil ag coipeadh sna cuislí. Ba dheacair dom gan an rud a bhí ar mo chroí a roinnt léi ach bhí a fhios agam go raibh cluiche le himirt agam, cluiche nach raibh na rialacha ar eolas ag aon duine ach cluiche mar sin féin.

Bhí Elena ag cur thairsti faoi lucht scannán agus an t-éirí in airde a bhí iontu. 'Bíodh aige, é féin agus a ghearrscannán beag scallta. Níl ealaín ná spórt féin sa chineál sin ruda. D'oibrigh mise ar chúpla seit nuair a tháinig mé anseo ar dtús – bheadh sé chomh maith agat a bheith i monarcha ag cur cipíní i mboscaí. B'fhearr liomsa an amharclann, nó an raidió féin. Smaoinigh ar na háiteanna mórluachacha uilig, na stáitsí móra maorga i bpríomhchathracha na hEorpa agus an domhain féin ina mbíonn ceoldrámaí agus coirmeacha ceoil. Smaoinigh ar na sluaite ina suí os do chomhair, iad ar téad ag guth do chinn! Sin an rud ba mhaith liomsa. Cad é atá sa scannán ach rud marbh? Níl romhat ach scáileán tanaí fuar gan mothú ná croí ann. Cén sásamh atá le fáil as rud mar sin?'

'An dóigh leat go dtiocfaidh an lá arís a mbeidh cead do chinn agat – cead taistil chuig na cathracha sin a luaigh tú agus ceol iontu?' a d'fhiafraigh mé di.

'Cad chuige nach mbeadh? An é go síleann tú go mbeidh sé ina chogadh i gcónaí? A Réamainn an dóchais bhig!'

Ní raibh a fhios agam cad é an freagra a d'fhéadfainn

a thabhairt uirthi gan mo rún a ligean léi i dtobainne. Níorbh é a bhí uaim, ar ndóigh, ach fad a bhaint as an lá álainn seo a bhí againn ar an tsuaimhneas. Ina dhiaidh sin, bheadh orm rud éigin a rá léi am éigin. Ar an chosán amach romhainn bhí baicle bheag bailithe agus cloigeann mór donn os a gcionn ina lár. Nuair a tharraing muid níos gaire dóibh thuig mé nár chloigeann duine a bhí ann ar chor ar bith ach béar mór a bhí ar slabhra ag seanduine giortach féasógach. Is ag siúl rompu a bhí an dís agus fáinne daoine thart orthu, bodhrán de dhruma á bhualadh ag an tseanduine agus slabhra trom ceangailte thart air féin agus ar an bhéar. Chuaigh Elena a fhad leis an tseanduine agus shlíoc a fhéasóg ionann is a rá gurbh é féin an peata seachas an máistir. Chuir sí na daoine ag gáire agus na páistí ag broideadh a chéile go pleidhciúil. Dar liom go bhféadfá an lá a chur isteach in áit mar seo agus dearmad a dhéanamh den chogadh, de Hitler agus dá réimeas brúidiúil. Ansin chuimhnigh mé ar chomhairle Frank Ryan.

Shiúil muid linn go raibh buillí an bhodhráin agus gáire agus gleo an scaifte ina ndordán íseal inár ndiaidh, muid ag spaisteoireacht linn trí chosáin nach raibh iontu ach an dúdhorchadas an oíche roimhe agus amach linn go dtí an ascaill mhór láir a raibh crainn ar gach taobh di go bun na spéire. Shuigh muid síos ar bhinse agus leag mé amach an mála cnónna milse eadrainn.

'Sílim go mairfidh an cogadh,' arsa mise, 'ach níl sé i gceist agam fanacht go mbeidh fios a mhalairte agam.'

Chuir Elena a lámh os cionn a malaí mar scáth ar an ghrian.

'Cad é atá tú a mhaíomh?'

'An tír seo a fhágáil an dá luas is a thig liom. Ach tá rud eile ann. Níor mhaith liom imeacht gan tú.'

Bhí sé ráite agam, an focal anois ar muir agus gan gléas air filleadh.

Ní dhearna Elena ach cúpla cnó a bhaint as an mhála agus iad a chur ina béal gan focal a rá.

Bhí an ghrian inár súile agus ní raibh comhartha ar bith agam lena hintinn a léamh.

Nuair a labhair sí bhí siosmaid chiúin le haithint ar a glór.

'Tiocfaidh deireadh leis an chogadh, a Réamainn, nuair a gheobhaidh dream amháin treise ar an dream eile. Go díreach mar a tharla leis an Chogadh Mhór agus le gach cogadh dá raibh ann riamh roimhe. Agus is cogadh domhanda é seo – cibé áit ar domhan a sroichfidh tú beidh an cogadh romhat agus i do dhiaidh. Nach mbeadh sé chomh maith agat a bheith anseo chomh maith le háit ar bith eile?'

'Tá áiteanna neodracha ann,' arsa mise. 'Chuaigh cara liom go Casablanca, d'fhéadfá imeacht as sin go Meiriceá Thuaidh nó Meiriceá Theas. Ach tá áit níos gaire ná sin dúinn atá neodrach, Saorstát Éireann.'

Shuigh muid inár dtost agus gan fhios agam i rith an ama cé acu a bhí Elena ag cur na ceiste sa mheá nó a bhí lagar na póite ag filleadh uirthi agus a fuinneamh ag trá.

'D'éalaigh mise as mo bhaile féin le mo bheo. Sin an fáth a bhfuil mise anseo. Cén fáth ar tháinig tú anseo go Beirlín, a Réamainn, mura raibh an tóir ort a bhí ormsa?'

Bhí obair agam freagra a thabhairt uirthi nach gcuirfeadh cuma amaideach orm ach thuig mé nárbh é an t-am é le bheith do mo chosaint féin ach an fhírinne, dá thútaí é, a rá amach.

'Ní raibh aon duine sa tóir orm. Shocraigh mé . . . Shocraigh muid – mé féin agus cara liom – go mbeimis inár scríbhneoirí móra. Ach caithfidh scríbhneoirí móra eolas a chur ar an tsaol mhór agus ní raibh a dhath le foghlaim agam sa bhaile. Tháinig mé anseo le cuid den tsaol mhór sin a fheiceáil.'

Shíl mé gur aithin mé aoibh ag teacht ar aghaidh Elena faoin ghrian.

'Bhuel,' ar sise, 'nach sin agat é? Tháinig tú ar mhaithe leis an ealaín agus fuair tú anseo i mBeirlín í, an áit is lú a samhlófá an ealaín léi, an áit a gcuirtear leabhair trí thine agus scríbhneoirí i ngéibheann, tá mise agus mo chomrádaithe á cleachtadh ar neamhchead do lucht ansmachta agus éagóra. Beirlín an *cabaret*, Beirlín na saoirse agus na hainmheasarthachta, tá sí againne ar neamhchead do na búir. Sin agat dílseacht d'ealaín, sin agat an saol mór ar labhair tusa agus do chara faoi, a Réamainn.'

Ní fhéadfainn gan suntas a thabhairt don diongbháil

stuacach a bhí ina glór agus í ag caint agus thuig mé nárbh aon easpa fuinnimh a bhí ar Elena ach a mhalairt ghlan. Mar sin féin, bhí dul amú uirthi má shíl sí go bhféadfaí neamhaird a thabhairt ar an chogadh.

'Tá sibh saor san oíche, a Elena, le bhur gcuid bheag féin den tsaoirse a chumadh daoibh féin. Ach cad é faoi obair an lae? Tá sibh fostaithe ag an stát lofa seo. Tá sibh ag coinneáil innealra na héagóra sin ag gabháil, olc maith libh é. Fuair mise mo sháith de agus níl fúm fanacht. Beidh orainn uilig cuntas a thabhairt inár ngníomhartha nuair a bheas seo uilig thart.'

'Ní bheidh aon bhuaireamh ormsa sin a thabhairt nuair a thiocfaidh an t-am,' a dúirt Elena go ceanndána.

Chonacthas dom go raibh an cluiche seo, cibé cén cluiche é, go raibh sé á chailleadh agam ar ascaill mhór sin an Tiergarten.

'Ní smideadh agus feisteas amharclainne atá sibh a chur oraibh gach oíche, a Elena, ach dallamullóg. Dallamullóg a chosnóidh sibh ar sholas nimhneach na fírinne. Chuige sin a bhíonn sibh ag cruinniú le chéile sa dorchadas.'

Lig sí a ceann siar thar chúl an bhinse agus dhruid na súile mar nach mbeadh toil ar bith aici do mo chuid tuairimí.

'Éist leat, ag seanmóireacht!'

'Má fhanann tú anseo, a Elena, beidh dála Bhrídeog an tSáir ort. Ach gurb é Hitler an Sár sa tír seo.'

D'oscail sí na súile agus chlaon a ceann chugam beagán. Phóg sí mé ar chlár m'éadain agus d'éirigh ina seasamh.

'Níl ciall ar bith agat, a Réamainn. B'fhearr dom imeacht. Beidh Larissa buartha.'

Thóg mé an mála cnónna agus chuir an cóta alpaca ar mo leathlámh. Shiúil muid linn go neamh-anamúil ar an bhealach mhór leathan sin idir an dá shraith crann, gach crann acu ar an airde chéanna, iad uilig ina samhail den rialtacht ag síneadh síos siar idir dhá cheann na hascaille.

Nuair a bhain mé m'fhoirgneamh amach ar thoradh moille bhí Frau Schneider ina seasamh i marbhsholas an halla, pearóid ar a gualainn aici agus a cluimhreach beo ildathach siúd mar a bheadh tóirse ann sa scáil.

'Cad é mar a chuir sibh an lá, a stócaigh? Tú féin agus do rúnsearc?'

Níl a fhios ar thóg sí orm é ach shiúil mé liom suas an seanstaighre marmair agus lig orm nár chuala mé í.

IX

Ní raibh mé sa Tiergarten ina dhiaidh sin ná sa Deutsches Theater. Ní hé gur stad mé de smaoineamh ar Elena ná nár smaoinigh mé fiche uair sa lá ar labhairt léi arís. D'fhéadfainn dul chuig an áit a raibh a rannóg anois lonnaithe agus labhairt léi ansin. Thiocfadh fanacht léi ag am scoir agus í ag teacht amach as an fhoirgneamh nó seasamh ag stad an bhus go dtiocfadh sí féin agus Larissa agus cibé comhghleacaithe a bheadh leo. Smaoineoinn ar leithscéal éigin: gur cuireadh ann mé le teachtaireacht, go raibh coinne agam sa cheantar. Thiocfadh sin a rá agus tuilleadh. Ach b'fhearr liom go mór an fhírinne a insint, gur tháinig mé ann le hí a fheiceáil, nach raibh deireadh dúile bainte go fóill agam di agus nach dtiocfadh liom coinneáil orm mar a bhí. Ach dá ndéanfainn sin, agus dá bhfaighinn faill comhrá léi, bhí ceist eile ann: cad é a déarfainn an iarraidh seo nár dhúirt mé an t-am deireanach?

Níor stad mé de smaoineamh ar Elena ach bhí rud eile nach dtiocfadh liom dearmad a dhéanamh de. A dhála sin, tháinig an cuairteoir úd ar ais le labhairt liom cúpla seachtain i ndiaidh oíche mhór na cóisire. D'aithin mé ar an toirt é faoina chulaith shaoire agus an hata a raibh duilleog leathan air. Seachas teacht chun na hoifige, bhí sé ag fanacht liom ag coirnéal na sráide mar ar thuirling mé den bhus. Chonaic mé ó fhuinneog an bhus é agus gach cuma air go raibh a fhios aige go mbeinn ann ar deich go dtí a hocht mar ba nós liom. Ag teacht den bhus dom smaoinigh mé ar bhrostú liom agus neamhaird a thabhairt air ach bhí a fhios agam nach fada ina dhiaidh sin go mbeadh orm labhairt leis. Nuair a bhí sin tuigthe agam mhoilligh mé mo choiscéim agus lig do na paisinéirí eile dul romham. D'fhan seisean gur chualathas inneall an bhus ag greadadh leis arís sular chuir sé forrán orm go ciúin discréideach.

'Siúil liom an bealach seo. Tá a fhios ag Herr Hartmann go bhfuil gnoithe agam leat.'

D'imigh mé leis go dtí an taobh eile den bhóthar mar a raibh fear eile ina shuí i gcarr mór fada dubh.

'Suímis isteach,' ar sé.

Chuimhnigh mé nach raibh mé i gcarr riamh ó tháinig mé chun na Gearmáine agus mhothaigh mé an fhuil ag borradh ionam ag smaoineamh ar an eachtra úr seo a bhí romham anois.

Bhí pléisiúr éigin ag baint le bheith ag imeacht in aghaidh an tsrutha. Gach duine de na daoine a bhí ar na sráideanna amuigh, bhí siad ag deifriú chuig oifigí nó chuig monarchana le lá fada eile a chur isteach. Gach lá chomh fada leis an cheann eile. *Schadenfreude* a thugann na Gearmánaigh ar phléisiúr a bhaint as mí-ádh duine eile. Ach ba rud níos mó ná sin a mhothaigh mé. I mo shuí siar i suíochán bog an chairr agus muid ag sciobadh thart le sclábhaithe gruama na sráideanna, bhí samhail agam den dóigh a dtiocfadh leis an saol a bheith. Ba dhuine de na sclábhaithe seo mé féin go dtí gur shuigh mé isteach sa charr anois beag. Ba chuma cad é a bhí romham, ba chuma cad é an 'gnoithe' a bhí ag an fhear a bhí le mo thaobh liom – bhí mé ag dul sa treo eile agus nach sin a bhí uaim an chéad lá riamh?

Ba léir nach raibh deifir ar bith ar Herr Fischer. Bhí mé in amhras nárbh é sin a shloinne ar chor ar bith ach b'fhearr liom mar sin é. Ba dá cheird an sloinne bréagach agus, sa méid sin de, níorbh aon chur i gcéill é. Chuir sé ceist orm ar dtús faoi obair an raidió agus faoi na dualgais a bhí orm. Ach níor léirigh sé spéis dá laghad i rud ar bith a dúirt mé. Mhothaigh mé mé féin ag cur leis an chuntas ar mo shaol oibre – ag lua sonraí teicniúla faoin trealamh craolacháin, an meascán daoine a bhí ag obair san áit, an t-atmaisféar idirnáisiúnta – ach ní raibh gar ann. D'amharc sé orm mar a bheadh sé ag súil le rud éigin a mhúsclódh a spéis ach gan a dhath ar a shon aige. Thráigh an comhrá de réir a chéile nuair a thug mé faoi deara gur mise a bhí ag déanamh na cainte uilig. Bhí an carr ag bailiú luais faoin am seo agus muid ag tarraingt ar imeall na cathrach agus as sin amach go bóthar mór a raibh páirceanna móra leathana cothroma ar gach taobh de.

Níor thuig mé an neamhshuim seo aige sa raidió

agus i mo chuid oibre ach chuimhnigh mé ansin ar an tsaoirse a mhothaigh mé ó bheith ag imeacht in aghaidh an tsrutha ag tús an lae oibre sa chathair. B'fhéidir go raibh a leithéid d'obair leamh ag a mhacasamhail siúd a bhí ag teacht agus ag imeacht as a stuaim féin agus tiománaí aige lena thabhairt cibé áit ar mhian leis dul. I ndiaidh tamaill, shoiprigh sé é féin isteach sa tsuíochán mar a bheadh sé sa phictiúrlann agus an príomhscannán réidh le tosú. Chlaon sé a cheann chugam agus aoibh air.

'Ar smaoinigh tú ó shin ar na grianghraif agus na léarscáileanna a thaispeáin mé duit in oifig Hartmann?'

'Smaoinigh,' a dúirt mé leis.

'Agus?'

D'fhan sé go foighneach le mo fhreagra agus an dreach ceanúil air a bhíonn ar dhaoine agus iad ag caint le tachráin.

'I gcead duit, ní dóigh liom go mbíonn muca agus daoine in aontíos i gCiarraí nó in áit ar bith eile in Éirinn. Agus rud beag eile de, cén mhaith a bheadh sa liosta frásaí sin ag cuairteoir Gearmánach in Éirinn, *ard*, *áth*, *baile*, *bun* agus sin uilig?'

Bhí an t-amharc ceanúil go fóill ina shúile ach iarracht éigin den rud nár mhothaigh mé iontu ar ball, spéis a bheith aige sa méid a bhí le rá agam.

'Ach ní as Ciarraí thú féin?' a d'fhiafraigh sé díom go múinte.

'Ní hea, as Béal Feirste.'

'Agus an raibh tú riamh i gCiarraí?'

'Ní raibh.'

'Chím,' ar seisean. 'Mar sin de, cad é mar a bheadh a fhios agat cad é a dhéantar i gCiarraí?'

Níor bhac mé le freagra a thabhairt air. Mhothaigh mé an dreach ceanúil ag leá beagán ar a aghaidh nuair a labhair sé liom arís.

'Fágaimis uainn ceist chigilteach mhuca Chiarraí. Tá ceist eile agam ort a bhfuil níos mó práinne léi. Nuair a thaispeáin mé na cáipéisí sin duit an lá úd thug mé rabhadh duit faoin rúndacht a bhain leo. Ar labhair tú le haon duine fúthu?'

Dúirt mé leis nár labhair ach thug mé faoi deara go raibh an neamhshuim le feiceáil ar a aghaidh arís.

'Níor labhair, a deir tú. Ina dhiaidh sin, creidim go mbíonn tú ag cleachtadh cuideachta aisteach go leor san oíche?'

'Más aisteach leat ceoltóirí agus aisteoirí, is dócha go mbíonn,' arsa mise go macánta.

'Ní hé amháin comhluadar aisteach ach comhluadar idirnáisiúnta?'

Chuimhnigh mé ar an achasán a thug Róisín dom faoi striapacha Rúiseacha agus dar liom go raibh sí ag líonadh chluasa Fischer go díreach nó go hindíreach. Thiontaigh sé chugam arís agus iarracht den tsollúntacht ina ghlór.

'Tá mé ag caint ar an oíche úd sa Deutsches Theater agus an chóisir in Kurfürstendamm.'

Bhí an carr i ndiaidh an príomhbhóthar a fhágáil agus dul síos bóthar níos cúinge a raibh scáth de chrainn arda scáinte ar thaobh amháin de. Faoi dheireadh tháinig muid a fhad le casadh sa bhóthar mar a raibh an bealach isteach chuig compal míleata, dar liom. Mhoilligh an carr ag bothán ar a raibh garda míleata gur osclaíodh geata. Ach ansin nuair a thiomáin an carr isteach choinnigh sé leis ar feadh deich mbomaite nó níos mó agus gan a dhath le feiceáil ach screablach leamh tréigthe ar gach taobh go fíor na spéire. Thosaigh mé ag amharc ar Herr Fischer ach ní dhearna sé ach stánadh amach an fhuinneog agus a bhos lena leiceann. Rith sé liom go dtiocfadh duine a thabhairt go háit mar seo le nach bhfillfeadh sé choíche. Faoi dheireadh, mhothaigh mé giair an chairr ag athrú agus an t-inneall ag moilliú de réir a chéile. Níor thuig mé cén gnoithe a bheadh liom san fhásach seo de screabán scrúdta ach le mo mharú agus mo chorp a fhágáil ag na préacháin. Mar sin féin, níor bhog Fischer. Níor bhog sé agus níor chorraigh sé amhail is dá mbeadh sé ag tabhairt ceachta dom a sháraigh na ceachtanna uilig a bhí agam go dtí seo faoi gan d'intinn a nochtadh. Choinnigh sé air ag amharc amach ar an fhásach fhada gan teorainn ná trócaire seo ionas gur mhothaigh mé uaigneas ionam féin nár bhraith mé riamh roimhe. B'fhada liom go gcluinfinn anáil an tiománaí féin sa tsuíochán romhainn, comhartha éigin go raibh sé ina bheo. Ach an méid sin féin, níor chualathas.

Ní raibh a fhios agam an mbeadh deireadh le gach rud ansin agus, níos measa ná sin arís, gur mar sin a thiocfadh an deireadh – mé i mo shuí i lár an fhásaigh seo le dhá dhealbh gan anam agus mé in amhras nach raibh mé féin riamh beo. Ní fhéadfainn a rá cá fhad a shuigh mé idir dhá cheann na himní nó idir dhá cheann an éadóchais agus gan focal ag aon duine. Ansin, chuala mé i bhfad uaim dordán íseal ag teacht agus ag imeacht nó gur thosaigh sé ag éirí níos rialta agus beagán níos airde. D'amharc Fischer ar a uaireadóir agus d'oscail an doras de phreab. Rinne sé comhartha dom é a leanúint. Tharraing mé mé féin amach as an tsuíochán agus chonaic sonra beag ag déanamh orainn agus é ag méadú i rith an ama. De réir mar a bhí sé ag tarraingt níos gaire dúinn d'aithin mé gur carr míleata gan díon a bhí ann. D'fhan ár dtiománaí féin gur tháinig an jíp fhad linn sular imigh sé féin leis.

Lean mé Fischer isteach i gcúl an jíp agus ar aghaidh linn arís, néal plúchtach dusta ag éirí thart orainn agus an jíp ag bailiú luais. Turas níos giorra a rinne muid an iarraidh seo ach, chan ionann is roimhe, ba léir dom toirt anaithnid éigin ag bun na spéire romhainn. Níor labhair Fischer i rith an ama, gan fiú le beannú don tiománaí, ná níor thug aird ar bith orm féin ach é ina shuí go tiarnúil agus a leathlámh sínte siar ar chúl an tsuíocháin aige. Bhí an méid a dúirt sé faoin Deutsches Theater agus Kurfürstendamm ag déanamh mearbhaill dom go fóill. Arbh iad a chuid fear siúd a chualathas ag an doras an oíche úd? Nó an é go raibh sé ag an chóisir agus nár aithin mé é? De réir mar a bhí muid ag tarraingt ar an toirt anaithnid d'aithin mé tríd an dusta gur cineál de scioból mór leathan a bhí ann. Nuair a stop an jíp faoi dheireadh, rinne Fischer comhartha eile dom é a leanúint. Ní scioból a bhí anseo ach haingear mór fairsing a raibh díon os cionn caoga troigh ar airde ann. B'aisteach a leithéid a bheith ann san áit uaigneach thréigthe seo. Ag siúl isteach dúinn, bhí eitleán amháin ar thaobh na láimhe clé agus meitheal fear ag obair le luas beo air, gach duine acu agus a chúram féin aige agus obair gach duine acu ag cur le hobair an duine eile. Lean Fischer air, gan aird ar bith a thabhairt ar na fir, suas staighre miotail a bhí ag taobh clé an haingir agus isteach chuig oifig dhorcha a raibh boladh stálaithe peitril inti.

Sheas sé ag an fhuinneog amháin a bhí san oifig a thug amharc dó ar an mheitheal a bhí faoi.

'Cad é do bharúil den áit seo?' a dúirt sé i ndiaidh tamaill bhig.

Ní raibh a fhios agam cén freagra a bhí uaidh. Bomaite ó shin bhí mé ag déanamh go raibh mo bhás féin i ndeas dom agus ba chuma liom anois ach an anáil a choinneáil síos aníos liom. Ach sula raibh faill agam smaoineamh ar fhreagra labhair sé arís.

'D'fhéadfadh an t-eitleán sin thíos duine a thabhairt go hÉirinn. Ach an duine sin a bheith in ann paraisiút a úsáid. Bheadh oiliúint le cur ar dhuine … faoi sin agus faoi rudaí eile. Cad é do bharúil de sin?'

Mhothaigh mé an fhuil ag téamh i mo chuislí beagán nuair a labhair sé. Tháinig an t-amharc ceanúil neamhurchóideach ar ais ina shúile agus é ag fanacht le freagra.

Dúirt mé leis go mbeadh suim agam sa rud a bhí sé a mholadh. D'iarr sé orm teacht leis arís. Chuaigh muid síos an staighre miotail agus amach tríd an haingear. Stad sé agus sheas ag amharc roimhe agus an ghaoth ag ardú ar an bhlár mhór fhairsing fholamh a bhí romhainn.

'Tá go maith, a Réamainn. Ach rud beag amháin eile de, má labhraíonn tú le haon duine faoi seo … bhuel cuirfidh mé mar seo é. Ní fheicfidh aon duine choíche go deo arís thú. Agus maidir leis an chuideachta sin a luaigh muid ar ball, fan amach uathu.'

X

Ar an bhealach ar ais go Beirlín níor dhóigh leat go raibh Fischer i ndiaidh mo bhás a bhagairt orm tamall beag roimhe. Is amhlaidh a bhí a aird uilig ar shocrúcháin phraiticiúla a mhínigh sé dom ina liosta go réidh neamhbhuartha. Bhí cinneadh déanta go mbeadh an Irland-Redaktion le haistriú go Lucsamburg i gcionn cúpla seachtain. Thabharfadh sin leithscéal maith dom mo lóistín a fhágáil agus a mhíniú do na comharsana go mbeinn ag imeacht le mo chuid oibre go Lucsamburg agus nach mbeinn ag filleadh ar Bheirlín. Ní raibh aon duine san oifig ar an eolas faoin phlean eile agus bheadh orm ligean orm go mbeinn ag aistriú leo. Ansin nuair a bheadh an t-aistriú ar tí tarlú bhaileodh Fischer mé san áit chéanna agus thosódh mo chúrsa oiliúna. Bheadh trí mhí ar a laghad le déanamh agam agus ansin ní bheadh i gceist ach fanacht go mbeadh an t-am ceart ann.

Trí mhí. Bheinn sa bhaile faoi mhí Iúil. Ach anois agus an ticéad go hÉirinn i mo lámh agam, nó geall leis, níor mhothaigh mé an faoiseamh a raibh mé ag dréim leis roimhe. Is iomaí uair ó bhí an comhrá sin agam le Ryan a smaoinigh mé ar dhóigheanna a bhféadfainn Beirlín a fhágáil ach bhí m'aird uilig ar Elena agus cé acu a thiocfadh sí liom. Is ar Elena a bhí mé ag smaoineamh anois. Beag an baol go dtiocfadh athrú comhairle uirthi. Go fiú dá mbeadh sí sásta teacht liom, dá mbeimis le héalú as an Ghearmáin ar neamhchead, bheadh pionós an bháis orainn. D'aithin mé imeall fhoraois an Grunewald ó fhuinneog an chairr agus thuig go raibh sé i gceist ag an tiománaí mé a fhágáil san áit ar bhailigh siad ar maidin mé. Dá mbeinn le filleadh ar mo choiscéim féin cad é a dhéanfainn nach ndearna mé an chéad uair?

Bhí an cheist sin ag luí orm agus mé ag siúl ar ais ón bhus tamall ina dhiaidh sin. Ní raibh Frau Schneider romham le beannú dom agus ní raibh aon duine eile sa halla nó ar an staighre ag dul isteach dom. Thosaigh mé ag smaoineamh ar an uair a d'imeoinn. Ní bheadh san fhoirgneamh seo ach cuimhne gan aon toirt ná toise fhisiciúil ann, go fiú an staighre marmair féin a raibh mo bhróga ag baint macalla as, ní bheadh ann ach íomhá fhánach i m'intinn ina dhiaidh. D'oscail mé an doras agus shuigh síos de phlimp ar an leaba mar a shuigh Elena roinnt seachtainí roimhe. Íomhá eile nach mbeadh ann ach meathchuimhne, b'fhéidir, lá níos faide anonn. Sin agus í ina seasamh ag an fhuinneog ag caitheamh toitín. Shíl mé an mhaidin sin nach raibh ansin ach an tús, go mbeinn ag amharc uirthi ina seasamh ag an fhuinneog gach maidin feasta. Dá mbeinn le filleadh ar mo choiscéim féin cad é a dhéanfainn nach ndearna mé an chéad uair? B'fhéidir gur chuir mé barraíocht brú uirthi. Dá ligfinn don bheirt againn aithne a chur ar a chéile, cá bhfios nach dtiocfadh sí liom le himeacht aimsire? Ach ansin, bheadh orm neamhaird a thabhairt ar réimeas marfach a bhí os comhair mo dhá shúl, amharc sa treo eile le nach bhfeicfinn buataisí na brúidiúlachta á mbualadh ar leanaí. 'Beidh orainn uilig cuntas a thabhairt inár ngníomhartha,' a dúirt Ryan. Bhí eagla orm nach mar sin a thuigfeadh Elena an scéal choíche, nach raibh sa tsaol aici ach teacht i dtír agus oiread pléisiúir a bhaint as cibé méid den tsaol a bhí i ndán di.

D'imigh an choicís sin mar a bheadh slis le sruth. Gach uair a d'fhéach mé le múscailt nó greim a fháil ar mo chinniúint féin chuir rud éigin cúl orm. Oíche amháin smaoinigh mé ar dhul chuig an Deutsches Theater ach chuimhnigh mé orm féin agus ar an bhagairt a bhí tugtha ag Fischer. Dá rachainn ann agus Elena agus iad ansin, cá bhfios nach dtarraingeoinn príosún nó an bás féin orainn uilig? Ar mhaithe leo féin, b'fhearr an saol beag rúnda tréasúil a bhí cumtha acu dóibh féin a fhágáil acu. Lean mé orm ag dul chuig mo chuid oibre agus ag ligean orm go mbeinn ag aistriú go Lucsamburg nuair a bheadh an choicís istigh. San oifig dom gach lá, ba léir go raibh Róisín ag gabháil amach as a craiceann le fiosracht. Thuig sí go maith go raibh cúis aisteach éigin agam a bheith as láthair an lá úd nó níor luaigh Hartmann beag ná mór é ná níor fhiafraigh sé díom riamh cá raibh mé. Ní fhaca mé Stuart an choicís sin uilig. Bhí rud éigin ag insint dom gur chóir dom níos mó airde a thabhairt ar gach rud a bhí thart orm sna laethanta deiridh sin. Ach ní raibh gar ann. Bhí an sruth róláidir.

Ansin, an oíche sula raibh mé le bualadh le Fischer agus Beirlín a fhágáil mhothaigh mé coiscéimeanna taobh amuigh agus nóta á bhrú isteach faoi mo dhoras. Nuair a chuaigh mé amach chuig ceann an staighre bhí Larissa ina seasamh romham idir dall agus dorchadas. Bhrúigh sí isteach tharam gan focal a rá ach an doras a dhruidim i mo dhiaidh. Ní shuífeadh sí síos ach anonn agus anall sa tseomra léi ag cogarnach go stadach liom. Cibé a bhí uirthi, ba dheacair ciall a bhaint as a raibh le rá aici ar dtús. Ní dhearna sí ach siúl go mífhoighneach idir an fhuinneog agus an doras agus greim aici ar scairf a bhí ag cumhdach a cinn. Faoi dheireadh thuig mé ón méid a bhí sí a rá go raibh Elena ar iarraidh. Ní hé amháin sin é ach bhíothas sa tóir ar gach duine a bhí ag cóisirí an Deutsches Theater. Gabhadh Otto, fear faire na háite, seachtain ó shin agus bhí ráfla ag gabháil thart anois go raibh dream coimhthíoch ag déanamh comhcheilge in éadan na Gearmáine agus go mbíodh siad ag cruinniú le chéile san áit san oíche.

'Cad é atáimid ag dul a dhéanamh?' a d'fhiafraigh sí díom idir smeachanna agus snaganna. Ba sin an chéad stangadh a baineadh asam. Níorbh é Elena a bheith ar iarraidh a bhain stangadh asam ná an tóir a bheith uirthi féin agus a cairde, ach an 'muid' a bhí sa cheist. Cad é atá 'muid' ag dul a dhéanamh? Le coicís anuas bhí mé cosúil le duine a bhí ag siúl ina chodladh. Anois, bhí Larissa ina seasamh ag fanacht le freagra agus, rud níos mó ná sin, ag dréim le cuidiú nó éacht tarrthála. Sheas muid ansin ag amharc ar a chéile gan focal asainn. Níl a fhios agam anois cad é leis a raibh sí ag súil. Dá mbeadh sí lena fhiafraí díom i dteanga éigin as íochtar na hAfraice ní bheadh sé níos dothuigthe agam. 'Cad é atáimid ag dul a dhéanamh?' Cad é a d'fhéadfadh duine ar bith a dhéanamh? Cá raibh an duine a bhí in ann cuidiú linn san áit sin?

An lá arna mhárach, sheas mé sa doras agus d'amharc ar an tseomra den uair dheireanach. Chroch mé mo mhála liom agus chuaigh síos an staighre. Ní raibh aon duine ann romham agus bhí doras Frau Schneider druidte go fóill. Amuigh ar an tsráid bhí boladh na grúdlainne le mothú, mar a bhí riamh, ach ar dhóigh éigin níor mhothaigh mé leacacha crua na sráide fúm agus mé ag siúl go stad an bhus. Níl a fhios an raibh Larissa ag súil le cuidiú nó éacht tarrthála ná go fiú freagra féin an oíche roimhe. Ach nuair a d'oscail doras an bhus romham chuimhnigh mé ar an spairt bheag mharbh de pháiste a ndearna custaiméirí an chaifé neamhiontas de.

trí

Baile Átha Cliath
Feabhra 1943

I

An tocht tanaí crua a bhí faoi a chuir ina cheann gur sa Ghearmáin a bhí sé, i gcampa an *Luftwaffe*. Ach nuair a chuala sé cloigín trom eochracha sa ghlas agus díoscán an dorais miotail ina dhiaidh sin, chuimhnigh sé ar an áit a raibh sé. Beairic Chnoc an Arbhair, Baile Átha Cliath. Cuireadh na glais lámh air an lá roimhe sin ina sheomra beag in aice Gharraí na nAinmhithe agus brúdh isteach i gcarr idir beirt bhleachtairí é.

Bean an tí lóistín a rinne scéala air, ar ndóigh. Thuig sé sin ón dóigh ar chúb sí siar uaidh nuair a bhíothas á thabhairt amach trí chistin an tí agus na glais lámh air. Is dócha gurbh í féin a d'iarr orthu é a thabhairt amach trí chúl an tí – le nach mbeadh clampar ann os comhair na gcomharsan. Ní dhearna Prút ach amharc a thabhairt thar a ghualainn uirthi agus súil a chaochadh léi go magúil. Cibé áit a raibh na gardaí á thabhairt, dar leis nach bhféadfadh an brachán a bheith chomh holc leis an uisce froig a dháileadh sí siúd ar a cuid lóistéirí gach maidin. Ní brachán a fuair sé ón fhear a tháinig isteach chuig a chillín, áfach, ach cúpla slis scallta aráin agus muga tae a bhí fuar.

'Caith sin siar agus ná cuir an lá amú orainn,' arsa a choimeádaí leis, 'tá aire rialtais ag iarraidh labhairt leat.'

Sheas an coimeádaí lena thaobh go mífhoighneach agus na heochracha á luascadh aige. Sula raibh an braon deireanach tae diúgtha aige bhí na glais ar ais ar a dhá lámh agus é á bhrú amach as an chillín agus síos dorchlaí fada dúlaí nach bhfaca riamh solas an lae.

D'aithin sé an rabhcán beag a bhí an coimeádaí a fheadaíl ag dul síos na pasáistí fada dóibh ach sháraigh air cuimhneamh ar ainm an amhráin féin go dtí go raibh siad ag doras an tseomra: 'The Zoological Gardens'. Istigh roimhe bhí beirt ina suí agus lampa leathan miotail ar dheasc acu. D'aithin sé ón dóigh ar thóg siad beirt a gcloigeann nuair a osclaíodh an doras agus an iarracht a rinne siad cluain a chur ar na gáirí go raibh siad ag súil le spórt a bheith acu leis. Maidir leis an bheirt féin, dar le Prút gur dheacair dís a shamhlú a bhí níos éagsúla lena chéile. Duine amháin acu ina bhrúid mhór chrón de dhuine, é maol cromshlinneánach bolgshúileach agus culaith air a raibh na muinchillí róghairid aige. Bhí an dá bhunrí ag gobadh amach as muinchillí a léine mar a bheadh dhá stoc crann pailme ann, iad leathan, ribeach, crón. Ba leis siúd agus leis an dá chnag cloiche de dhoirne a bhí air a shamhlaigh Prút an bhagairt ar dtús. Bhí a chomrádaí níos airde ná é ach gan cuid ar bith den toirt ann, silteánach fada rua de dhuine nár mhó ná go bhfanfadh an bríste suas aige murab é go raibh gealasacha air agus greim an dá ordóg aige orthu sin, ar eagla na heagla. É siúd an chéad duine a labhair leis.

'Ar thug an Jaicín sin bricfeasta duit?' ar sé i nglór a bhí i bhfad níos doimhne ná mar a shíl Prút a bheadh sé.

'Dúirt sé liom go raibh aire rialtais ag fanacht liom,' a d'fhreagair Prút.

'Agus?' arsa an duine rua. 'Tomhais cé acu den bheirt againn an t-aire rialtais.'

Sméid Prút a cheann leis an fhear mhaol chrón.

Lig an fear rua a cheann siar agus thosaigh ag seitgháire leis féin, seitgháire a d'athraigh ina sheitreach fhada shnagach ar dheacair aige scaoileadh léi. Bhí an fear eile ag stánadh amach roimhe i rith an ama nó gur bhuail a chomrádaí bos ar an tábla roimhe faoi dhó, 'Aire rialtais! Aire … rialtais!'

Idir snaganna gáire tharraing an fear rua ciarsúr mór clupaideach amach as póca a bhríste gur lig sraoth ann agus shéid a shrón go callánach. D'fhan an fear maol crón ina thost ach é ag stánadh idir an dá shúil ar

Phrút. Nuair a shíl sé smacht a bheith aige ar a chuid gáirí, labhair an fear rua leis arís.

'Maidir leis an duine seo le mo thaobh, a Réamainn, d'fhás sé aníos i bportach dorcha iargúlta i lár an Chabháin. Thóg na mic tíre é nó bhí eagla ar a mháthair roimhe. Itheann sé brící agus barraí iarainn dá bhricfeasta agus, creid mise, d'íosfadh sé thusa gan salann dá ligfinn dó. Chuige sin atá mé sa tseomra seo leis, ar mhaithe leatsa. Níor mhaith liom a shamhlú go mbeadh orm an seomra seo a fhágáil nó ní bheadh aon duine ann le srian a choinneáil air. Níor mhaith liom a leithéid a bheith ar mo choinsias.'

Bhí tost ann agus chualathas coiscéimeanna agus ansin cnag ar an doras. Chuir an coimeádaí a cheann isteach agus dúirt go raibh glaoch práinneach gutháin ann. D'éirigh an fear rua go drogallach agus shiúil i dtreo an dorais, súil amháin aige ar an fhear mhór i rith an ama. Chuala Prút an doras ag druidim ina dhiaidh agus coiscéimeanna maola ag imeacht síos an dorchla.

Lean an fear crón ag stánadh ar Phrút gan aon rud a rá ach, de réir a chéile, mhothaigh sé crith beag ag corraí mhaola móra feola a gheolbhaigh mar a bheadh crith talún ag éirí aníos go mall faoin fhoirgneamh. Tháinig uisce lena dhá shúil bholgacha agus braon allais le clár a éadain a raibh iomaire mór domhain ina lár. Fuair an dá lámh mhóra ghiobacha greim ar imeall an tábla agus phléasc sé amach ag gáire, racht domhain croíúil óna bholg amach. Leis sin, isteach leis an fhear rua go tobann.

'Bhí a fhios agam nach dtiocfadh leat é a choinneáil ag gabháil!' arsa an fear rua lena chomrádaí. 'Ar ndóigh, tá tú cosúil le páiste mór!'

Shuigh Prút siar ina chathaoir a fhad is a mhair an scolfairt agus an gáire. Sa deireadh labhair an fear maol.

'Ná tabhair aird ar an phleidhce seo, a Réamainn, níl aon duine ag dul 'do ghortú. Níl ann ach go dtig leis a bheith thar a bheith ciúin san áit seo agus bíonn orainn spórt a bheith againn le strainséirí nuair is féidir ar chor ar bith sin.'

'Ar scanraigh muid thú?' arsa an fear rua ag teacht roimhe.

'Fuist!' arsa an fear eile. 'Tá an amaidí thart, a chuilcigh. Caithfimid comhrá a bheith againn leis an fhear óg seo in ainm Dé.'

D'amharc sé ar Phrút agus aoibh ar a aghaidh mhór thíriúil.

'Anois, a stócaigh. Nach deas an ealaín seo ort, ag léim amach as eitleán i lár na hoíche agus ag iarraidh coilíneacht de chuid na Gearmáine a dhéanamh d'Éirinn na naomh?'

'Cé a d'inis sin daoibh?' arsa Prút.

Phléasc na gáirí ar an fhear rua arís ach níor labhair sé an t-am seo. Choinnigh an fear maol air.

'Anois, a Réamainn, ní inniu ná inné a rugadh

muid – bhí muid beirt ar scoil, tá léamh agus scríobh againn. Agus, rud beag eile de, tá léamh agus scríobh ag bean an tí lóistín. Nuair a ghlaoigh sí ar na gardaí, dúirt sí go raibh sí in amhras faoin fhear gnó seo a bhí ag stopadh aici, bhí páipéar agus dúch de dhíth air i gcónaí ach cad é a bhí sé a dhéanamh leo? Má bhí litreacha gnó á scríobh aige cén fáth nach bhfacthas riamh é ag gabháil go hoifig an phoist? Lá amháin agus an lóistéir seo amuigh thug sí spléachadh beag isteach sa tseomra.'

'Déanann siad uilig sin,' arsa an fear rua, ag gabháil roimhe arís, 'na mná tí, fiosrach …'

'Agus,' arsa an fear maol ag tabhairt leathamharc mífhoighneach ar an fhear lena thaobh, 'nuair a chuaigh bean an tí isteach i seomra an lóistéara seo, an lá áirithe seo, cad é a chí sí ar an tábla ach carnán mór páipéar. "Cad é seo?" ar sise. Tosaíonn sí a léamh agus leoga uair an chloig ina dhiaidh sin tá sí ag léamh go fóill, alltacht agus scéin uirthi anois faoin rud a bhí ar na leathanaigh. Dar léi, ní fear gnó é an lóistéir seo atá agam ar chor ar bith ach spiaire de chineál éigin atá i ndiaidh teacht anall as an Ghearmáin!'

'Tá fuath aici ar an Ghearmáin mar gheall ar na buamaí a bhuail an zú,' arsa an fear rua. 'Ar ndóigh, tá an teach buailte leis an zú agus shíl sí go n-éalódh na hainmhithe allta agus go n-íosfadh na – '

Bhris an fear maol isteach ar a chuid cainte go tobann.

'Spiaire as an Ghearmáin sa teach aici! Smaoinigh féin! Bhuel, cad é eile a dhéanfadh sí ach glaoch a chur ar na gardaí i Séipéal Iosóid? Rud a rinne agus chuir na gardaí glaoch orainne. Agus seo anois muid, an triúr againn le chéile sa tseomra bheag seo.'

Níor labhair an fear rua ach dar le Prút go raibh sé i mbroid rud éigin a rá ón dóigh a raibh na méara snaidhmthe ina chéile aige agus an dá ordóg ag casadh ar a chéile mar a bheadh roth beag á oibriú aige.

'Tá ceist amháin agam ort,' arsa an fear maol faoi dheireadh, 'agus má tá an freagra sásúil b'fhéidir go ligfimis duit imeacht.'

D'fhéach Prút leis an tsilín bheag áthais a mhothaigh sé ina chuislí a smachtú.

'Is ea?' ar sé go ciúin.

'Cad é a tharla i ndiaidh do dhoras an bhus a oscailt?'

D'fhan Prút ina thost ar feadh meandair.

'Níl a fhios … cad é atá tú a mhaíomh?' ar sé faoi dheireadh.

Ba é an fear rua a thug freagra an t-am seo, é cromtha thar an tábla le teann fiosrachta.

'An bus i mBeirlín, ar ndóigh, an rud deireanach a scríobh tú! Cad é a tharla ina dhiaidh sin?'

D'oscail an fear maol an tarraiceán a bhí sa tábla agus bhain amach comhad tiubh. Chuir sé a lámh i bpóca a sheaicéid agus bhain amach péire spéaclaí a chuir sé air go mall tomhaiste. D'oscail sé an comhad, chuir a theanga le barr a ordóige agus thiontaigh an leathanach deiridh istigh.

'Seo an rud,' arsa an fear rua le teann mífhoighne, 'd'fhéad tú gan muid a fhágáil ar bís mar sin gan an scéal a chríochnú. Níor inis tú dúinn cad é a tharla an mhaidin sin ná ina diaidh!'

'Anois,' arsa an fear maol leis, 'ní raibh neart ag Réamann air sin. Dá mbeadh bean an tí le beagán foighne a dhéanamh agus ligean dó an chuid eile dá "dhialann eachtraí" a chríochnú ní bheimis sa riocht ina bhfuilimid. Ach ní fiú a bheith ag trácht air sin anois. Cuirfidh mé an cheist chéanna ort mar sin: cad é a tharla i ndiaidh do dhoras an bhus a oscailt?'

D'amharc Prút ar an mholl páipéar a bhí ar an tábla roimhe, na liarlóga móra buí ar bhreac sé a smaointe príobháideacha féin síos orthu le mí roimhe sa tseomra lóistín sin. Thug sé faoi deara go raibh cluaisíní cait agus fáinne cupáin tae ar an duilleog a bhí ina luí roimhe. An cúram príobháideach sin a bhí tugtha aige dá scríbhinn bhí sé truaillithe anois ag méara strainséirí. Bhí fonn air rud éigin a rá ach baineadh an anáil de. D'amharc an fear maol air mar a bheadh sé ag déanamh trua do dhuine nár thuig an rud a bhí lena aimhleas féin.

'Seo an deacracht atá againn, a Réamainn. Ní dócha, ón méid atá scríofa agat, go bhfuil dáimh ar bith agat le rialtas na Gearmáine. Is fear óg thú agus táimidne ar mhaithe leat.' Dhruid sé isteach chuige agus labhair arís go séimh dáimhiúil leis.

'Cé a bheadh ina dhiaidh ort as seal beag a chaitheamh go ráscánta thar lear san áit nach bhfuil aithne ag aon duine ort?'

'Ní muidne,' arsa an fear rua ag croitheadh a chinn.

'Go díreach, ní muidne a bheadh ag fáil locht ort as cuid bheag den tsaol mhór a bhlaiseadh. Ach, agus seo an deacracht, cad é mar atá a fhios againn nár scríobh tú seo uilig le nach gcuirfí i bpríosún thú as spiaireacht a dhéanamh?'

'An choir a shéanadh ar eagla go mbéarfaí ort,' arsa an fear rua.

'Bhuel,' arsa Prút agus a scornach á réiteach aige, 'maithigí dom é mura bhfuil mórán eile agam le cur leis an méid atá léite agaibh sna leathanaigh sin. Fuair mé an bus go dtí an Rundfunkhaus agus tugadh as sin caol díreach go dtí beairic an *Luftwaffe* mé mar ar cuireadh oiliúint orm. Bhí nuacht ann ag an tús – taispeánadh dom an dóigh le paraisiút a oscailt, rinne mé cleachtaí ina dhiaidh sin ar léim as eitleán, traenáil faoi úsáid gunnaí ach chaith mé bunús mór an ama ag súil leis an lá a dtiocfadh scéala go raibh an t-eitleán réidh le himeacht.'

'Agus ina dhiaidh sin?' arsa an fear maol.

'Ina dhiaidh sin, tháinig mé amach as an eitleán oíche amháin roimh an Nollaig agus thuirling i bpáirceanna ar an Rinn Fhada gar do theach mo thuismitheoirí i gContae an Dúin. Chaith mé an oíche i dteach an tseanphéire agus as sin rinne mé mo bhealach go Baile Átha Cliath nó bhí m'athair ag déanamh go mbeadh an tóir orm. Ní raibh sé i gceist agam teacht go Baile Átha Cliath ar chor ar bith ach ab é m'athair. Shíl seisean gur chóir dom mé féin a thabhairt suas do na péas ach mhol mo mháthair dom dul ó dheas. Is dócha go síleann sibhse gur tháinig mé go Baile Átha Cliath le horduithe Fischer a chur i gcrích: teagmháil a dhéanamh le Leagáid na Gearmáine agus fanacht le treoir. Ní raibh lá rúin agam sin a dhéanamh agus ní dhearna. Is é rud a shíl mé fanacht ar an tsuaimhneas go mbeinn cinnte nach rabhthas ar mo lorg. Ón chéad lá riamh ní raibh uaim ach bealach éalaithe as an Ghearmáin, ní raibh lá airde agam ar Fischer.'

'Ziegler,' arsa an fear rua.

Chlaon Prút a cheann mar nach mbeadh sé i ndiaidh é a chluinstin mar is ceart.

'Ziegler?'

'Is ea,' arsa an fear maol, 'ní Fischer a bhí air ar chor ar bith ach Ziegler. Hans Ziegler.'

'Bíonn ár gcuid foinsí eolais féin againn,' arsa an fear rua agus aoibh air.

'Scéal thairis,' arsa an fear maol, 'coinnigh ort, a Réamainn.'

Shuigh Prút siar sa chathaoir mar a bheadh sé ag tuirsiú den chomhrá.

'Coinnigh thusa ort ós agaibhse atá an t-eolas uilig.'

Rinne an bheirt acu gáire agus chrom an fear maol chuige arís go haithriúil.

'Anois, a stócaigh, seo mar atá. Caithfimidne tuairisc a thabhairt don Aire faoi cé acu atá tú anseo le spiaireacht a dhéanamh nó ar bhuail tú bob ar Ziegler – nó Fischer mar a thug sé air féin – le héalú ón Ghearmáin. Sin a bhfuil ann de. Agus …'

Thost sé mar a bheadh sé i ndiaidh cuimhneamh ar rud éigin ach nach raibh sé ag iarraidh a rá amach. Thóg sé an duilleog a bhí ar an tábla roimhe agus chuir leis an chuid eile den chomhad í. Leis sin, chuir an coimhéadaí a cheann isteach ar an doras. D'éirigh an fear maol mar a bheadh sé ag súil leis agus d'imigh amach as an tseomra.

'Cad é atá sibh ag brath a dhéanamh liom anois?' arsa Prút leis an fhear rua.

'Ceann amháin de dhá rud, ag brath ar an bhoc mhaol. Cuirfear go Campa an Churraigh thú, poll feanntach d'áit a dtéann na buachaillí dána uilig chuige, sin nó scaoilfear saor thú.'

Thóg sé an comhad agus chuir ar ais sa tarraiceán é.

'Cad é atá sibh ag dul a dhéanamh leis sin?' arsa Prút.

Rinne an fear eile draothadh beag gáire.

'Is linne anois é. Faisnéis rúnda í a chuirfear leis na mílte leathanach atá bailithe ag ár macasamhail ó bunaíodh an stát corradh le fiche bliain ó shin. Ní amharcfaidh aon duine air ach amháin sa chás go n-iarrfaidh Aire Rialtais nó an Taoiseach féin é. Beidh sé ag bailiú deannaigh a fhad is a bheas tusa ag dul anonn in aois. Ansin, lá éigin gheobhaidh tú bás agus beidh an comhad go fóill ann. Sin an rud ba mhaith le gach scríbhneoir, nach ea? A scríbhinn maireachtáil ina dhiaidh. Níl de dhifear ann sa chás seo ach nach léifidh aon duine í. Mairfidh do scríbhinn ach ní ar an dóigh ar shamhlaigh tú. Os a choinne sin, má chuirtear go Campa an Churraigh thú beidh tréan ama agat le bheith ag scríobh!'

Chaith sé a chloigeann siar agus lig seitreach eile gháire as agus an dá ordóg dingthe faoi na gealasacha mar a bhí roimhe.

Chuala Prút coiscéimeanna amuigh agus an doras á oscailt. Seachas teacht isteach, d'fhan an fear maol ina sheasamh sa doras.

'Anois, a Réamainn,' ar sé. 'Tá dea-scéala agam duit. Labhair mé leis an Aire agus mhínigh an cás dó. Tuigeann sé nach bhfuil ionat ach buachaill báire a chuaigh ar strae. Ní contúirt ar bith don stát thú.'

Mhothaigh Prút mar a bheadh folús ina bholg á líonadh. Ní raibh a fhios aige cé acu ba chóir dó a bhuíochas a ghabháil leis nó an raibh sé róluath agus nach raibh anseo ach bobaireacht arís.

'Tá tú ag rá go dtig liom imeacht?'

'Tá,' arsa an fear maol, 'ach ar choinníoll amháin. Tá fear ag teacht i d'araicis anois. Rachaidh tú leis go dtí an teorainn agus thig leat do rogha rud a dhéanamh ina dhiaidh sin. Ach má thig tú aduaidh arís, bhuel, glacfaimid leis gur le mírún a tháinig tú agus cuirfear in áit thú a gcoinnímid naimhde an stáit.'

'Tá níos mó céille ag an fhear óg seo,' arsa an fear rua ag éirí ina sheasamh agus ag croitheadh láimhe go teann le Prút. 'Áthas orm nach sa Churrach a bheas tú, a stócaigh.' Ansin, ag tiontú chuig an fhear eile, 'Bhí Réamann ag fiafraí faoin chomhad agus faoina scríbhinn. Mhínigh mé dó nach dtig leis í a fháil ar ais. Cad é seo a dúirt Horace? "Ón uair a chuirtear focal ar muir, ní féidir leis filleadh choíche."'

II

Ina shuí sa tseomra feithimh dó, d'aithin Prút an mothú céanna a bhí aige i bPáras sna laethanta deiridh sin sular shocraigh sé ar dhul chun na Gearmáine. An saol ina stad agus an spás ina idirfhásach aimrid. In áiteanna den chineál seo, dar leis, ba throime na cuibhreacha ar d'anam nó níor léir duit ach folús a chealaigh fonn agus fuinneamh. Ní raibh aon leigheas air ach glanadh amach go tiubh géar gasta. Thuig sé, ina dhiaidh sin, nárbh fhurasta sin a dhéanamh an t-am seo. Bheadh air an t-ordú áirithe seo a leanúint, turas aonbhealaigh a thabhairt ó thuaidh agus cá bhfios cad é a bhí roimhe ansin? I dtrátha an dó a chlog, tháinig an fear maol chuige lena thionlacan go dtí an geata tosaigh. Ag siúl tríd an chlós dóibh d'amharc an fear eile thar a ghualainn agus labhair leis go ciúin.

'Léigh mé an méid a scríobh tú faoi Frank Ryan. Tá aithne agam ar Ryan, ba chomrádaithe muid sna hÓglaigh lá den tsaol. An é nach bhfaca tú ach an t-am sin amháin i mBeirlín é?'

'An t-aon uair sin agus ní fhaca mé ina dhiaidh sin é,' arsa Prút. 'Tá a fhios agam rud amháin: thabharfadh sé rud ar bith ar theacht abhaile, thug sé le fios domsa nach raibh gnoithe ag ceachtar againn sa Ghearmáin.'

'Tá a fhios agam gur thug,' arsa an fear maol ag moilliú a choiscéime sular bhain siad an geata amach.

'Tá cás Frank casta agus níl a fhios cén réiteach a bheas air.'

D'fhan siad leis an gharda na geataí a oscailt dóibh agus d'amharc an fear maol ar a uaireadóir.

'Ba chóir go mbeadh sé anseo anois murar thug sé cor bealaigh air féin.'

'Tá ceist agam ort féin, sula n-imím,' arsa Prút agus driopás ina ghlór.

D'amharc an fear eile air mar a bheadh sé ag súil leis an cheist cheana.

'Cad é atá ann?'

'Luaigh tú foinsí eolais atá agaibh sa Ghearmáin. An mbeadh eolas ar bith ag na foinsí sin faoi cad é a tharla do chuid de mo chairde thall ansin? An bhean a bhfuil Elena uirthi, abair.'

Choinnigh an fear maol a dhá shúil ar an solas a bhí ag leathadh rompu agus na geataí móra troma á n-oscailt go mall.

'Dá mba mise thú, d'fhágfainn sin uilig i mo dhiaidh agus dhéanfainn saol úr dom féin.'

Thuig Prút go raibh níos mó ar eolas aige ná mar a bhí sé ag ligean air ach sula raibh faill aige an dara ceist a chur bhí an fear maol ag siúl leis go gasta chuig carr beag a bhí ag teacht ionsorthu sa tsráid.

Ní raibh aon súil aige leis an té a tháinig amach as an charr agus a bhí á chur féin in aithne don fhear eile. Cibé acu a rinneadh stacán de Phrút leis an iontas a bhuail é nó an náire a bhí air, bhí sé ina ghasúr scoile arís. Is ar éigean a mhothaigh sé an bhos a bhuail an fear maol ar a shlinneán ag imeacht dó, nó má shíl sé ceist eile a chur air faoi Elena bhí sé rómhall. Bhí sé anois ina shuí i gcarr beag cúng an Athar de Bhailís, an dá ghlúin suas lena smig agus an sagart ag fanacht le freagra uaidh.

'Beidh ocras ort. Ar ith tú béile go fóill?'

Bhí rud éigin faoin dóigh ar cuireadh an cheist, shílfeá gur ag caint le duine nach raibh ina chiall a bhí an sagart, nó go raibh sé ag caint le fear meisce a bhí i ndiaidh titim agus a mbeadh cuidiú de dhíth air leis an bhaile a bhaint amach.

'Níor ith,' arsa Prút, mearbhall air go fóill faoin tslí ar tháinig an sagart ina araicis.

Leis sin, d'oscail an sagart an doras agus shiúil thart go tosach an chairr, crangaid ina lámh aige. Lean Prút lena shúile é, an bosca beag dubh de hata ag cromadh le go dtabharfadh an sagart casadh don inneall, greim ag lámh amháin ar an chrangaid agus lámh eile ag coinneáil sciortaí a chasóige as láib na sráide. Níor ghéill an t-inneall ar dtús dó ach faoin tríú hiarraidh léim an carr beag de phreab agus chualathas plobaireacht a d'athraigh ina drantán rialta réidh. Dhírigh an sagart é féin agus bhain ciarsúr fada bán as póca na casóige agus chuimil na lámha go mear leis. Chrom sé isteach sa charr arís agus tharraing an doras ina dhiaidh.

'Níor ith. Tá go maith,' arsa an sagart arís leis agus an tuin chéanna amhrasach le haithint ar a ghlór.

Bhí an t-inneall ag casadh go beo agus an dá lámh ar an roth stiúrtha ag an tsagart ach bhí an carr go fóill ina stad. Nuair a shíl sé go raibh an tAthair de Bhailís ar tí ceist a chur air arís faoi bhéile, tháinig Prút roimhe.

'Mura miste leat mé a rá, a Athair, agus ná samhlaigh dímhúineadh liom, ach cad é mar a tarraingíodh isteach sa scéal seo uilig thú?'

D'amharc an sagart air mar a bheadh aiféala air faoi rud éigin.

'D'fhéad mé a rá leat go dtig an suíochán sin a tharraingt siar beagán, beidh tú craplaithe i do shuí mar sin.'

Scaoil an sagart an suíochán siar agus dhírigh Prút é féin arís.

'Má thig liom,' arsa an sagart, na fiacla teannta ar a chéile agus é ag baint sracadh garbh as an choscán láimhe, 'má thig liom … mo bhealach a dhéanamh amach as an chathair … gheobhaidh muid greim le hithe.'

Go díreach agus an carr scaoilte chun seoil faoi dheireadh, mhothaigh Prút an fhuil ag filleadh chuig ladhracha a dhá chos arís. Ní raibh an carr i bhfad ag tógáil luais nó gur aithin sé bruach na Life agus fuair a chéad radharc ar Dhroichead na Leathphingine. D'ardaigh a chroí nuair a chonaic sé ceardaíocht iarainn an droichid nó thug sé staighre an tí lóistín i mBeirlín ina cheann agus na patrúin chasta mhaorga a bhí greanta ann. De réir mar a bhí sé ag tiomáint, bhí an tAthair de Bhailís ag cur ainmneacha leis na háiteanna a raibh siad ag dul thart leo, 'Sin agat Grúdlann Guinness thall' nó 'Tá na Proinsiasaigh lonnaithe ansin, tá séipéal álainn acu'. B'fhada le Prút go dtabharfadh an sagart freagra ar an cheist a bhí curtha aige air faoin dóigh ar tháinig sé ina araicis. Ina dhiaidh sin, chuimhnigh sé gur fear tuaithe a bhí sa Bhailíseach ó cheart agus gur dhual dó nósanna comhrá an fhir tuaithe a bheith aige. Ba é an taithí a bhí ag Prút nach leanfadh comhrá an fhir tuaithe an treo a bhí nádúrtha i gcomhrá cathrach, go háirithe maidir le ceist agus freagra; is é rud a sheachnódh an fear tuaithe ceist nó tharraingeodh sé téad éigin comhrá air féin seachas an cheist a aithint.

Faoi dheireadh, mhoilligh an carr agus b'éigean fanacht le tréadaí a bhí ag tiomáint eallaigh trasna an bhóthair. Rinne de Bhailís draothadh beag gáire.

'Deireadh Aontachtaigh Chúige Uladh faoi *Home Rule* go mbeadh Béal Feirste bancbhriste agus go mbeadh ba ag innilt ar fhaiche Halla na Cathrach. Bheadh siad ag déanamh go raibh an ceart acu dá bhfeicfeadh siad seo!'

Shíl Prút an comhrá a thabhairt ar ais chuig a cheist ach ní raibh gar ann, bhí an sagart anois ar théad eile.

'Carson a thug an trioblóid go Béal Feirste sna blianta sin, bíodh a fhios agat. Tá dealbh de anois taobh amuigh den pharlaimint sin acu, Stormont. Smaoinigh féin. An bligeard! A chuid óráidí siúd a chuir an ghoimh i gcroí na bProtastúnach mura raibh sin ann roimhe. A chaint siúd a ghríosaigh iad leis na Caitlicigh a ruaigeadh as a gcuid tithe agus a n-áiteanna oibre le tine agus le harm. An raibh a fhios agat go raibh ar na hÓglaigh garda a thabhairt don Easpag aimsir na bpogram? B'éigean dó teacht ar ceathrúin chugainn, chuig an Choláiste, agus ceathrar Óglach aige mar gharda. Rud eile de, nuair a dhéanadh siad ionsaí éigin ar shráid Chaitliceach leanadh siad an t-otharcharr go dtí Ospidéal an Mater agus bhíodh siad ag fanacht le tuilleadh urchar a chaitheamh leo ag an gheata. Na mairbh féin, níor ligeadh leo. Is cuimhin liom iad ag scréachach maslaí gan náire le lucht tórraimh ar Shráid Eabhrac maidin amháin. Go maithe Dia dóibh é.'

Scaoil sé an coscán láimhe arís go feargach agus choinnigh siad orthu thart le hArdoifig an Phoist agus uaidh sin go Sráid Dorset. D'aithin Prút scáth na gcrann mór ar Bhóthar Dhroim Conrach agus thuig sé go raibh siad gar do Pháirc an Chrócaigh agus gur dhócha anois go mbeadh siad ag tarraingt ar imeall na cathrach. Ba dheas a d'íosfadh sé béile anois.

Gan aon fhógra a thabhairt, tháinig an carr chun stad ag taobh an bhóthair agus amach leis an tsagart. Nuair a thuig Prút go raibh sé in ainm is a bheith ag teacht leis, tharraing sé le tréan driopáis ar hanla caol an dorais agus amach leis ina dhiaidh. Ní dhearna an sagart moill ar bith ná níor thug comhartha ar bith faoi cá raibh sé ag dul ach lean Prút é isteach trí dhoras siopa a raibh cloigín beag práis ceangailte os a chionn. Bhí ceithre thábla leagtha amach ar urlár an tsiopa agus cupáin béal faoi ar shásair orthu. Brat liathchorcra a bhí ar gach tábla agus bláthchuach folamh ina lár. Ba léir go raibh duine éigin san áit nó bhí tine mhóna sa teallach agus boladh dinnéar Domhnaigh agus soirn gáis le mothú. Sheas Prút in aice an dorais ag súil is go dtarraingeodh gliogar an chloigín duine de mhuintir an tsiopa chucu ach ní dhearna an sagart ach bualadh faoi ar chathaoir agus píopa agus cipíní a tharraingt as a phóca. Bhain sé bladhaire fada ard as an phíopa mar a dhéanfadh cleasaí sorcais agus líon an siopa le toit ghorm. Níor chorraigh Prút i rith an ama ach é ag fanacht go múinte le cead suí. I rith an ama sin bhí an sagart ag stánadh air faoina mhalaí tiubha dubha agus na spéaclaí ar crochadh ar bharr a shróine leis an toit a choinneáil as na súile.

'An é nach bhfuil tú ag dul a shuí?' a d'fhiafraigh an tAthair de Bhailís de go grusach.

'Bhí mé ag …' Shuigh Prút síos os comhair an tsagairt go maolchluasach gan an abairt a chríochnú.

Bhí Prút ag súil go fóill go gcluinfí trup éigin ó chúl an tseomra agus go dtiocfadh duine éigin chucu ach níor tháinig. Ní raibh ann ach tost, gan focal as an tsagart seachas an bhloscarnach a chualathas anois is arís agus é ag baint an phíopa as a bhéal. A fhad is a bhí sé ina shuí taobh leis sa charr bheag agus súile an tsagairt ar an bhóthar roimhe, níor airigh Prút an chúinge a mhothaigh sé anois agus é ina shuí díreach os coinne an Athar de Bhailís sa tsiopa fholamh seo. Ba mhinic a chuimhnigh sé ar oide seo a mhúinte agus é ar an choigríoch, an glór siosmaideach soiscéalach a chluineadh sé i dtólamh ina intinn agus an t-ábhar machnaimh a bhaineadh sé go fóill as a chuid cainte. Dá ainneoin sin, agus in ainneoin go raibh an grianghraf de féin, Jimí agus an tAthair de Bhailís leis i gcónaí mar chompás, bhí coimhthíos éigin eatarthu anois láithreach nár thuig sé go hiomlán.

Bhris glór mná an tost. 'Beidh mé leat anois, a Athair.'

Aníos as pasáiste ar chúl an chuntair a tháinig an glór chucu agus mhothaigh Prút boladh mairteoil rósta agus cabáiste ag líonadh an tsiopa de réir mar a bhí an glór ag teacht chucu as an dorchadas.

'D'fhág tú rud i do dhiaidh ar maidin. Buidéal uisce coiscrithe.'

'Ní hea,' arsa an sagart leis an bhean scothaosta a raibh dhá phláta á n-iompar aici.

'Duitse é sin, a Bhean Uí Anluain. Uisce Lourdes. D'fhág mé sin ar an tábla ar maidin, d'fhéad mé a rá leat gur duitse a bhí ach bhí deifir amach orm.'

Leag Bean Uí Anluain na plátaí ar an tábla rompu agus sheas siar bomaite ag meabhrú mar a bheadh rud inteacht dearmadta aici.

'Salann agus piobar. Gheobhaidh mé iad sin anois agus, ar eagla go ndéanfainn féin dearmad, tá créafóg Naomh Maodhóg agam duit, a Athair.'

Níor thug an sagart aird ar bith uirthi ach thosaigh ag monabhar altú roimh bhia. Chrom Prút a cheann agus chuimhnigh gurbh fhada ó d'aithin sé ceann ar bith de na deasghnátha creidimh. Bhí leathshúil chíocrach aige ar an bhéile the thíriúil a bhí leagtha faoina shrón agus thosaigh sé ag déanamh dearmad den choimhthíos a d'airigh sé ar ball.

'Seo anois agat é,' arsa Bean Uí Anluain. 'Créafóg Naomh Maodhóg. Coinneoidh sí slán ar thine agus ar bhá thú. Bhí bean as Contae an Chabháin a raibh preab den chréafóg seo léi ar an *Titanic* agus tá sí beo go fóill, creidim.'

'Cad é faoin tsalann agus an piobar?' arsa an tAthair de Bhailís go mífhoighneach.

Tháinig Bean Uí Anluain ar ais leis an dá phróca bheaga agus chuir lámh ar ghualainn Phrút agus í á leagan ar an tábla.

'Anois, cuirfidh sin an dé ionat,' ar sí ag cuimilt

ghualainn an fhir óig go ceanúil. 'Tá tú cosúil le duine de mo chlann mhac féin. Nach bhfuil, a Athair?'

Ní dhearna an sagart ach gnúsachtach agus é ag croitheadh dusta salainn ar a phláta.

D'fhág Bean Uí Anluain ag a mbéile iad agus d'fháiltigh Prút roimh an bhriseadh a bheadh ann sa tost a fhad is a bheadh an dinnéar á ithe acu.

'Créafóg Naomh Maodhóg,' arsa an sagart ar thoradh moille agus scian á díriú go leathbhagrach aige ar an bhosca bheag i lár an tábla.

'Tháinig tú an fad seo gan í.'

'Tháinig,' arsa Prút, 'ach níl mé ag rá nár mhiste a leithéid a bheith leat ar thuras, le fios nó le hamhras.'

'Mura raibh créafóg bheannaithe leat bhí duine inteacht ag guí ar do shon.'

Chrom an sagart go dúthrachtach ar a dhinnéar arís agus sásamh beag le haithint ar a aghaidh as an méid a bhí sé i ndiaidh a rá.

'Bhí sin, bhí duine inteacht ag guí ar do shon.'

Nuair a bhí an phlaic dheireanach ite ag an Athair de Bhailís, bhrúigh sé a phláta amach roimhe agus choimhéad an fear óg a bhí ina shuí os a choinne mar a bheadh sé ag fanacht le freagra. Mhair sé mar sin ar feadh meandair go dtí gur ardaigh Prút a shúile óna phláta.

'Shíl mé i gcónaí go rachadh do mhacasamhail a throid i gCogadh na Spáinne,' arsa an sagart.

'Bhí sin thart nuair a bhí mise ag fágáil Bhéal Feirste,

in earrach 1939,' arsa Prút, 'ach níl a fhios an ann a rachainn dá mbeinn in aois fir ag an am.'

'Cad chuige sin?'

'Bhí dúil agam i rudaí eile seachas polaitíocht. Eachtraí a bhí uaimse seachas dul i bhfostú i bpolaitíocht.'

'Nach sin an rud a tharla duit?'

D'amharc Prút ar an dá mhala thiubha a bhí tarraingthe le chéile os cionn spéaclaí an tsagairt mar a bheadh siad á chosaint ar bhuille a bhí ar tí a bhuailte.

Bhí an tAthair de Bhailís ag fanacht le freagra ar cheist nár thuig Prút i gceart.

'Cad é atá tú a mhaíomh, a Athair? An síleann tú gur imigh mé le cúis Hitler?'

'Is ag obair aige a bhí tú, má thuigim an scéal i gceart.'

Bhí smut mífhoighneach ar éadan de Bhailís, mar a bheadh rud éigin ag dul in angadh ann nár thuig an fear óg a bheith ann.

'Ní hea,' arsa Prút go díomách. 'Ní mar sin a bhí, a Athair, agus má chuala tú a mhalairt níl sé fíor.'

'Nach raibh tú ag obair ag an stáisiún raidió sin a bhí ag craoladh bolscaireacht Naitsíoch?'

Baineadh stangadh as Prút nuair a chuala sé na focail loma sin dírithe air féin. Nuair a bhí sé faoi cheistiú sa bheairic ar maidin bhí sé go fóill ag imirt an chluiche a d'imríodh sé go seiftiúil i mBeirlín. Anois agus an cheist dhíreach seo ag oide a mhúinte air, bhí obair aige amharc sa dá shúil air. Cibé cleasaíocht fholaitheach sheachantach a bhí in aice láimhe roimhe aige bhí sí imithe. Bhí sé mar a bheadh duine ann a bhí ag bá agus gan uisce ar bith in aice leis.

'A Athair. Is é rud a bhí. Is é atá mé a rá … Shíl mé nach ndéanfadh sé dochar a bheith ar fostú san áit, a fhad is nár chreid mé sa rud a bhíothas a dhéanamh. Tá a fhios agam nach bhfuil mórán céille sa méid sin ach … Tá an *Service du Travail Obligatoire* i bhfeidhm i bPáras – dá bhfanfainn ansin gach seans go gcuirfí ag obair don Ghearmáin mé cibé. Fiosracht agus fonn eachtraíochta a thug chun na Gearmáine mé. B'fhéidir nár thuig mé ar feadh i bhfad cad é a bhí mé a dhéanamh ach tuigim anois, bíodh a fhios agat. Shíl mé ar feadh tamaill go bhféadfainn cuidiú le cás na bhfear óg sin a bhí daortha chun báis i mBéal Feirste – go gcuirfí brú éigin ar údaráis na Sé Chontae.'

'Bhuel, má shíl, níorbh é a tharla,' arsa an sagart. 'Crochadh Tom Williams bocht mí Mheán Fómhair seo chuaigh thart. Beannacht Dé lena anam.'

Chuala Prút coiscéim mhall Bhean Uí Anluain ag teacht aníos an pasáiste ar chúl an chuntair. Chuir sí síos pota mór tae agus thóg na plátaí den tábla gan focal a rá. Ní raibh a fhios ag Prút an raibh cuid ar bith den chomhrá cluinte aici. Shuigh an bheirt acu gan labhairt nó gur chuala siad doras na cistine á dhruidim arís.

'Tá an tae iontach gann ar an taobh seo den teorainn,' arsa an tAthair de Bhailís ag líonadh an dá chupán. 'Thug mé a oiread liom agus a choinneoidh Bean Uí Anluain ag gabháil go cionn tamaill eile. Amharc an pota a thug sí dúinn! Croí mór maith atá aici, an créatúr.'

Bhí boige anois i nglór an tsagairt nár mhothaigh Prút ó tháinig sé lena bhailiú ón bheairic. Ach má bhí, ba léir an t-amhras céanna a bheith sna súile agus é ag amharc ar an mhac dhrabhlásach seo a bhí os a chomhair. Mheasc an tAthair de Bhailís siúcra agus bainne trína chuid tae go mall sollúnta mar a bheadh sé i mbun searmanas eaglasta a chríochnaigh le cling éadrom taespúnóige ar thaobh an chupáin. Nuair a labhair sé an t-am seo tháinig na ceisteanna ina siosarnach uaidh mar a bheadh siorradh polltach gaoithe ag séideadh in aghaidh an fhir óig.

'Cad é a thug ort titim isteach leis an dream sin sa Ghearmáin? An as do chrann cumhachta a bhí tú nó cad é an mearbhall a bhí ort in ainm Dé? Tusa, a raibh an-gheallladh fút! Nár theagasc mé rud ar bith duit?'

'A Athair, ní mar sin a bhí. Níl a fhios agam cad é a chuala tú ach …'

Níor thóg Prút a cheann. Tháinig sé faoi pholl cnaipe d'achasán dá chuid féin a chaitheamh suas leis an tsagart ach choinnigh sé a stuaim. Chuimhnigh sé ar sheanmóirí de Bhailís ar scoil agus ar an dóigh a mbíodh rabhartaí móra paisin iontu a shíothlaíodh i gcónaí diaidh ar ndiaidh. B'fhéidir gur seo mar a bheadh anois. Ach dá thréine a bhí an ceistiú bhí rud éigin eile seachas fearg ná díomá ar a chúl. Ba rud é sin nár thuig Prút agus nach raibh aon súil aige leis. Ar chúl an cheistithe, d'aithin Prút trua i nglór an tsagairt.

'Níor chuala mé rud ar bith faoi do chuid eachtraí go dtí an lá inné. Ghlaoigh an fear maol úd orm sa Choláiste agus mhínigh an scéal. Chuaigh mé caol díreach go teach do thuismitheoirí sa charr agus bhí comhrá fada agam leo. Ar ndóigh, tá siad suaite go maith faoin rud uilig. Cad chuige nach mbeadh?'

'Bhí tú ag caint le mo thuismitheoirí?'

'Bhí. Creideann d'athair gur chóir duit dul chuig na péas nuair a bheas muid sa bhaile, tú féin a thabhairt suas agus do chás a mhíniú dóibh, a rá leo gur cuireadh brú ort agus gur iarracht a bhí sa rud uilig ar éalú as an Ghearmáin agus an baile a bhaint amach.'

D'fhan Prút ina thost. An iarracht sin uilig ar shaoirse a anama a aimsiú i Nua-Eabhrac, in Buenos Aires, i bPáras agus i mBeirlín – dar leis go raibh sé i ndiaidh gábh a dhéanamh dó féin nárbh fhurasta téarnamh as. Thug sé in amhail fáinne Gyges a lua leis an tsagart, an fáinne a dhéanfadh duine dofheicthe. Mura bhfeicfeadh súil dhaonna thú, an gcloífeá leis na haitheanta nó an ngéillfeá do na hainmhianta?

Faoin am ar tháinig Bean Uí Anluain amach arís chucu bhí an braon deireanach tae ag fuarú i gcupán

Phrút. Dhiurnaigh sé é le nach samhlódh sí míbhuíochas leis, go háirithe agus an tae chomh gann agus a bhí. Ní raibh a fhios aige go fóill an fearg nó trua a bhí ag an Athair de Bhailís dó ach sa charr dóibh arís, ag imeacht as Droim Conrach, neadaigh casadh rialta an innill in intinn Phrút agus ghéill sé don néal codlata a bhí ag titim air dá ainneoin. D'imigh bailte agus machairí méithe Chúige Laighean air agus é ag troid le tuirse nárbh fhéidir a chloí. Chliseadh sé as a chodladh anois is arís le díoscán na ngiar nó, corruair, le greadadh tobann na gcoscán ach thiteadh na súile ar a chéile arís agus sheadaíodh a intinn ar ais i réigiún áibhéalta ainrialta an bhrionglóidigh. Dúisíodh toirteanna agus taisí doiléire as fíoríochtar a intinne agus d'fhéach siad lena n-aiséirí féin as múscán leisciúil an dearmaid. Ach d'imigh siad mar a scaipfí toit nó gaoth nó mar a bheadh anamacha fáin ann nár dhual dóibh tearmann a fháil choíche. Mhair sé sa tsuan eatramhach seo, seal ag brionglóideach seal ag clismearnach, nó gur osclaíodh doras an tiománaí de phreab agus gur mhúscail bleaist d'aer úr an earraigh é. Bhí a mhuineál righin agus bhí codladh gliúragáin ina chosa ach bhain sé sracadh as an hanla agus tharraing a dhá spág throma amach as an charr. De réir mar a bhí an mothú ag filleadh ina chosa, d'aithin sé go raibh siad i ndiaidh stopadh ag garáiste agus go raibh an spéir ag ramhrú. Bheannaigh sé d'fhear an gharáiste a bhí ag líonadh an chairr le peitreal agus chuaigh anonn go dtí binse mar a raibh an tAthair de Bhailís ina shuí.

'Cá fhad i mo chodladh mé?'

'Fada go leor, táimid i nDún Dealgan.'

Chuimhnigh Prút ar an teorainn agus ar an chontúirt a bheadh rompu anois nuair a d'iarrfaí cártaí aitheantais orthu.

Níor labhair an sagart ag dul ar ais sa charr dóibh ach thuig Prút go raibh práinn leis an chomhrá a bheadh le déanamh anois acu. Dá ngabhfaí ag an teorainn é b'fhéidir nach bhfeicfeadh sé go cionn i bhfad ina dhiaidh sin é.

'A Athair, níl a fhios an mbeidh na péas ag fanacht liom ag an teorainn. Má tá, ba mhaith liom mo bhuíochas a ghabháil leat anois as mé a thabhairt an fad seo. Tá cuid mhór eile ba mhaith liom a rá leat ach an t-am a bheith ann chuige.'

Thiontaigh an sagart chuige mar a bheadh sé ag iarraidh aghaidh Phrút a fheiceáil le go dtuigfeadh sé an méid a bhí á rá aige.

'Níl a fhios agam,' arsa an sagart go híseal, 'an fear maol úd – Ó Raghallaigh a thug sé air féin – dúirt sé nach raibh sé i gceist acu scéala a dhéanamh ort a fhad is nach bhfillfeá ar an deisceart arís fad is a mhairfidh an "Éigeandáil". Fear maith é an Raghallach sin, creidim.'

Bhí oireas ag Prút go raibh an fear tuaithe seo lena thaobh ag filleadh go drogallach ar an cheist a bhí sé a sheachaint ó thosaigh siad an turas ag beairic Bhaile Átha Cliath.

Bhí an carr i ndiaidh imeacht den bhealach mhór agus bhí sé anois ag ionsaí cúlbhóthar crochta sléibhe a raibh féar agus lustan ag éirí aníos ina lár. Shamhlaigh Prút go raibh bealach cúil aimsithe ag an tsagart le go seachnódh siad na péas ar an teorainn. Sa chlapsholas féin, bhí sé in ann an fharraige a dhéanamh amach anois is arís ar thaobh amháin de bhóithrín an tsléibhe. Ar thoradh moille, stad an carr agus d'oscail an sagart a dhoras dó.

'Tá a fhios agam go bhfuil sé ag dul ó sholas ach ba mhaith liom go bhfeicfeá an áit seo. Uaigh na Mná Fada a thugann siad uirthi. Dá airde an áit seo, má sheasann tú sa lag mar a bhfuil uaigh na mná, ní fheicfidh tú a dhath. Ach má shiúlann tú leat go barr an mhala seo chífidh tú an taobh tíre uilig.'

Lean Prút coiscéimeanna an tsagairt suas go barr an mhala go bhfaca sé an fharraige agus an raon sléibhte a bhí anois chomh dorcha doiléir leis na toirteanna éagruthacha a samhlaíodh dó ina bhrionglóid ar ball.

'Is maith liom an áit seo nó is minic nach bhfeicimid ach na ballaí atá thart orainn seachas an domhan mór fairsing atá ar a gcúl.'

Bhain an sagart a hata de agus chuimil an ciarsúr mór bán de chlár a éadain.

'An Raghallach sin, an fear mór maol. Níor inis sé gach rud duit. Dúirt sé gur cuma duit anois ach níl mé ag rá go bhfuil an ceart aige. Mhínigh sé dom … An cailín sin a raibh tú mór léi, Elena, agus cuid dá cairde. Cuireadh chun báis iad.'

Tháinig na focail deiridh amach as béal an tsagairt mar a scaoilfí cloch as crann tabhaill. Thuig Prút gurbh éigean dóibh a bheith ina ualach trom aige an fad seo uilig, carraigeacha móra focal a bhí sé a choinneáil siar le teann a dhíchill nó nach dtiocfadh leis cúl a chur orthu a thuilleadh. Bhí a fhios aige fosta gurbh é an scéala seo ab údar don trua a d'aithin sé ar ball i nglór an tsagairt. Ní hé nach raibh a fhios aige féin gur dhócha d'Elena a bheith marbh ach bhí sé anois fógartha go neamhbhalbh dosh éanta os a chomhair ar bharr an tsléibhe seo in Ó Méith Mara. Go dtí anois, a fhad is nach raibh sé ráite, bhí léaró beag dóchais ann go dtiocfadh sí slán, go díreach mar a tháinig sí slán riamh uilig.

'Ní raibh sé féin, an Raghallach úd, ní raibh sé ag iarraidh a rá leat. Tá foinsí eolais acu thall a bhíonn ag tabhairt faisnéise dóibh faoi na hÉireannaigh atá sa Ghearmáin agus a mbaineann leo. Uathu sin a tháinig an t-eolas. Dúirt sé go bhfágfadh sé fúm é agus go bhféadfainn gan aon rud a rá leat dá mb'fhearr liom. Ach ní fhéadfainn sin a dhéanamh, a Réamainn. B'ionann sin agus an cailín bocht a ligean chun dearmaid nuair ba chóir paidir a chur lena hanam. Tuigim gur buille trom agatsa é seo ach ba mheasa i bhfad an cás dá mbeadh an cailín bocht sin fágtha gan aon duine le guí ar a son. Tá súil agam go dtuigeann tú sin.'

Leis sin, rinne an sagart comhartha leis go séimh agus chuaigh an bheirt acu ar a nglúine gur thosaigh an tAthair de Bhailís ag paidreoireacht. Is ar éigean a bhí sé in ann focail an tsagairt a dhéanamh amach agus gaoth agus deora fearthainne ag guairneáil thart orthu. Ní ar phaidreacha a bhí sé ag smaoineamh ach ar an tsrón bheag rinneach agus na malaí coimhthíocha ar thug sé gean dóibh oíche sin fhéasta an Ambasadóra.

III

Ag tiomáint anuas ón tsliabh an bealach cúng caismirneach ionsar an chósta dóibh, dhruid sé na súile agus lig d'íomhá Elena fabhrú ina intinn. Bhuail eagla é nach raibh san íomhá sin ach toradh a shamhlaíochta féin agus nach mbeadh aon fhoinse thagartha aige lena cosaint ar cibé cor a chuirfeadh a chuimhne inti feasta. Smaoinigh sé ansin ar an ghrianghraf amháin a bhí aige, an ceann de féin, Jimí agus an tAthair de Bhailís a bhí ina phóca. Dá ngabhfaí ag an teorainn é bheadh na péas ag déanamh go raibh comhcheilg éigin idir an triúr acu. Sháigh sé a lámh ina phóca agus chuimil barr a mhéar agus a ordóige d'imill na cearnóige páipéir ag smaoineamh le cion ar an íomhá a thugadh misneach i gcónaí dó. Chuimhnigh sé ansin ar an bhomaite sular léim sé as an eitleán trí mhí roimhe sin. Tharraing sé fuinneog an chairr anuas orlach agus lig an grianghraf amach le dorchadas na hoíche. Bhí sé déanta. Ualach bainte de.

Níor labhair an tAthair de Bhailís leis agus iad ag déanamh ar an teorainn. Bhí a aghaidh níos cóngaraí don ghaothscáth ná mar a bhí le solas an lae agus chuimlíodh sé an gal de gach cúpla bomaite go fiú nuair nach raibh gá leis. Ansin, i mbéal na séibe, nocht solas dearg sa dorchadas agus mhoilligh de Bhailís an carr gur léir dóibh bothán adhmaid ag taobh an bhóthair. In ainneoin gach ní ar chóir do Phrút a bheith buartha faoi sa bhomaite sin, ba gheall le cuimhne mhaoithneach aige an caipín péas a aithint ón fhuinneog. Bhíodh caipín péas a athar fán teach ina ghasúr dó agus boladh a ola ghruaige siúd go fóill air.

Blas Sasanach a bhí ag an fhear péas a d'iarr a gcártaí aitheantais orthu fhad is a bhí a chomrádaithe ag amharc isteach i gcúl an chairr. Thug sé *Padre* ar an Athair de Bhailís agus labhair leis go múinte. Cibé a bhí ag dul a tharlú, dar le Prút, tarlaíodh sé anois. B'iontach leis nach raibh snaidhmeanna ina phutóga agus é ag éisteacht leis an mhionchomhrá bhacach idir an Sasanach agus an sagart ach é ag géilleadh, sa bhomaite fhada chrochta sin, don méid a bhí daite dó. Ní raibh aon mhífhoighne air ach oiread leis an mhoill a bhí ar an Athair de Bhailís a chárta aitheantais a chur ar ais ina vallait agus ansin an útamáil a bhí aige an póca cuí a aimsiú don vallait. Ansin nuair a theip ar an inneall, ba chuma leis gur thóg an Sasanach an chrangaid go garach ón tsagart gur chas an t-inneall dó arís.

Murar thit néal air sa trian dheireanach sin den turas, níor léir do Phrút ach é a bheith ag éisteacht le sruth cainte an Athar de Bhailís. Dar leis go raibh an seanchas seo uilig á choinneáil siar ag an tsagart nó go mbeadh tairseach dheireanach sin na teorann trasnaithe acu. Anois agus iad ag tiomáint trí Chontae an Dúin, chuimhnigh Prút go mbeadh aige le cinneadh a dhéanamh. Níorbh fhiú dó dul tigh a thuismitheoirí agus an baol ann go fóill go dtiocfadh na péas ar a lorg. B'fhearr dó na gnóthaí a shocrú agus filleadh ar theach an tseanphéire nuair nach mbeadh amhras ar bith ann go raibh sé ina mhac mallachta a raibh an tóir air. A luaithe a bhí sé socraithe ina intinn, d'fhógair sé don tsagart go mbeadh sé ag dul leis go Béal Feirste seachas go teach a thuismitheoirí in Ard Ghlais.

Ag tarraingt ar Lios na gCearrbhach agus gan ach dornán mílte le dul acu, bhí práinn stadach i nglór an tsagairt nuair a labhair sé.

'Beidh tú ag déanamh go raibh mise míshásta leat ar maidin. Níor mhaith liom go sílfeá … Tuigeann tú anois b'fhéidir. Faoin chailín sin Elena atá mé a mhaíomh. Ach caithfidh tú smaoineamh anois ar an rud atá romhat. B'fhearr dúinn dul bealach an tsléibhe isteach go Béal Feirste. An bealach céanna a tháinig na daoine uilig a díbríodh as Lios na gCearrbhach in 1920. Is ar éigean a bhí tú féin saolaithe is dócha.'

Thost an tAthair de Bhailís ar feadh cúpla bomaite mar a bheadh sé ag iarraidh a smaointe a chur in eagar agus gan ligean dóibh éalú uaidh le méid na práinne. Bhí mionchlocha á meilt agus á scaoileadh amach as faoi na rothaí, cuid acu ag baint gliogar de thóin an chairr de réir mar a thóg sé bealach cúil an tsléibhe. Rinne an sagart gáire beag nuair a labhair sé faoi dheireadh.

'Nuair a chonaic mé ag an bheairic ar maidin thú, dar liom, seo anois an murchuirthe. Sin é a thugadh siad, in Éirinn anallód, ar dhuine a cuireadh le farraige mar phionós ach ar chaith an fharraige ar ais ar tír é. Duine a cuireadh amach as muir. Tháinig tú slán ar mhórán urchóide go dtí seo agus seasfaidh sin duit.'

Chuir Prút a aghaidh leis an fhuinneog agus an bealach ag tosú a choradh agus a thitim le fánaí. Murab é an cogadh agus an cosc ar shoilse sráide, bheadh tithe Bhéal Feirste le feiceáil thíos uathu, ina n-aibhleoga beo sa dorchadas. Mar sin féin, agus iad ag tarraingt ar bharr an ghleanna, d'aithin sé cuid de na tithe a bhíodh ina gcloch mhíle aige féin agus gasraí eile tráth a dtéadh siad a champáil sna sléibhte. Thuig sé, mar sin, nárbh fhada uilig go mbeadh siad ar Bhóthar na bhFál mar a raibh cuid dá chairde agus a lucht aitheantais. Ba chóir, dar leis, go líonfaí a bhrollach le mórtas faoin domhan mhór a bheith siúlta aige féin fhad is a bhí cuid acu sin cuibhrithe faoin teallach ag déanamh a ngortha le tine scallta ghuail. Ach ba bheag an t-ábhar mórtais anois é. Ag dul thart le teach pobail Naomh Pól, mhoilligh an carr.

'Inis dom arís,' arsa an tAthair de Bhailís, 'cén tsráid a bhfuil cónaí ar Jimí?'

'Sráid Sevastopol,' arsa Prút.

'Sin a shíl mé,' arsa an sagart, ag tiontú an chairr ag barr na sráide, 'agus tá tú cinnte nach mbeidh mise de dhíth ort ina dhiaidh seo?'

'Tá,' arsa Prút agus lámh aige cheana ar hanla an dorais.

Bhí seamsán garg an chairr imithe in éag agus gan ina áit ach tafann faon madaidh ó shráid éigin i bhfad uaidh nuair a chuimhnigh sé, ina sheasamh dó ar choirnéal Shráid Sevastopol, nár leag sé cos ina bhaile dúchais le ceithre bliana. Níor smaoinigh sé riamh ar feadh an ama sin go mbeadh an baile athraithe ar a dhóigh féin ag an chogadh. Ní hé amháin go raibh na lampaí sráide múchta, bhí sé ina sheasamh in aice le foscadán aer-ruathair nach raibh feicthe aige roimhe agus a chuir ag smaoineamh é ar an oíche úd sa stáisiún traenach i mBeirlín agus 'Lili Marlene' á cheol ag Monika agus an seansaighdiúir. Dála mar a bhí ualach bainte de nuair a chaith sé an grianghraf amach ar an fhuinneog ag an teorainn, ba é comaoin an Athar de Bhailís an dara hualach a bhí bainte de. Cibé a tharlódh anois, bhí sé ar an neamhacra ina intinn féin.

Tháinig beirt bhan an bealach, iad in uillinn a chéile mar ba nós le cailíní an mhuilinn, fústar fúthu agus seálta tarraingthe go teann thar a n-ucht acu. Is ar éigean a chuir siad sonrú ann agus é á gcoimhéad le hiontas baoth bolgshúileach mar a bheadh duine ann nach bhfaca beirt bhan i gcuideachta a chéile riamh. Chas sé ar a sháil agus choinnigh súil orthu gur imigh siad as radharc.

Ag bun na sráide roimhe a bhí teach Jimí. Chnagfadh sé go héadrom ar an doras, shiúlfadh sé isteach agus d'éireodh Jimí go lúcháireach le fáilte a chur roimhe, loinnir ina ghruaig chatach dhubh faoi sholas fann an lampa gáis agus na súile donna ráscánta lán cairdis agus tnútháin. D'ólfadh siad pionta sa Sportsman's nó sa Fort, chuirfeadh siad lámh thar ghualainn a chéile agus d'ardódh siad a ngloiní go caithréimeach. Thiocfadh comharsana agus cairde isteach sa chuideachta agus bheadh a mbéal ar leathadh ag scéalta faoin choigríoch agus faoi eachtraí dásachtacha Réamainn Prút, an fear as Bóthar Chromghlinne a raibh an domhan cláir siúlta aige. D'fhanfadh siad ansin go scairtfí 'am drod' agus go scairtfí arís ceithre huaire ina dhiaidh sin é. Thiocfadh siad amach faoi dheireadh ag stámhailleach agus ag gáire faoi rudaí a bhí siad i ndiaidh a rá faoi dhó nó faoi thrí. Dá mbeadh sceallóga le fáil ó shiopa an choirnéil, d'ordódh siad iad agus thógfadh siad an beartán beag bealaithe leo agus bheadh siad ag muirliú sceallóg agus ag casachtach agus ag gáire bealach streachlánach meisciúil a fhad le doras Jimí. Shuífeadh siad in aice na tine ag caint nó go gcluinfeadh siad máthair Jimí ag cnagadh ar an urlár os a gcionn lena bata draighin agus chuirfeadh na trí chnag throma mhalla sin clabhsúr oifigiúil le hoíche eile.

Leath meangadh ar a bhéal ag smaoineamh ar an oíche shamhalta sin nach bhféadfadh aon duine eile baint di ná cur léi ach í i dtaisce i mblaosc a chinn. Dá ainneoin féin a bhraith sé é féin ag tiontú ar a sháil agus é ag siúl go mall sa treo eile.

* * *

Nuair a bhí doras mór miotail na beairice sroichte aige chuimhnigh sé go mbeadh air luí ar thocht crua eile an oíche sin. Smaoinigh sé ansin ar a athair agus ar na hoícheanta uilig a bhí caite aige siúd i mbeairic den chineál seo agus ar an dóigh a raibh nósanna dochta rialta an tsaoil sin aige go fóill, dá ainneoin féin. Ar a laghad ar bith, bhí sé ag déanamh chomhairle a athar faoi dheireadh, é féin a thabhairt suas don RUC agus a bheith réidh leis. Chnag sé go múinte ar dhoras na beairice ach ní raibh gar ann, duine ná deoraí níor tháinig chuige. Bhain sé scilling amach as a phóca gur thosaigh á criogadh go rithimeach ar mhiotal an dorais. Phreab an doras ar oscailt agus díríodh raidhfil san aghaidh air.

'Is ea?'

'Is mise Réamann Prút.'

'Agus?'

'Tá mé i ndiaidh filleadh ón Ghearmáin.'

Bhí sé leathuair ina shuí i seomra sular tháinig an fear

céanna isteach chuige arís. As sin brúdh isteach i gcarr é idir beirt thoirtiúla agus anonn go Príosún Bhóthar Chromghlinne leo. Ag dul trasna chlós mór an phríosúin dóibh mhothaigh sé na céadta súil ag gliúcaíocht amach idir na barraí as na sraitheanna iomadúla fuinneog os a gcionn. Príosúnaigh, fir nach raibh cead acu doras féin a oscailt gan trácht ar fhuinneog. Iad sa riocht nach raibh fágtha acu ach an tnúthán in aisce agus an griogadh leathchéasta a gheobhadh siad nuair a sheolfaí duine úr isteach chucu. Má bhí brúidiúlacht i ndeilbhíocht dhearóil na háite ba i ngriogadh sin na bpríosúnach a bhí an bhrúidiúlacht dáiríre. Réamann Prút féin, a raibh eachtraí móra le haithris aige, ní mhairfeadh a nuacht siúd ach an seal beag suarach a thógfadh sé orthu dearmad a dhéanamh ar na héadaí a bhí air sular cuireadh éide an phríosúin air. Ansin, dála gach duine eile, thiocfadh an griogadh céanna air siúd faoi gach comhartha beag suarach gurbh ann don tsaol mhór amuigh go fóill – an ticéad bus a thitfeadh as póca bairdéara nó an gráinnín bruscair a thitfeadh as gob snag breac.

Chuimhníodh sé corruair ar an teach inar tógadh é, teach a bhí beagán le cois míle thuas an bóthar ó gheata an phríosúin. Bhí teaghlach eile ansin anois, stair agus cuimhní eile a bheadh le hinsint ag ballaí an tí feasta. Bhí a fhios aige fosta go raibh na céadta buachaill óg ar an taobh eile den phríosún ina sheanscoil, Coláiste Maolmhaodhóg. Ba san áit sin fosta a tháinig sé i méadaíocht agus a múnlaíodh a chuimhní cinn ach, dála an tseantí, bhí an stair agus an chuimhne dhaonna ag damhnú ansin gan é.

Tháinig an tAthair de Bhailís ar cuairt lá amháin agus dúirt gur scríobh sé litir chuig na húdaráis ar a shon. Ní raibh a fhios aige an ndéanfadh sé aon mhaitheas ach ba dheise cabhair Dé ná an doras. Dúirt sé roinnt paidreacha ar son anam Elena arís agus chroith lámh go teann leis.

Tráthnóna amháin, bhí cuid de na cimí Poblachtacha ag trácht ar sheal a chaith de Valera sa phríosún sna 1920í. Ba é a tharla gur thrasnaigh sé an teorainn gan chead agus tugadh go Príosún Bhóthar Chromghlinne é dá bharr. Dúirt duine acu go mbíodh cluichí fichille ag Dev leis an Ghobharnóir agus go raibh dinnéar aige leis go fiú. Thug sin an tráthnóna grianmhar úd i gclós an Rundfunkhaus i gceann Phrút agus an cluiche fichille a d'imir Chandra Bose agus Lord Haw-Haw. Cluichí fichille idir daoine a raibh an stair féin ag coimhéad orthu, í ag fanacht go mífhoighneach leo an cluiche a fhágáil uathu agus filleadh ar ghnóthaí an tsaoil mhóir. Nó an é nach raibh i ngnóthaí sin an tsaoil ach meilt ama agus díomhaointeas agus gur sa chluiche a bhí gnóthaí na síoraíochta agus an anama? Cén tuiscint a bheadh ag de Valera agus gobharnóir an phríosúin dá chéile ná ag Lord Haw-Haw agus Chandra Bose, murab é an cluiche sin a thug an dá anam le chéile? Nár scríobh an tUngárach,

Faludy, ina litir as Casablanca faoin bheirt a bhí ag imirt fichille agus an bás ar gach taobh díobh, *níor chrom beirt os cionn clár fichille riamh a bhí chomh díbhirceach leo*? In Casablanca, an baile sin ina mbíodh *an Bás ina shuí i measc na n-aíonna ag gach féasta agus ina luí i leaba na leannán*, ba thábhachtaí an cluiche fichille ná an bás féin.

B'fhéidir gurbh fhearr dó dul ó dheas an t-am sin, mar a mhol Faludy, ach nár chuma anois? Cibé faoi ghnóthaí na síoraíochta, ba é an saol a shantaigh sé i gcónaí, maith olc é, ach bhí an saol anois ag caolú agus ag éalú uaidh. Bhí laethanta agus míonna ag sciobadh thart san áit fholamh seo, an seomra mór feithimh nach raibh aon imeacht as. Agus go fiú dá n-éalófá thar na ballaí amach oíche éigin, bheifeá ar do sheachaint ina dhiaidh go deireadh aimsire. Chuir sé aithne ar chuid acu sin a gabhadh in éineacht le Tom Williams agus thaispeáin siad dó an áit a raibh an t-ógánach sin curtha in uaigh aoil i gcompal an phríosúin. Ní raibh san adhlacadh mhínáireach sin ach iarracht dhiamhaslach an phríosúin ar an tsíoraíocht a shéanadh ar Williams bocht, glam cú i ndiaidh a sháraithe. Tháinig aiféaltas ar Phrút nuair a chuimhnigh sé ar na comhráití a bhí aige ina thaobh i mBeirlín.

Thagadh an seanphéire ar cuairt chuige nuair a bhíodh sé ceadaithe acu. Mhínigh siad dó an méid a bhí a fhios aige cheana, go raibh litir curtha ag an

Athair de Bhailís ar a shon ach nach raibh a fhios cén difear a dhéanfadh sí. Ansin, lá amháin, osclaíodh doras an chillín agus tugadh go seomra é nach bhfaca sé roimhe. Bhí an cogadh thart agus ní raibh aon triail le cur air nó ní raibh fianaise cheart lena chiontú. An méid a bhí ráite aige leis na húdaráis ón tús, nach raibh ann ach buachaill oifige san Irland-Redaktion, bhí sin dearbhaithe le fada ag foinsí eile ach b'éigean é a choinneáil i ngéibheann, mar sin féin, le fios nó le hamhras. Na héadaí a bhí air nuair a tháinig sé isteach corradh le dhá bhliain roimhe sin, tugadh ar ais dó iad ina mburla beag a raibh páipéar donn air agus dúradh leis go raibh cead aige imeacht.

ceathair

Ard Ghlais, Contae an Dúin
Meán Fómhair 1988

I

Bhí sé tamall ag amharc ar an scoilt i bhfuinneog an dín, ar an chorrán gealaí agus ar na reanna neimhe a bhí i bhfad os a chionn, iad uilig chomh fada uaidh agus a bhí anamacha na marbh, ar feadh a raibh d'eolas ag aon duine. Chuaigh sé siar ar na rudaí a bheadh le déanamh aige, solas briste a chóiriú i seomra leapa a thuismitheoirí, gloine nua a chur i bhfuinneog seo an dín a bhí scoilte, glaoch a chur ar Ó Muireagáin, an dlíodóir, ar maidin. Ach dá mhéad a d'fhéach sé lena liosta beag tascanna a réiteach ina intinn, sháraigh air ord ar bith a chur orthu. Is é rud a bhí ciúnas an tí á shlogadh siar agus á ligean le folúntas na hoíche. Bhí an comhrá leis an tiománaí tacsaí ina chluasa go fóill agus lig sé dá intinn filleadh ar an chaint thíriúil sin agus ar a rithimí dáimhiúla. Chuimhnigh sé ansin ar an oiread fíona a bhí ólta aige ó bhí maidin ann. Buidéal go leith in aerfort Pháras sular leag sé cos ar eitleán go fiú. Dhruid sé doras sheomra an tseanphéire ina dhiaidh go ciúin urramach agus chuaigh síos an staighre arís.

Bhí a sheomra beag féin in aice na cistine cé nár chaith sé seal ar bith níos faide ann ná na trí mhí sin ag tús 1939 nuair a fuair a thuismitheoirí an teach le huacht óna gharuncail. B'éigean dó truilleán a chur leis an doras leis na boscaí a bhí sa bhealach a bhrú ar leataobh. Chaith sé a mhála beag leathair ar an urlár agus shín a chorp siar sa leaba. Bhí féilire beag ar an bhalla aige in 1939 agus bhíodh sé ina nós aige, ag deireadh gach lae, stríoc a chur trí dháta an lae sin agus é ag cuntas an ama go mbeadh sé ag imeacht ar a aistear mór. Ba í íomhá sin an fhéilire – na cearnóga uimhreacha ina raibh sraitheanna stríocaí dearga – a thug air géilleadh faoi dheireadh don tuirse agus faoiseamh fada an chodlata a dheonú dá cholainn mheánaosta.

Nuair a tháinig sé chuige féin níor léir dó ach breacsholas na maidine agus digití dearga gáifeacha a uaireadóra nár fhéad sé a léamh gan spéaclaí. Le cois na spéaclaí, bheadh biorán le cuardach leis an am a cheartú ar a uaireadóir digiteach agus uair an chloig bhreise na Fraince a bhaint de. Seachas biorán a lorg, chuaigh sé go meathchodlatach ar dtús go doirteal na cistine agus lig don sconna uisce cuid den tsalachar agus den chaileannógach a chur de nó gur éirigh an sruth níos gile de réir a chéile agus gur líon sé gloine lena thart a mhúchadh. Bhí an drisiúr mór adhmaid go fóill ar bhalla amháin lena thaobh agus na sraitheanna cupán ar crochadh mar a bhí riamh ach corrscoilt agus gág i gcuid acu.

Sa tseomra cónaithe in aice an toilg bhí an bosca beag stáin ina gcoinníodh a mháthair snáthaidí agus snáth. D'amharc sé go sramshúileach ar chlár heicseagánach an bhosca a raibh pictiúr de ghallphoc agus bean uasal de chuid na haoise seo caite air. Bosca seacláidí a bhí ann a bhí ceannaithe aige féin in aerfort éigin sna 1960í ar thuras abhaile chucu. Bhain sé an t-uaireadóir dá lámh agus d'athraigh an uair le biorán a fuair sé sa bhosca. B'iontach leis a dhealramh féin a fheiceáil i ngloine an scáileáin teilifíse roimhe, an grágán bán gruaige a raibh bearradh de dhíth air agus na spéaclaí miotail a bhí ina luí ar bharr a shróine. Chuimil sé na súile agus d'amharc arís ar an scáileán le teann fiosrachta. Ba chomhartha beag fánach eile é seo nach mbeadh a mháthair ag filleadh feasta. Am ar bith ar stop sé aici sna blianta deiridh sin bhíodh an teilifís ar obair, bhíodh an fhuaim as go minic ach bhíodh na pictiúir dhaite ar siúl i rith an ama, aghaidheanna balbha agus soilse gairéadacha luaineacha ag síorghluaiseacht roimpi agus í ag cleiteáil nó ag scaoileadh noda an chrosfhocail. Ag teacht isteach chun tí dó, ar na cuairteanna fánacha a thugadh sé orthu le dhá scór bliain anuas, d'amharcadh sí air ar an dóigh sin nach bhféadfadh aon duine eile a dhéanamh, na súile liatha ag ceistiú agus ag fiosrú gan staonadh san aon amharc fada amháin.

Gheit sé go tobann nuair a thosaigh guthán an tí ag bualadh tríd an teach, clingireacht phráinneach a chrochadh san aer soicind nó dhó sula dtosaíodh sé arís ag bualadh go téirimeach trí huaire as a chéile. Bhí an guthán ar an taobh eile den tolg ar thábla beag íseal a raibh tarraiceán ann. Dá bhfreagródh sé é cé a bheadh ann agus cad é a déarfadh sé leis? Seo mar a bheadh, dar leis, dá mbrisfeá isteach i dteach i lár an lae – scanrú agus geit agus b'fhéidir náire féin, dá mbeadh coinsias agat. Bhí an clúdach donn ina phóca go fóill ina raibh eochair an tí agus an litir ina raibh an eochair fillte go cúramach istigh ina lár. Ó dhlíodóir a thuismitheoirí, Liam Ó Muireagáin, a tháinig siad sin nuair a buaileadh a mháthair tinn go tobann mí roimhe sin. Ar ndóigh, ní gadaí ná stocaire a bhí ann, fágadh an teach le huacht aige ach go fóill féin shamhlaigh sé mínós leis féin sa bhomaite sin agus d'fhág sé an guthán gan freagairt.

Nuair a bhí sé cinnte nach raibh an guthán ag dul a bhualadh arís thóg sé an leabhar beag gorm a bhí ar an tábla in aice leis. Bhí banda leaisteach fáiscthe thart ar an chlúdach chrua lena choinneáil le chéile. Taobh istigh bhí ainmneacha agus cártaí, gan aon cheann acu in ord aibítre ach iad curtha isteach de réir mar a fuarthas iad. Bhí a ainm féin, RÉAMANN, scríofa le *biro* dubh gar do thosach an leabhair agus dhá líne thiubha faoi. Sa spás faoi bhí uimhir ghutháin agus seoladh, Fac. de Lettres, 23 Boulevard Albert 1er, 54000 Nancy, France. Mhair sé tamall ag meabhrú faoin tseoladh. Fuair a thuismitheoirí an guthán tuairim is bliain sula bhfuair a athair bás. Bhí an seanleaid i ndiaidh turas a thabhairt ó Ard Ghlais go Béal Feirste i samhradh 1978 nuair a tharla pléascán ar an tSráid Ard a d'fhág mearbhall ina cheann nár imigh riamh. Ní raibh a fhios cinnte an raibh baint dhíreach ag an phléascán lena bhás. Bhí a mháthair cinnte dearfa de ach níor luadh ar an teastas báis é agus fágadh mar sin é.

In 1977, mar sin, a fuair siad an guthán agus ceannaíodh an leabhar beag gorm le haghaidh na n-uimhreacha ag an am chéanna. Ba é an 'Fac. de Lettres' an seoladh a bhí aige féin an bhliain sin, an t-árasán beag ar champas a bhí aige sular shocraigh sé ar ghlanadh amach agus áit a ghlacadh sa Vieille Ville i lár Nancy. Ba sin nuair a tuigeadh dó go raibh sé ag géilleadh don tsaol institiúideach agus do lagachan spioraid an bhruachbhaile. Nuair a bhog sé go dtí an Vieille Ville, fuair sé é féin sna hoícheanta meirbhe samhraidh ina shuí ar an *terrasse* i gceann ar bith de na *cafés* móra a bhí gar don Place Stanislas agus ansin nuair a tháinig an geimhreadh thaithíodh sé na háiteanna beaga cluthara a bhí faoi scáth an Porte de la Craffe. An chéad samhradh sin sa Vieille Ville, chaitheadh sé bunús lae go minic ag tábla amháin, ag ordú caife nó gloine beorach a mhaireadh cúpla uair an chloig agus ag éisteacht fhaoistiní na bhfreastalaithe nuair a bhíodh na custaiméirí gann. Tuigeadh dóibh go raibh sé le trust, an múinteoir meánaosta *sympa* a d'éisteadh leo ag gearán faoin *patron* nó faoi na mná a raibh siad ag siúl amach leo, nó ag míniú na scéimeanna beaga a bhí ceaptha acu lena saibhreas a dhéanamh. Corruair bheadh línte filíochta acu, véarsaí le Ronsard nó Apollinaire b'fhéidir, a d'fhoghlaim siad ar scoil agus a dhéanadh siad a aithris dó i nglór áiféiseach drámatúil a chuireadh ag gáire agus ag bualadh bos é. Tuigeadh dóibh go mbeadh dúil ag a leithéid sa chineál sin agus bhí meas acu féin ar an fhoghlaim.

Nuair a bhíodh na *cafés* lán na hoícheanta samhraidh sin chuireadh sé aithne ar dhaoine eile, custaiméirí rialta agus custaiméirí ócáideacha. Oíche amháin bhí sé cinnte go bhfaca sé a sheanchara Mathurin mór ina shuí ag tábla ar imeall na cearnóige ag baint an chraicinn d'oráiste lena scian phóca. Ní raibh ann ach nuair a chuimhnigh sé go mbeadh Mathurin na trí scór go leith bliain d'aois gur thuig sé gur mearbhall a bhí air agus nach raibh ann ach a chomhchosúlacht. I measc na gcustaiméirí a chleachtadh na háiteanna céanna leis bhí bean amháin ann a dtugadh a shúil aire di i gcónaí ach nach bhfuair sé riamh áiméar labhairt léi. Ansin, tráthnóna cumhra áirithe cuireadh ina suí í ag tábla a bhí in aice leis. Thosaigh comhrá eatarthu a bhí beagán bacach ar dtús ach a d'éirigh níos dáimhiúla de réir mar a thosaigh custaiméirí ag líonadh isteach agus an gheoin chainte ag méadú thart orthu. D'iarr sé cead suí ag a tábla siúd agus d'fháiltigh sí roimhe agus nocht a dhá súil ghorma cineáltas roimhe nár bhraith sé le fada.

Bhí siad le chéile sé mhí, Véronique agus é féin, go dtí gur tuigeadh dóibh gur bhaol don chairdeas an caidreamh collaí agus gurbh fhearr leo an chomhthuiscint a bhí acu a choinneáil. Thaithíodh siad na háiteanna céanna go fóill agus corruair tharlaíodh níos mó ná comhrá agus thugadh siad neamhaird ar an tsocrú a bhí déanta acu roimhe. Ar na hócáidí sin théadh a chroí beagán ar maidin nuair a chuimhníodh sé go raibh corp eile in aice a choirp féin agus ansin nuair a d'éiríodh sí féin luíodh seisean ag éisteacht léi ag bogadach thart faoin árasán ag cur smideadh ar a haghaidh agus ag déanamh caife sa chistin. Mura mbeadh deifir chun na oibre orthu, luíodh sé siar go sómasach agus í ag cur pionnaí ina gruaig os comhair an scátháin. Sna bomaití sin a thuigeadh sé an rud nach raibh aige. Ach má bhí caitheamh aige i ndiaidh cineál eile saoil sna bomaití sin, faoin am a mbeadh sé ar a bhonnaí arís d'imeodh an caitheamh céanna mar a scaipfeadh ceo. Ba é an difear é idir codladh agus dúiseacht, dar leis, nó bhí an saol rannta ina dhá chuid idir samhailteacha maotha na leapa agus seilg shíoraí an tsaoil mhóir. Bhí a fhianaise sin sna pictiúir a bhí déanta ag ár sinsir in uaimheanna na cianaoise; ba le linn dóibh bheith ag déanamh a scíste ón tsaol rábach seilge a chruthaíodh siad íomhánna aislingeacha den tsaol fhíor. Ach dá mhéad an mhaise a bhí sna híomhánna, ní raibh iontu ach samhail de rud, ba sa tseilg a bhí an saol agus an fhírinne i gcónaí. Ba dhóigh leis fosta ar uairibh nach raibh ina leithéid de smaoineamh ach leithscéal agus gurbh fhusa dó gan nithe áirithe a cheistiú ach iad a choinneáil folaithe i gceo a dheonaigh sé féin.

Nuair a bhí sé ag cur aithne ar Véronique ar dtús ba ghnách leis dul isteach chuig an stiúideo bheag grianghrafadóireachta a bhí aici sa Vieille Ville. B'iontach leis i gcónaí an ealaín a bhí aici leis na custaiméirí, an focal cuí aici do gach duine a thagadh isteach: an té a bhí faiteach agus an duine a bhí ag braiteoireacht, an páiste a raibh eagla air roimh an cheamara. An cealgadh milis muirneach don pháiste agus ansin an focal pras gealgháireach don té a bhí idir dhá chomhairle – '*Madame?*' Ghéill siad uilig di, mar a ghéill sé féin. Tráthnóna áirithe, i ndiaidh di doras na sráide a ghlasáil, chuaigh siad isteach sa tseomra dhorcha mar a ndéanadh sí na grianghraif a réaladh. Choimhéad sé í mar a bheadh sé i láthair asarlaí, an solas dearg ag lonrú ar an leacht draíochta a bhí san umar i lár agus na híomhánna ag téachtadh roimpi ar an pháipéar fhliuch mar a bheadh anamacha á n-aiséirí ón bhás. Mhínigh sí i nglór ciúin dó an próiseas eolaíoch lena ndéantar íomhá den teagmháil idir ceimiceáin agus páipéar. Nuair a dúirt sé féin gurbh fhearr leis é a thuiscint mar dhraíocht, d'fhreagair sí sa ghlór chinnte chéanna mar a bheadh custaiméir amhrasach á mhealladh aici.

'Thig leat do chiall féin a bhaint as, a Réamainn. Ach go fiú mura gcreideann tú mé tarlóidh sé. Tarlóidh sé ar neamhchead duit go díreach mar a d'éirigh an ghrian ar maidin gan do chead ná do thuiscint a iarraidh.'

Thug sí spléachadh ceanúil thar a gualainn air agus d'iarr air tuáille láimhe a shíneadh chuici.

'Ní gá gach rud a thuiscint, tá a fhios agat.'

In earrach 1981 tháinig scaifte mac léinn isteach tríd an Place Stanislas agus pictiúir de stailceoirí ocrais as Éirinn á n-iompar acu. Lean a shúil iad ag trasnú na cearnóige agus ag bailiú thart ar bhean óg a raibh callaire faoina hascaill aici. Bhí eagla air nach gcluinfeadh sé an méid a bhí le rá aici agus d'éirigh sé ón tábla ag a raibh sé le huair an chloig roimhe gur sheas ar imeall an scaifte. B'aisteach leis tuin na Fraincise a chluinstin ar shloinnte Éireannacha nár chualathas riamh – Sands, Hughes, O'Hara – seachas an dornán a bhí i gcúrsaíocht le fada, Beckett, Wilde agus Joyce. D'éist sé leis an bhean óg ag trácht ar an phráinn a bhí le cás na bhfear óg seo nach raibh ach ag éileamh a gceart mar chimí polaitiúla. Bhí an t-am ann seasamh le Bobby Sands agus a chuid comrádaithe, dar léi.

Nuair a shuigh sé síos ag an tábla arís, bhain sé dornán

aistí amach as a mhála leathair le go dtosódh sé á gceartú. D'amharc sé ar an tábla mar a raibh cúraimí a shaoil leagtha amach roimhe, aistí, úrscéal nua le Patrick Modiano a raibh léirmheas le scríobh aige air, nuachtlitir cheardchumann na léachtóirí ollscoile agus gloine leathólta beorach a bhí anois leamh bogthe. Sula raibh faill aige cromadh ar na haistí sheas Loïc, duine de na freastalaithe, taobh leis ag coimhéad na scíontachán deireanach ag scaipeadh i ndiaidh na hagóide go dtí nach raibh fágtha ach na colmáin agus a ngiob geab fústrach ar leacacha na cearnóige.

'Ainrialaithe?' a d'fhiafraigh Loïc de ag stánadh roimhe i gcónaí.

Ach sular chuimhnigh Prút ar fhreagra a thabhairt air bhí an freastalaí óg bailithe leis.

Corruair thagadh aiféala air faoi Véronique. Fhad is a bheadh sé féin agus í féin ag coinneáil cuideachta le chéile ba dhoiligh aici bualadh le duine éigin eile, an cineál duine a bheadh in ann a shaol a thabhairt suas di. Bhí sí dóighiúil agus cé go gcuireadh sí dath fionn ina cuid gruaige níor fhág an aois mórán de lorg uirthi. Minic go leor a chuireadh fir óga ceiliúr uirthi gan trácht ar fhir mheánaosta. Fear amháin acu a mhionnaigh gurbh í leathbhreac Corinne Marchand í agus a cheol línte as scannán dá cuid siúd léi agus a dhá mhala craptha go háibhéalta aige: '*Toutes portes ouvertes, En plein courant d'air, Je suis une maison vide, Sans toi, sans toi.*' Ina dhiaidh sin, b'fhéidir gur fhóir an socrú di. Nár choinnigh sí a stair féin aici féin i gcónaí, a dhála féin? Bhí a fhios aige go raibh sí pósta fada ó shin ach de thaisme a fuair sé an méid sin amach nuair a luaigh duine dá lucht aitheantais leis é. Ansin nuair a chuir sé ceist uirthi faoi, thug sí freagra indíreach air nár thuig sé. B'fhéidir go raibh a leathbhreac féin aimsithe acu beirt dá n-aithneodh sé é.

Dhruid sé an leabhar beag gorm agus thóg an glacadóir den ghuthán. Chuir sé a chorrmhéar leis an chéad uimhir ar an diail agus lean air ag casadh isteach na n-uimhreacha a bhí scríofa ar an chlúdach dhonn a bhí lena thaobh. Ag amharc thart ar an tseomra, bhí a fhios aige go mbeadh air *maison vide* seo a thuismitheoirí a fhágáil ina dhiaidh.

II

Bhí Ó Muireagáin ag fanacht leis ag doras na hoifige nuair a bhain sé Baile na hInse amach. Chaith sé sin leathshúil amhrasach ar an charr a bhí ar an chosán agus é ag cur fáilte roimhe.

'Bhí an seanbheithíoch sin in ann ag an turas go fóill, a Réamainn!'

'Ar éigean a thiomáin aon duine é ó fuair m'athair bás,' arsa Prút leis agus é á leanúint isteach go dtí an oifig. 'Choinnigh mo mháthair an carr ar mhaithe liomsa ach níor mhinic mise ar cuairt, idir rud amháin agus rud eile, tuigeann tú féin.'

'Tuigim, ar ndóigh,' arsa Ó Muireagáin agus aoibh thíriúil air ina shuí ar chathaoir sclóine a bhí leathbhriste de réir cosúlachta.

'Tá sé chomh maith agam gan dhá leath a dhéanamh den fhocal,' arsa Prút. 'Ba mhaith liom an teach a dhíol.'

B'iontach leis nach bhfuair sé freagra láithreach lúcháireach ón fhear eile. Dlíodóir nach raibh cathaoir fhónta aige le cur faoina thóin, gan trácht ar rúnaí a bheith fostaithe aige, ba chóir dó a bheith buíoch dá ghnó. Ach nuair a chuala sé an doras á oscailt ar a chúl thuig Prút go raibh aird ag an fhear eile ar cibé a bhí i ndiaidh teacht isteach. Chas sé féin thart sa tsuíochán go bhfeicfeadh sé cér leis an glór dána a bhí ag cur forrán orthu go dúshlánach.

'Cé leis an Ford buí atá ar an chosán?'

Ball den RUC faoina sheaicéad trom uiscedhíonach agus a veist philéardhíonach a fuair sé ina sheasamh roimhe le teann mífhoighne. Bhí beirt eile ar a chúl agus saighdiúir crom ar a raidhfil ar an chosán amuigh.

'Leis an fhear uasal seo é,' arsa an dlíodóir ag éirí ón chathaoir go teanntásach agus míshásamh ina ghlór. 'Agus táimid i mbun gnó anseo mar a fheiceann sibh.'

'Tá agus muidne,' arsa an póilín agus tuin chrochta shearbhasach ar a chuid cainte.

D'amharc an póilín ar Phrút le hamhras agus chlaon a chloigeann i dtreo an chosáin amuigh. 'B'fhearr duit na boinn sin a athrú sula gcuirfear fíneáil ort.'

Níor thug Prút freagra ar bith air. Bhí a aird i rith an ama ar na gunnaí tromaí dubha a bhí á n-iompar ag an triúr seo a bhí i ndiaidh a mbealach a bhrú isteach. Sméid sé a cheann agus thiontaigh a chorp ar ais i dtreo an dlíodóra.

'Anois, a fheara,' a d'fhógair an fear a bhí i ndiaidh labhairt, 'fágaimis an bheirt fhear uaisle seo ag a gcuid gnó.'

Lean an Muireagánach go dtí an doras iad agus choinnigh súil orthu agus iad ag imeacht síos an tsráid go dtí an dá jíp a raibh triúr saighdiúirí ag faire orthu.

'Níl a fhios cén cú a chac thú …' arsa an dlíodóir idir na fiacla ag filleadh ar an chathaoir sclóine ghuagach.

'Maith dom é, a Réamainn, ach is ag mo dhoras-sa a stopann siad i dtólamh. Dlíodóir Caitliceach an bhaile, ar ndóigh, cad é eile a dhéanfadh siad?'

'Shíl mé gur baile suaimhneach go leor é seo,' arsa Prút ag iarraidh an ghoimh a bhaint den chomhrá.

'Is ea, cinnte,' arsa Ó Muireagáin, 'ach tá an chloch sa mhuinchille ag an bhoc sin dom mar gheall ar dheartháir dom. Ach seo, ní chuige sin a tháinig tú isteach. Tá sé i gceist agat an teach a dhíol?'

'Tá,' arsa Prút, 'agus chugatsa a tháinig mé i ngeall ar an oiread a rinne tú ó buaileadh mo mháthair tinn.'

'Is beag a rinne mé,' arsa an fear eile agus an aoibh thíriúil ar a aghaidh arís. 'Chuir mé aithne éigin ar do mháthair sna blianta beaga sin sular bhuail an tinneas í. Ba mhinic a luaidh sí sa chomhrá thú, na teangacha a bhí agat agus na háiteanna a bhí siúlta agat. Bhí sí iontach bródúil as an mhac a bhí ag obair in ollscoil sa Fhrainc.'

Mhothaigh Prút cnap bróin ina ucht a bhí sé a choinneáil uaidh le seachtainí anois. Go fiú i dteach a thuismitheoirí agus rian a lámh siúd ar gach ball dá raibh ann, gach seomra lán den aer féin a d'análaigh a mháthair, go fiú ansin choinnigh sé uaidh an brón a bhí anois ag déanamh balbháin de os comhair strainséara.

'Gheobhaidh tú luach maith air, féadaim sin a rá

leat,' arsa Ó Muireagáin mar a bheadh sé á chur féin de chomhrá nach raibh goile ag an fhear eile dó.

'Agus an miste leat mé a fhiafraí díot, an bhfuil sé i gceist agat filleadh ar an Fhrainc nó an bhfanfaidh tú anseo go mbeidh an gnó curtha i gcrích?'

Shuigh Prút siar sa chathaoir mar a bheadh sé ag iarraidh a chuid smaointe a chruinniú agus an tocht a bhí air a ruaigeadh.

'Tá … Is é an rún atá agam fanacht. Tá mé ar chineál de shos gairme faoi láthair. Bhuel, sin atá mé féin á thabhairt air … Bhain mé aois an phinsin amach – na trí scór – tamall de bhlianta ó shin ach bím go fóill ag cuidiú le mo chuid comhghleacaithe le rudaí thall is abhus.'

'Agus fillfidh tú ar an Fhrainc nuair a bheas an teach díolta?'

'Ní hea,' arsa Prút agus beagán aiféaltais ina ghlór, 'is dócha nár mhínigh mé cúrsaí go rómhaith duit. Is é an rud a tharla gur casadh duine orm nach bhfaca mé le roinnt blianta ag tórramh mo mháthar. Fear atá ina léachtóir le Fraincis in Ollscoil na Banríona, Béal Feirste – chaith sé cúpla seal i m'ollscoil féin in Nancy. Thosaigh muid ag comhrá agus thairg sé beagán oibre dom i mBéal Feirste agus cé nár chuir mé mórán spéise ann ag an am, níor stad mé de smaoineamh air ó shin. Is é an dóigh a bhfuil sé, beidh orm triail a bhaint as ar a laghad nó beidh sé ag cur isteach orm. Mura bhfóirfidh sé dom, fillfidh mé ar an Fhrainc ag deireadh na bliana.'

'Agus fanfaidh tú in Ard Ghlais go mbeidh an teach díolta?'

'Ní fhanfaidh,' arsa Prút go leithscéalach. 'Tá malairt árasáin socraithe agam le mo dhuine, cónóidh seisean i m'áitse in Nancy agus cónóidh mise ina áit siúd, árasán i gceantar Ollscoil na Banríona. Idir an dá linn, tá cúpla rud le cóiriú sa tseanteach …'

'Ná buair do cheann leis sin,' arsa an fear eile ag gabháil roimhe. 'Tá fear ar an bhaile seo a dhéanfadh a leithéid duit – socróidh mise sin duit más maith leat.'

Ina seasamh in aice an chairr dóibh, bhuail Ó Muireagáin cic beag éadrom ar cheann de na rothaí.

'Beagán aeir le cur isteach iontu ach tabharfaidh an seanbheithíoch a fhad le Béal Feirste thú, creidim. Sin mura gcasfar ár gcairde ort arís!'

'Cairde? Ó, is ea, is ea,' arsa Prút go dearmadach. Bhí an tocht ag filleadh air. Fuair sé greim ar lámh an dlíodóra, á fháisceadh go teann.

'Achan rud a rinne tú le cuidiú le mo mháthair, beidh mé ina bhun duit choíche.'

III

Ag tiomáint isteach ar Bhóthar Mhaigh Luain i mBéal Feirste dó, ní fhéadfadh sé gan gáire a dhéanamh arís faoi ainm na sráide a raibh sé le cónaí inti – Páirc Sans Souci. Aithris ar Phálás Versailles a bhí i bPálás Sanssouci na Gearmáine agus seo anois aige aithris eile air sin, aithris ar an aithris. Bhí cuairt tugtha aige ar an chéad dá áit agus bhí sé anois ag dul a chónaí sa tríú ceann. Ina dhiaidh sin is uile, dar leis, nach raibh i gcéimeanna seo na haithrise ach an rud atá ar chúl gach cathrach. Ní raibh i bPáras féin ach aithris ar an Róimh agus ní raibh sa Róimh ach aithris ar Chathair na hAithne, agus uaithi sin siar go Túr Bháibil. Cibé mar a bhí, bheadh an seoladh mórluachach ar gach bille leictreachais aige feasta lena chur i gcuimhne dó nárbh ann don bhuaireamh ina áit nua chónaithe.

Ba é an treoir a bhí tugtha ag Justin dó an eochair a fháil ó bhean a bhí ina cónaí san árasán a bhí faoina árasán siúd. Chuir sí sin fáilte chroíúil roimhe, cat riabhach faoina hascaill, deimheas agus cuiseoga feoite sa dá lámh aici agus í ag teacht ón ghairdín ag taobh an tí. Dorothy a bhí uirthi agus bhí lúcháir uirthi go mbeadh duine inteacht san árasán os a cionn. Ó d'imigh Justin chun na Fraince seachtain ó shin bhí an áit éirithe thar a bheith ciúin.

'Ní hé go mbíonn sé ag déanamh trup – Justin atá mé a mhaíomh! Ní hea, níl ann ach go bhfuil mé liom féin san áit seo agus d'airigh mé uaim duine eile a bheith faoin áit, bíodh is gur san urlár os mo chionn a bhíonn sé. Ar ndóigh, bíonn sé i Londain minic go leor – tá a dheirfiúr ansin go fóill sa teach inar tógadh iad, creidim.'

Thost sí nuair nár dhúirt sé féin a dhath ar ais léi ach a cheann a sméideadh.

'Seo, tá tú amú agam, beidh tú ag iarraidh an áit a fheiceáil.'

Chuir sí an deimheas ina lámh chlé agus dhing a lámh dheas i bpóca a cóta smolchaite. Tharraing sí amach lán glaice de théad ghlas, páipéir mhilseáin, boinn airgid agus, istigh ina lár, trí eochair.

'Tóg an dá eochair sin ar clé agus fág an ceann práis, liomsa í sin.'

Bhí meáchan agus airde sa doras mhór tosaigh nár shamhlaigh sé riamh le Béal Feirste. Nuair a dhruid sé ina dhiaidh é bhain sé macalla tréamanta as ciúnas an halla istigh. Chuir sé an dara heochair sa doras ag barr an staighre agus mhothaigh boladh caife agus toitíní Francacha roimhe mar a bheadh sé i ndiaidh filleadh ar chaifé beag Francach a mbeadh gleo agus toit go rábach ann. Ag siúl isteach trí na seomraí geala deachóirithe ba léir dó an cúram a bhí caite ag Justin leis an áit, gach dath ag cur leis an dath eile agus an leagan amach tomhaiste céanna ar achan uile rud. Ach bhí rud éigin faoin áit a chuir a bheatha féin i gcuimhne dó, an rud nach raibh ann, an neamhbhuaine a bhraith sé i gcónaí faoina árasán féin sa Vieille Ville. Bhí sin anseo in árasán Justin.

Thóg sé pictiúr den tábla a bhí i lár an tseomra cónaithe, Justin agus a pháirtí Éric, a fuair bás go tobann ag tús na bliana sin. Ba é sin an rud a thug ar Justin an malartú seo a lua leis an chéad lá riamh, é a bheith briste i ndiaidh bhás Éric agus fonn air filleadh ar a thír dhúchais siúd. Sna blianta inar chuir sé aithne ar Justin, ó thús na 1970í nuair a casadh ar a chéile iad in Nancy, ba mhinic a chuireadh sé ag meabhrú faoi Bhéal Feirste é, an Béal Feirste a raibh eolas aigesean air. Cén glacadh a bheadh ansin le Justin, fear nach ndearna rún ar bith dá chlaonadh gnéis? Cén dóigh a mairfeadh Justin sa bhaile sin a raibh teorainn iarainn le gach iompar, glais agus geimhleacha ar thnúthán an duine agus go fiú na bpáirceanna súgartha nach mbíodh slabhraí teannta thart ar na luascáin gach Domhnach? Ba den Phreispitéireachas é príosún a dhéanamh den Domhnach ach cad é faoina phobal féin? Cad é a déarfadh an tAthair de Bhailís faoi fhear a bheith ag siúl amach le fear eile? Ní raibh sé luaite i measc na rudaí iomadúla a mhíníodh sé dóibh ar scoil.

Ina dhiaidh sin, b'iontach mura mbeadh cuid dá chomrádaithe scoile aerach agus cá bhfios nárbh amhlaidh go raibh an sagart féin aerach ach gan é a bheith in ann a admháil ná a aithint féin b'fhéidir?

B'aisteach leis siúl amach as a áit nua chónaithe agus síos Bóthar Mhaigh Luain thart le teach pobail na gCaitliceach, an ceann beag a tógadh sa chéad seo caite le haghaidh chailíní aimsire agus shearbhóntaí na dtithe móra. Ach b'anseo a bheadh sé ina chónaí go cionn bliana ar a laghad, anseo i measc na gcrann ard géagach nár shamhlaigh aon duine riamh le Béal Feirste. Sna ceantair a raibh cleachtadh aige orthu ina óige b'annamh a d'fheicfeá na cairn duilleog a bhí anois ag cumhdach na gcosán leathan ná an spríos a bhí ina measc. Bhíodh an tsliseog ba lú á bailiú go cíocrach le linn na 1930í, go háirithe, agus sciob sceab ar bhruscar ar bith guail a thitfeadh de thrucail.

Ní hé go raibh aon chaitheamh aige i ndiaidh an tseansaoil sin ná an dochma agus gorta a bhain leis. Má mhair samhail ar bith den tsaol sin ina chuimhne ó shin ba é an blár folamh é a rinne an Blitz de Shráid an Droichid agus an tráthnóna nimhneach a chaith sé ina sheasamh leis féin ann. Seachtain i ndiaidh dóibh é a ligean amach as Príosún Bhóthar Chromghlinne ag deireadh an chogaidh bhí sé le bualadh le Jimí Mac Lochlainn i lár an bhaile. Ba é a dúirt sé leis ina litir go mbeadh sé ina sheasamh taobh amuigh d'oifigí an

Northern Whig ar a trí a chlog agus mura bhfeicfeadh sé ansin é go bhfaigheadh sé tram suas a fhad le Sráid Sevastopol. Satharn a bhí ann agus bhí na daoine amuigh ag iarraidh earraí a fháil le cibé a bhí acu idir airgead agus dearbháin chiondála. Istigh ina measc bhí fear dubh as Iamáice a bhí ag díol bealadh a raibh leigheas gach galair ann, má b'fhíor dó. Ghlaoigh sé amach a dhintiúir de ghlór domhain creathnach a bhainfeadh macalla as fraitheacha na firmiminte sa bhlár thréigthe sin féin. Ba leis an fhocal Iamáice a thosaigh sé, é á rá arís agus arís eile, ag cur treise agus fad sollúnta le gach siolla.

'Ia-máic-e! In Ia-máic-e a tógadh mé! In Ia-máic-e a tógadh m'athair! In Ia-máic-e a tógadh a athair siúd!'

Thost sé meandar de réir mar a bhí coisithe ag moilliú agus ag bailiú thart air le fiosracht.

'Ia-máic-e, a chairde! In Ia-máic-e a rinneadh an bealadh míorúilteach seo!'

D'athraigh an glór ina chogarnach dhrantánach comhcheilge.

'Cuirfidh sé tonn teasa ag scuabadh trí do chuislí. Is ea, ó bhaithis do chinn go bonn do choise, a chairde. As luibheanna íocshláinte agus eolas rúnda na nglún a rinneadh an t-oideas agus as oileán teochreasach teofholach Ia-máic-e a fáisceadh an t-ungadh íocshláinte seo. Ruaigfidh sé pianta cnámh agus tuirse ar an toirt, a chairde! Scaipfidh sé an uile chineál dólás croí agus, ar chúpla pingin scallta, a chairde, gheobhaidh sibh ollmhaitheas na nIndiacha Thiar i mbuidéal beag draíochta amháin.'

Ba é an radharc sin an tsamhail den bhaile a fágadh aige. Fear urrúnta dubh ag cogarnach bréag le strainséirí. É ina sheasamh sa chearnóg sciúrtha úd a raibh smionagar na bhfoirgneamh mór scuabtha di agus cumhdach éadrom de dhusta bríce agus moirtéil fágtha ina dhiaidh. Níor tháinig Jimí agus, cibé údar a bhí aige leis, ní bhfuair sé féin tram go Sráid Sevastopol. Ba é an tráthnóna sin a thug air an fhírinne a aithint, nuair a d'fhág sé an baile de chéaduair ní fhéadfadh sé filleadh.

Ba é sin an rud a bhí ag déanamh tinnis dó anois agus é ag tarraingt ar an tsráid mar a raibh ranna dhámh na n-ealaíon, iad uilig lonnaithe i dtithe móra arda Victeoiriacha agus an doras trom céanna orthu agus a bhí i bPáirc Sans Souci. Ní raibh a fhios aige anois arbh ann riamh don áit ar shíl sé filleadh uirthi nó nach raibh sa chuimhne féin ach aithris ar an aithris.

Cibé acu a bhí an éiginnteacht seo le léamh ar a aghaidh ach d'amharc rúnaí roinn na Fraincise faoina malaí air le teann amhrais nuair a shiúil sé isteach ar dhoras na hoifige.

'Is ea?'

'Réamann Prút. Tá mé anseo in áit Justin Hammersley.'

'Ó, is ea cinnte! Mo leithscéal, bhí a fhios agam go raibh tú le teacht, ar ndóigh! Is é do bheatha! Cuirfidh mé in aithne don cheann roinne, an tOllamh Chapman, thú ar ball ach taispeánfaidh mé an oifig duit ar dtús.'

Lean sé í go barr an tí, í ag caint go gearranálach ar Justin bocht thar a gualainn leis agus an staighre ag cúngú le gach tiontú. Shamhlaigh sé ón dóigh ar scrúdaigh sí é, ina seasamh ag barr an staighre dóibh, go raibh tuairisc á clóscríobh ina hintinn aici cheana féin agus go bhfáilteofaí roimh aon ní a chuirfeadh claonadh éigin áibhéile sa chuntas a gheobhadh a chomhghleacaithe nua ina thaobh. 'Ní dóigh liom go bhfuil sé aerach ach cá bhfios duit, duine atá chomh fada sin sa Fhrainc!' Nó: 'Cibé nósanna a d'fhoghlaim sé sa Fhrainc níor thóg sé nós na glaineachta – an boladh a bhí uaidh!'

Nuair a bhí a sheomra féin feicthe aige thionlaic sí anuas é go seomra i lár an tí agus chnag ar dhoras an Ollaimh Chapman go héadrom, cluas amháin aici le comhla an dorais agus méar in airde mar a bheadh sí ag éileamh ciúnas iomlán. Nuair a chualathas fuaim mharbh ón taobh eile, rinne sí comhartha tobann leis le hí a leanúint isteach go dtí seomra leathan a raibh dhá tholg ina lár agus sraitheanna leabhar ó bhun go barr mar a bheadh taca breise ann ag an tsíleáil. D'amharc an rúnaí ar an bheirt acu mar a bheadh sí ag déanamh imní faoi rud éigin. Leis sin thiontaigh sí ar a sáil agus scairt focal a bhí cosúil le tae.

'Ólfaidh tú cupán?' arsa an t-ollamh leis, 'nó arbh fhearr leat glincín beag den *eau de vie*?'

Rith sé leis gur den bhailiú faisnéise an dá cheist ach níor fanadh lena fhreagra. Bhí an ghloine i lámh an ollaimh agus é á líonadh.

Ag éisteacht leis an Ollamh Chapman ag cur thairis faoi shaol na hollscoile agus an buidéal Glenfiddich á dhíriú i dtreo na fuinneoige aige gach uair a luaigh sé an leas-seansailéir le teann dímheasa, tharraing Prút chuige an pláta ceapairí a bhí an rúnaí i ndiaidh a fhágáil isteach. Bhí an cineál seo óráide cluinte aige fiche uair roimhe agus ba bheag a shuim inti. Idir mhuirliú ceapairí agus sméideadh cinn, mhair sé bunús uair an chloig ag éisteacht le Chapman sula bhfuair sé leithscéal imeacht.

'Is é atá mé a rá,' arsa Chapman agus iarracht den díomá ina ghlór, 'go raibh muidne uilig, idir ollúna agus léachtóirí na roinne seo, ar Oxford nó Cambridge. Ní fhostóinn aon duine nach raibh – fuair tusa do chéim i bPáras, mar sin de, is rud eile é sin – ach bím ag fiafraí díom féin corruair an mbeadh fios an difir ag aon duine san áit seo. Ach tuigeann tú féin! Tá tú fada go leor in Nancy atá i bhfad ó Pháras agus is faide arís atá Cambridge ó Ollscoil na Banríona, Béal Feirste.'

Amuigh ar an chosán bhí beirt mhac léinn ag caitheamh duilleog lena chéile ach a luaithe a chonaic siad é sheas siad siar go ciotach uaidh agus d'fhan go raibh sé ar an taobh eile den tsráid sular thosaigh siad arís ar an phleidhcíocht. B'aisteach leis go fóill go mbeadh tionchar mar sin aige ar dhaoine óga ach ba ansin, dar leis, a bhí scáthán fíor an tsaoil, súil strainséara. Mhol Chapman dó ballraíocht a fháil i seomra caidrimh na sinsearach a bhí os coinne phríomhfhoirgneamh na hollscoile ach bhí sé anois in amhras. Cén fáth a rachadh sé a dhéanamh cuideachta le leithéidí Chapman, daoine a bhí chomh coimhthíoch leis na saighdiúirí a bhí ar garda ag an RUC ar maidin?

Chas sé isteach chuig Aontas na Mac Léinn mar a raibh siopa nuachtán in aice an phríomhdhorais. Bhí fuadar éigin faoin áit nár thuig sé, agus thug sé faoi deara go raibh súil amháin ag bean an tsiopa ar an doras i rith an ama. Mhair sé tamall ag méaraíocht ar na nuachtáin sular roghnaigh sé cóip den *Irish Times*. Ar éigean a d'amharc bean an tsiopa air ach a súile sáite sa phríomhdhoras amuigh agus an briseadh á chuntas aici. Fán am a raibh sé ag doras an tsiopa bhí scaotha mac léinn ag brú thart leis síos staighre agus an gleo a bhí acu ag ardú i gcónaí. Lig sé dó féin an slua a leanúint go bun an staighre agus isteach ansin trí dhoirse dúbailte chuig halla a raibh sraitheanna suíochán agus tábla ar ardán beag os a gcionn. Sna ceithre choirnéal agus ag dhá thaobh an halla d'aithin sé na cultacha dorcha a bhí feicthe ar maidin aige agus raidhfil ar iompar ag gach fear acu. Bhí mic léinn ag líonadh isteach sna spásanna ag cúl an halla agus ag na taobhanna féin ionas go raibh air féin áit na coise a aimsiú dó féin ach gan fhios aige go fóill cad é leis a rabhthas ag fanacht. Shíothlaigh an gleo nuair a tugadh faoi deara go raibh fear óg i ndiaidh éirí as an tsraith thosaigh agus micreafón á tharraingt chuige ón tábla bairr ag ceann an halla. Bhí grágán rua air anuas go dtína gheansaí stríocach seanchaite agus toitín dingthe isteach faoi chluas amháin aige. Thug sé neamhaird ar na ruabhéiceanna agus ar an gháire gháifeach a cuireadh suas fhad is a bhí sé ag fanacht le hoiread ciúnais agus a ligfeadh dó é féin a chur in iúl. Nuair a bhí an clampar maolaithe beagán scaoil sé cnaipe an mhicreafóin lena ordóg agus scairt isteach ann de ghlór óigeanta díbhirceach.

'A chairde, táimid i ndiaidh scéala a fháil go bhfuil moill ar Maynard Shawcross, Feisire Parlaiminte agus Stát-Rúnaí Thuaisceart Éireann …'

Stad sé le ligean don tslua liúnna fada tarcaisneacha a chur díobh sular chrom sé ar an mhicreafón an dara huair.

'Ach má tá … má tá, a chairde … beimid réidh le tosú nuair …'

Stad an fear a bhí ag caint go tobann gur lig don mhicreafón crochadh as a lámh, é ag coimhéad go géar ar chúl an halla. Mhothaigh Prút na cosa ag imeacht faoi féin de réir mar a bhí daoine a bhí thart air á mbrú siar.

Suas ansin tríd an phasáiste idir an dá shraith suíochán le fear bricliath a raibh culaith mhionstríocach dhúghorm air. Bhí fir thoirtiúla roimhe agus ina dhiaidh, cótaí troma orthu uilig agus meascán den fhaichill agus den mhustar ina gcoiscéim. Nuair amháin a bhí an fear bricliath ina shuí ag an tábla, rinne duine dá ghardaí coirp sméideadh beag smige le fear an mhicreafóin.

'Is cosúil go bhfuil sé anseo,' arsa fear an mhicreafóin go leamh.

Thosaigh an gáire gáifeach arís nó gur shíothlaigh sin as a chéile agus gur éirigh griothalán beo geabaireachta ina áit.

Tháinig triúr eile aníos ón tsraith thosaigh gur shuigh ag an tábla, beirt mhac léinn agus bean mheánaosta a raibh seaicéad dearg veilbhite uirthi den chineál a chaithfeadh lucht seilge sionnaigh. Lean fear an mhicreafóin air ag cur na gcainteoirí eile in aithne don tslua: beirt d'oifigigh aontas na mac léinn agus leascheannasaí Pháirtí na Comhghuaillíochta – agus d'fhógair sé gurbh é an rún a bheadh á phlé acu 'Nach bhféadfaí leas mhuintir na tíre seo a dhéanamh in Westminster'. Ní raibh mórán sa phlé a chuir iontas ar Phrút. Ba léir go raibh cuid den tslua i láthair ar mhaithe le geamaireacht seachas díospóireacht. Gach uair a labhair an Stát-Rúnaí d'éirigh na liúnna tarcaisneacha arís nó gur éiligh fear an tí ciúnas. Ní raibh an Stát-Rúnaí gan a lucht tacaíochta féin a bheith aige ach ní raibh siad chomh líonmhar ná chomh glórach leis an dream a bhí ina éadan. Nuair a bhí a gcaint tugtha ag gach duine a bhí ar an phainéal cainte, d'fhógair fear an mhicreafóin go gcuirfí fáilte roimh cheisteanna.

Faoi thuairim deich slat uaidh d'éirigh bean óg ina seasamh agus a lámh in airde go mífhoighneach. Nuair a tugadh micreafón fhad léi chlaon sí a ceann le slaoda dá gruaig chatach dhubh a choinneáil óna haghaidh. D'fhan sí le ciúnas sular thosaigh sí a chaint.

'A chathaoirligh, chuala muid uilig an Feisire Parlaiminte ag maíomh go raibh feachtas armáilte ar siúl sa tír seo atá ina namhaid ag gach duine a bhfuil meas acu ar dhlí agus ar cheart. Deirimse leis nach bhfacthas fir faoi airm sa halla seo go dtí gur tháinig sé féin anseo inniu agus oiread gunnaí leis is a dhéanfadh garda do dheachtóir de chuid Mheiriceá Theas. Deirimse lena chomhghleacaithe atá anseo inár measc, bíodh is gur líonmhar bhur ngunnaí anois ní bhfaighidh sibh choíche go deo ná ní bhfuair sibh cead riamh rialú sa tír seo. Tá riail Westminster cam agus ní i bhfad eile a mhairfidh sí sa chuid seo d'Éirinn!'

Chuaigh tromlach an tslua ag greadadh na gcos ar an urlár adhmaid agus an chuid eile ag siosarnach le dímheas.

Nuair a chiúnaigh siad arís d'éirigh an Stát-Rúnaí ina sheasamh gur dhírigh a chuid cainte ar an bhean óg a bhí i ndiaidh labhairt.

'Is oth liom an cineál seo cainte a chluinstin ag duine óg ar bith ach tá barúil agam go bhfuil a fhios againn uilig cén saghas duine atá i ndiaidh a bheith ag caint. Bíodh a fhios aici fosta nach bhfuil a dhath i ndán dóibh siúd a thógann gunnaí in éadan fhórsaí dleathacha an stáit ach seal fada i bpríosún nó, níos dóchúla arís, seal níos faide san uaigh.'

Tógadh tamhach táisc sa halla an iarraidh seo a sháraigh gach clampar a chualathas go dtí sin ach cé gur léir do Phrút gardaí coirp an Stát-Rúnaí ag teannadh na méar ar a gcuid arm le faitíos, ba bheag a spéis iontu. Is é rud a bhí sé i ndiaidh spléachadh beag amháin a fháil ar aghaidh na mná óige a bhí ag caint ar ball, ar na malaí agus na súile dorcha a raibh faghairt iontu a d'aithin sé ar an toirt. Ní aithris ar aithris a bhí ann an iarraidh seo ach comhchosúlacht a bhain an anáil de.

IV

Lig sé dá chorrmhéar a shúil a threorú go mall foighneach ó theideal go teideal, tuathal agus ansin deiseal, ar fud leabhragáin bhána Justin i bpríomhsheomra an árasáin. Bhí bunús uair an chloig caite ar an chuardach chéanna aige sular tuigeadh dó nach raibh an rud a bhí uaidh le fáil aige. *Illuminations* le Rimbaud a bhí ar chúrsa filíochta an tríú bliain agus bheadh aige anois lena cheannach áit inteacht. Shamhlaigh sé an tOllamh Chapman ag seanmóireacht i seomra caidrimh na sinsearach faoin spriolladh intleachta a bhí in easnamh ar a chuid mac léinn agus é ag ordú cúpla spúnóg sa lá de Rimbaud dóibh mar oideas. Chuimhnigh sé ansin ar an díospóireacht theasaí a bhí feicthe aige an lá roimhe sin agus a mbeadh Rimbaud istigh ina lár dá mairfeadh sé. Bhí easnamh ann ceart go leor ach ní san áit a raibh Chapman agus a leithéid ag amharc.

Sular dhruid sé an doras tosaigh ina dhiaidh bhain sé na heochracha amach as a phóca lena chinntiú go raibh na cinn chearta aige. Bhí Dorothy ag teacht aníos na céimeanna roimhe agus súil amháin aici ar an lámh ina raibh na heochracha.

'Níl a fhios ar thriail tú ceann an dorais chúil go

fóill? Ní chreidfeá an oiread cóipeanna den eochair sin a chaill Justin!'

Lig sí smeachanna beaga múchta gáire di agus í ag fáil a hanála léi arís ag barr na gcéimeanna.

'Justin bocht! Sa deireadh thug mé cóip de m'eochair féin dó – ní ligfeadh an eagla dom an bhuneochair a thabhairt dó nó chaillfeadh sé í. Agus ansin nach bhfuair sé féin cóip déanta den chóip sin ach níor oibrigh sí!'

Leath meangadh mór ar a béal ag cuimhneamh air.

'Má dhéanann tú cóip de chóip ní bheidh aon mhaith san eochair, ní aithneoidh an glas í.'

D'fhág sé Dorothy ag ceann na gcéimeanna ag scuabadh stcallóga clábair dá buataisí agus thug a aghaidh ar Bhóthar Mhaigh Luain go siúlfadh sé go lár an bhaile. Amach ón méid a bhí siúlta aige an lá ar thuirling sé den eitleán, is beag uilig a bhí feicthe aige de Bhéal Feirste sna blianta ar fad a bhí caite ar an choigríoch aige. Bhí sé ar thórramh nó dhó sa chathair gan amhras ach, má bhí, ní raibh ann ach nuair a tharla go raibh sé in Ard Ghlais ag a thuismitheoirí. Eisceacht ón riail sin é tórramh Jimí nó thug sé an turas air féin an t-am sin. Ach nuair a fuair an tAthair de Bhailís bás ní raibh sé in ann filleadh. An mhaidin a cuireadh é thug sé air féin na paidreacha céanna a rá a dúirt an sagart le hanam Elena, an tráthnóna ceobhránach sin ar an tsliabh os cionn Uaigh na Mná Fada.

An uair dheireanach a bhí sé ar Bhóthar Chromghlinne, bhí sráideanna iomlána ar iarraidh nó leathshráid san áit a raibh sráid ann roimhe sin. Níor shamhail dó bóthar sin a óige ach seanchíor chaite ar líonmhaire na bearnaí inti ná na sraitheanna fiacla. Ba mhinic fosta a fágadh teach amháin ina sheasamh go huaigneach i mbéal bearna, ballaí inmheánacha nochta san áit ar leagadh an teach béal dorais agus an páipéar balla féin agus an teallach fuar le feiceáil ar gach urlár. Ní raibh aon rian den scrios sin le sonrú san áit a raibh sé ag siúl anois, síos thart le hOllscoil na Banríona agus thart leis na bialanna a rabhthas ag tabhairt 'An Míle Órga' orthu le tréan áibhéile. Murab é dordán íseal na jípeanna míleata ag dul thart leis ag bun Bhóthar Bhaile Átha Cliath, ní bheadh a fhios aige gur i mBéal Feirste a bhí sé. Ach nuair a tháinig sé a fhad le Sráid an Chaisleáin, an bealach isteach ag Caitlicigh iarthar na cathrach, ní fhéadfadh sé a bheith in amhras. Bhí scuaine daoine ag geata miotail slándála ag ceann na sráide agus saighdiúirí ag déanamh cuardach orthu, an t-aos óg go háirithe. Ina sheasamh sa scuaine leo, d'fhéach sé le gan cibé rud a tharraing an aird air an t-am úd san aerfort a cheilt. Ach cibé a bhí ann an t-am sin níor cuireadh sonrú anois ann, is é rud a ligeadh dó siúl leis nó go bhfuair sé é féin ag siopa leabhar athláimhe i Margadh Smithfield.

I measc na gcarnán mór leabhar agus irisí istigh, bhí reanglamán fir a raibh spéaclaí móra troma air i gcoirnéal amháin, na frámaí dubha ina luí faoin ghlib fhada dhorcha agus a shúile móra glasa formhéadaithe ag lionsaí láidre na spéaclaí.

'Rimbaud? Tá sé agam, a dhuine uasail.'

Chuir fear an tsiopa a chloigeann siar go mall agus shéid gal mór toite suas i dtreo na síleála gan corraí as an áit ina raibh sé ina sheasamh. D'fhan sé mar sin idir dhá charnán irisí, an lámh chlé ag cur taca le huillinn na láimhe deise agus an toitín in airde, ina cholgsheasamh idir dhá mhéar fhada chnámhacha. D'ísligh sé a smig agus labhair arís.

'Tá sé agam – ach níl sé agam anseo. Má thagann tú ar ais chugam i ndiaidh leathuaire beidh sé agam.'

Chas Prút ar a choiscéim agus lean sé leis síos pasáiste an mhargaidh chumhdaithe mar a raibh siopaí beaga den uile chineál ar an dá thaobh agus stainníní taobh amuigh díobh. Bhí sraith léinte míleata ar ráille taobh amuigh de shiopa amháin agus tuilleadh den fheisteas mhíleata san fhuinneog. Mhoilligh Prút gur chuir a mhéara ar cheann de na léinte ag tabhairt suntais do thiús an éadaigh agus do na cnaipí miotail a bhí sna guaillí. Lean a shúil an loinnir a bhí i bhfuinneog an tsiopa béal dorais a raibh an t-ainm Dragos Largo crochta os a cionn. Dhá chlaíomh mara a bhí san fhuinneog sin agus soilse beaga fúthu ag baint glioscarnach mheallacach as an dá lann leathana.

Choinnigh sé air go dtí an doras agus isteach leis

idir na siogairlíní agus suaitheantais bheaga a bhí crochta ar an dá thaobh. Is beag solas a bhí sa tsiopa féin amach ó na soilse a bhí sna cásanna gloine a bhí in aice an scipéid. Fear leathan croiméalach a bhí ar chúl ceann de na cásanna, loinnir ar a bhlagaid agus bogóga dorcha faoin dá shúil aige agus é ag greamú cros iarainn mhíleata isteach i gcumhdach den veilbhit ghlas a bhí i mbun an cháis. Nuair a d'ardaigh fear an chroiméil a cheann tháinig amharc áirithe sna súile mar a bheadh sé i ndiaidh Prút a aithint.

Níor labhair ceachtar acu ar dtús ach, ar mhaithe leis an tost a bhriseadh, d'fhiafraigh Prút de cén praghas a bhí ar an chros.

'B'iontach liom do mhacasamhail a bheith ag cur spéis ina leithéid,' a dúirt fear an chroiméil leis go tur. Nuair nár labhair Prút, lean an fear eile air.

'Buachaillí a mbíonn a gcloigeann bearrtha agus tatúnna ar a muineál acu a chuireann spéis ina leithéid.'

Mhothaigh Prút é féin ag cúlú dá ainneoin agus é ag ligean air go raibh spéis aige sna gréibhlí Síneacha a bhí i gcás i lár an tsiopa. Bhí sé ag iarraidh cuimhneamh ar an aghaidh a bhí i ndiaidh labhairt leis agus ar an áit ar casadh ar a chéile iad roimhe. Ach má shíl sé sin a dhéanamh go discréideach ní raibh gar ann. Bhí an fear eile ag stánadh air agus ag fanacht lena fhreagra.

Sula raibh faill ag Prút cuimhneamh ar fhreagra thóg fear an chroiméil bosca a bhí ar an urlár agus chuir go cúramach ar bharr an cháis gloine é. Bhain sé burlaí de pháipéar nuachta amach as an bhosca agus chuir ar leataobh iad. Sháigh sé dhá lámh neartmhara isteach sa bhosca agus tharraing amach caipín dorcha a raibh speic leathair ann a raibh suaitheantas miotail os a cionn.

'Tháinig sé seo isteach an lá faoi dheireadh,' ar sé ag tabhairt dhúshlán Phrút go réidh.

'An aithníonn tú é?'

Bhí súile Phrút sáite sna méara ramhra ribeacha a bhí ag síneadh an chaipín ionsair lena thógáil uathu, ionann is dá mbeadh fear an tsiopa ag fanacht le hadmháil uaidh gur leis féin é, go raibh sé i ndiaidh a theacht an fad seo lena chaipín airm a iarraidh ar ais. Ba dheacair aige amharc ar an tsuaitheantas miotail, blaosc chloiginn agus cnámha crosach fúithi.

'Ní saineolaí ar bith ar an chineál sin mé,' arsa Prút.

'Nach ea? Nach n-aithníonn tú caipín an SS?' arsa an fear eile leis go leathmhagúil. 'An gcreidfeá gur chaith mé féin ceann acu seo lá den tsaol?'

Thuig Prút an rud a bhí le déanamh anois aige. Fanacht ina thost agus gan é féin a ligean i ndol ar bith.

Nuair a tuigeadh don fhear eile nach raibh broideadh ar bith le fáil aige, leath meangadh gáire ar a aghaidh.

'Chaith mé deich mbliana i mo *stuntman* sna 1950í. Bhí mé ag déanamh mo bhealaigh tríd an Eoraip ag an am, go gairid i ndiaidh an chogaidh. Rinne muid achan chineál scannáin: scannáin buachaillí bó, scéalta staire, scannáin chogaidh. Sin an uair a chaith mé ceann acu seo.'

Chuimil sé a mhéar den speic shnasta go ceanúil maoithneach i gcosúlacht.

'Caithfidh sé go raibh spórt agat,' arsa Prút.

'D'fhéadfá a rá go raibh,' arsa an fear eile agus an t-amharc maoithneach sna súile go fóill. Dhírigh sé é féin ansin agus d'amharc go fuarchúiseach idir an dá shúil ar Phrút.

'Ach ina dhiaidh sin is uile, d'fhoghlaim mé go leor fosta. Mar shampla, d'fhéadfainnse dorn a bhualadh ort anois nach mothófá. Dochar dá laghad ní bheadh déanta duit ach chreidfeadh an lucht féachana go raibh tú cnagtha agam. Sin an ealaín a fhoghlaimíonn *stuntman*, an cur i gcéill. Os a choinne sin, d'fhéadfainn tú a mharú le haon bhuille amháin. D'fhéadfainn sin. Agus rud eile a d'fhoghlaim mé nár chóir aiféala ar bith a bheith orm ina thaobh. Cad é atá sa duine, i ndeireadh na dála, ach ceimiceáin agus ábhar, iad curtha le chéile ar dhóigh áirithe?'

Ní raibh a fhios ag Prút cé acu dúshlán nó rabhadh a bhí sa chaint seo uilig. Ba chuma leis ach go raibh sé in amhras go fóill gur aithin an fear eile é as áit éigin. Go fiú nuair a shíob beirt stócach isteach sa tsiopa go callánach, iad ag brú a chéile agus an baol ann go dtitfeadh fear acu ar chás gloine, go fiú ansin, níor bhac fear an chroiméil le brathladh a chur orthu ná níor thóg sé a shúile de Phrút.

Nuair a d'fhill sé ar an tsiopa leabhar mhothaigh sé cruthaíocht chnámhach an úinéara faoi sholas dearg an toitín. D'fhan fear an tsiopa mar a raibh sé gan chorraí, a uillinn ina bhos aige agus an toitín in airde os a chionn ar fad, é mar a bheadh coinnleoir fada beangánach ann i ndorchadas chúl an tsiopa.

'Tá sé agam, a dhuine uasail,' arsa an glór íseal as cúl an tsiopa, 'an gcreidfeá go raibh cóip anseo faoi mo dhá shúil i rith an ama? Ní raibh agam le dul chuig an stóras lena fháil. Bhí mé ar tí dul i do dhiaidh ach chonaic mé ag dul isteach chuig siopa Dragos thú.'

'Dragos. Ainm é sin nach gcluinfeá go minic fá na bólaí seo, creidim,' arsa Prút go patuar.

Níor fhreagair an fear eile ach é ag filleadh mála liathghlas stríocach ina raibh an chóip de *Illuminations* agus á ghreamú le píosa Sellotape le hiomlán a airde.

'As oirthear na hEorpa, shamhlóinn,' arsa Prút an dara huair go fiafraitheach agus nóta cúig phunt á shíneadh chuig an fhear eile aige.

Chuir fear an tsiopa leabhar trí bhonn airgid ina ghlac agus shín an mála páipéir chuige.

'Is dócha go bhfuil an ceart agat, a dhuine uasail,' ar sé faoi dheireadh, 'ach, leis an fhírinne a rá, níl a fhios ag aon duine cárbh as dó ná cad é a thug anseo é.'

Fán am a raibh sé ag Sráid an Chaisleáin arís bhí an scuaine ag an gheata slándála ag méadú agus an cuardach a bhíothas a dhéanamh ar na daoine ag moilliú dá réir. Rith sé leis gur tharla an t-athrach seo uilig gan fhios dó: an cur isteach ar an ghnáthshaol, na sráideanna a fágadh ina leathshráideanna tréigthe agus na sráideanna a raibh balla mór amháin ag dul trasna orthu ag scaradh leath amháin ón leath eile. Bhí sé féin sa Fhrainc nuair a tharla seo uilig agus ní bheadh a fhios aige choíche cá huair a tógadh na ballaí slándála ná cé na céimeanna beaga uilig a ghlac sé lena bhaile dúchais a chur as aithne agus as a riocht. Ní raibh aon phointe tagartha aige do na blianta sin uilig ach tuairiscí athláimhe nuachta. Agus cé go bhfeiceadh sé tuairiscí teilifíse agus nuachtáin agus go n-aithníodh sé sráideanna iontu agus aghaidheanna féin corruair, d'fhéachadh sé lena ligean i ndearmad. Go fiú nach mbíodh drogall air roimh na ceisteanna a bhíodh ag a lucht aitheantais in Nancy i ndiaidh gach eachtra mhór a tuairiscíodh faoi Bhéal Feirste.

Nuair a bhí sé ag tarraingt ar choirnéal Chearnóg na hOllscoile dar leis go raibh cúl tugtha aige le tír eile nár aithin sé ach a bhí i gcúl a chinn le fada. Ba leor an chuairt ghairid sin amháin lena fhiosracht a shásamh. Idir Cearnóg na hOllscoile agus Páirc Sans Souci, ba seo anois an baile aige. Faoiseamh a mhothaigh sé ag amharc ar an téagar a bhí sa tsraith tithe arda mar a raibh roinn na Fraincise agus ranna éagsúla dhámh na n-ealaíon, cuid acu faoi chlúmh eidhneáin a raibh grian bháite an fhómhair ag cur maise orthu agus iad uilig ina ndaingne measúlachta faoina bplátaí práis le taobh gach dorais. Stad sé ag an phláta práis a raibh ainm roinn na Fraincise air agus shuigh síos ar bhalla íseal a bhí lena thaobh.

'Fuair tú áit mhaith suí,' arsa glór ar a chúl.

Chuir Prút a lámh le clár a éadain go bhfeicfeadh sé cé a bhí aige, idir é agus léas.

'Tusa a bhí istigh ag an Ollamh Chapman inné. Bhí mise san oifig nuair a tháinig tú isteach de chéaduair,' arsa bean mheánaosta fhionn leis.

D'éirigh Prút ina sheasamh go leithscéalach. 'Maithfidh tú dom é ach níl mé ach ag dul i dtaithí ar an áit – ar labhair mé leat inné?'

Bhí aoibh dháimhiúil ar an bhean a bhí ag caint leis ach bhí sí ina dústrainséir aige mar sin féin.

'Níor labhair ach, ina dhiaidh sin, d'fhéadfá a rá gur chuala mé do ghlór roimhe, tá mé ag déanamh.'

'San oifig inné?'

'Is ea, agus roimhe sin go fiú.'

Bhí an aoibh chineálta roimhe i gcónaí agus í mar a bheadh sí ag fanacht leis an ócáid seo le tamall.

'Ní thuigim,' arsa Prút.

Theann sí isteach níos gaire dó agus labhair leis i nglór íseal paiteanta.

'Bhí a fhios agam go raibh tú ag teacht. Justin a d'inis dom agus nuair a chuala mé d'ainm, bhuel – dóbair dom titim as mo sheasamh! Anois, níor luaigh mé aon rud le Justin, ná bíodh aon bhuaireamh ort faoi sin.'

Bhí Prút ina stacán roimpi. Thaitin a dóigh leis, bhí sí dáimhiúil dathúil, ach ní raibh sé in ann aon chiall a dhéanamh dá comhrá. D'amharc sé uirthi mar a bheadh sé ag caint le duine a bhí ar meisce ach nach raibh dochar ar bith ann.

Fuair sí greim ar a uillinn agus labhair leis i gcogar an iarraidh seo.

'Tusa an fear a bhí ag obair ag stáisiún raidió na Naitsithe.'

Scaoil Prút an greim a bhí aici ar a uillinn go garbh agus thiontaigh le dul suas céimeanna roinn na Fraincise. Ach nuair a bhí sé ag an doras féin, bhí sí ag a thaobh go fóill. Dá mhéad a baineadh siar as, níor mhaith leis an comhrá seo a bheith le cluinstin taobh istigh. Thiontaigh sé ar a sháil arís agus lig di é a leanúint go dtí an balla beag tosaigh arís.

'An suímis?' ar sise go gealgháireach.

'An bhfuil an dara rogha agam?' arsa Prút le seanbhlas.

'Anois,' arsa an bhean fhionn, 'ná habair liom gur shíl tú nach mbeadh scéal do bheatha ar eolas ag duine éigin san áit seo?'

Chuir sí a lámh ar a uillinn arís agus lean uirthi i nglór séimh.

'Agus nár dhúirt mé leat nár luaigh mé aon rud le Justin?'

'Cad é mar atá aithne againn ar a chéile?' arsa Prút go leath-thuirseach.

Rinne sí gáire beag faoisimh mar a bheadh sí ag fáiltiú roimh an deis seo le fada í féin a chur in iúl dó.

'Nuair a bhí mise ar Cambridge, ag tús an chogaidh, iarradh orm beagán oibre a dhéanamh faoi rún. Oide de mo chuid a chuir m'ainm chucu. Tugadh go háit mé a bhfuil Evesham uirthi agus cuireadh ag obair mé, ag trasscríobh chraoltaí raidió an Irland-Redaktion. Shuínn ansin gach oíche ag fanacht le tús an chraolta, bior ar mo pheann luaidhe agus mé réidh le gach siolla a bhreacadh síos. Bhínn sáraithe ag an deireadh – eagla orm i rith an ama go gcaillfinn focal nó frása éigin tábhachtach. Agus fios agam go ndéanfaí iniúchadh géar ar achan uile fhocal ina dhiaidh agus iad ag iarraidh teachtaireachtaí beaga ceilte a aimsiú i ndialann Wolfe Tone!'

'Má chuala tú mise bhí cluas ghéar agat nó is ar éigean a tugadh cead dom focal ar bith a chraoladh,' arsa Prút.

'Is ea, ar ndóigh, Francis Stuart ba mhinice a chluininn ach tá cuimhne agam ar ghlór eile nár aithin mé ar dtús. Ansin nuair a gabhadh thú féin ag deireadh an chogaidh thuig mé cé a bhí ann.'

Chuir Prút lámh amháin lena thaobh lena dhroim a dhíriú. Dar leis gur shaothar in aisce a bhí aige gan cos a ligean i ndol nuair is é rud a bhí a dhá chos i ndol le fada. Thiontaigh sé chuici arís.

'Bhuel. Seo mé. Chuala tú an glór agus seo anois an chuid eile díom.'

'Nach maith atá a fhios agam! Bhí oireas agam i gcónaí go gcasfaí ar a chéile sinn. Smaoinigh féin, tusa i mBeirlín agus mise in Evesham ag breacadh síos gach focal mar a bheadh deachtú ann. Ach is dócha gur thuig tú go mbeadh duine éigin ag tabhairt tuairisce i do thaobh?'

'Níl a fhios ar thuig. Bhí mé cineál saonta ar mo dhóigh féin.'

Mhair sí ag stánadh air mar a bheadh sí i ndiaidh teacht ar ghrianghraf nach raibh feicthe le blianta aici.

Thost siad beirt le ligean do mhac léinn a bhí i ndiaidh teacht amach as doras roinn na Fraincise dul thart leo ar an chosán leathan dhuilleogach. Nuair a bhí sé sin as éisteacht, labhair Prút arís.

'Bhí a fhios agam go mbeadh cuntas le tabhairt agam i mo ghníomhartha lá níos faide anonn. Sheachain mé Béal Feirste fada go leor ar an tséala sin, is dócha. Ní raibh mé ag iarraidh go dtarraingeofaí amhras ar dhaoine a raibh mé mór leo, go mbeadh smál orthu sin mar gheall ormsa.'

'Agus seo anois thú,' arsa an bhean fhionn, 'ag tabhairt chuairt an lao ar an athbhuaile.'

Lean an bhean a bhí lena thaobh ag caint ach stad Prút de thabhairt airde uirthi go tobann dá ainneoin. Amach rompu, ar an taobh eile den tsráid, bhí an bhean óg a thug an óráid an lá roimhe ag siúl i dtreo aontas na mac léinn. Bhí an cloigeann catach dubh agus na ceannaithe dorcha níos soiléire arís an iarraidh seo aige ar an dara hamharc.

'Nach bhfuil tusa rud beag sean le bheith ag amharc ar mhná óga?' arsa an bhean fhionn.

Rinne Prút iarracht ar gháire a dhéanamh ach is ar éigean a bhí an anáil aige chuige. Bhí an dara hamharc sin níos tréine ná an chéad cheann agus bhí a fhios aige anois nár chomhchosúlacht ná bréagchéadfa ar bith a bhain stangadh as inné.

D'fhreagair sé faoi dheireadh í ach é ag stánadh go fóill ar an taobh eile den tsráid.

'Níl ann ach gur chuala mé an bhean óg sin ag caint ag cruinniú inné, in aontas na mac léinn.'

'Is dócha gur chuala,' arsa an bhean fhionn. 'Ball mór de chuid na "gluaiseachta" í sin, Áine Nic Lochlainn.'

Bhí héileacaptar ag guairdeall os a gcionn agus an dordán garg a bhí aige ag méadú i rith an ama. De réir mar a d'ardaigh an bhean fhionn a glór le go gcluinfí thar sheamsán an héileacaptair í, rinneadh siosarnach ghiorraisc dá cuid cainte.

'Ba é do leas féin é ina dhiaidh sin uilig – a bheith ag seachaint Bhéal Feirste ar feadh na mblianta sin uilig. Cad é a bhí anseo le bunús fiche bliain ach marfach agus scrios, agus leithéidí Áine Nic Lochlainn, an chéad ghlúin eile, ar an téad chéanna anois. Níl a fhios cad é a thug ar ais thú … a Réamainn?'

V

Bhí sé san árasán ar feadh an deireadh seachtaine sin go dtí gur mhothaigh sé cineál de chúngach nár bhraith sé ó bhí sé sa tseomra úd gar do zú Bhaile Átha Cliath, aimsir an chogaidh. Dar leis, cá dtéann tú nuair nach bhfuil aithne agat ar aon duine? Cá dtéann tú leis na háiteanna a chleacht tú roimhe a bhaint amach? D'fhéach sé leis an rud a dhéanamh a dhéanadh sé i gcónaí nuair a sháraítí air, is é sin, téacs liteartha a scagadh agus a fhuascailt dó féin ionas go scaoilfí cibé snaidhm a bhí ar an intinn. Ach ní raibh gar ann, gach uair a thógadh sé *Illuminations* chuimhníodh sé ar an bhean óg. Áine Nic Lochlainn. Bhí oiread ama caite aige anois ag cuimhneamh ar a ceannaithe agus ar dhlús dorcha a gruaige go raibh náire air. Ina dhiaidh sin, bhí a fhios aige nárbh aon nóisean míchuí a bhí aige di. Má bhí náire air faoi bheith ag smaoineamh uirthi bhain sin le rud éigin eile nár thuig sé i gceart.

Ar a leasluí ar an tolg dó, chuir sé líne dhearg faoin abairt *'Voici le temps des Assassins'*. Frása den chineál sin a bheadh uaidh leis na mic léinn a ghriogadh beagán. Contúirt an bháis a mhúscailt iontu, rabhadh agus práinn a chruthú as focail mharbha file mhairbh.

Smaoinigh sé ansin ar fhuaim na dtrí fhocal sin a bhí ina chluasa ó chuala sé de chéaduair iad tráthnóna Dé hAoine: Áine Nic Lochlainn. Níorbh aon fhocail mharbha iad sin. Faoi dhó a dúirt an bhean fhionn iad ar an tsráid agus béim ar gach siolla aici mar a bheadh brí agus cumhacht i bhfuaim an ainm féin. B'fhíor di. Bhí buille beo i ngach siolla. Ach má bhí, bhí an bás ina orlaí tríothu. An té óna bhfuair sí an sloinne Nic Lochlainn de chéaduair, an duine óna bhfuair sí na ceannaithe sin nár bhaol dó a aithint ar an toirt, bhí an duine sin marbh. Agus nuair a fuair Jimí Mac Lochlainn bás i samhradh 1968 ní raibh ann ach an séala ar rud a tharla i bhfad roimhe, i dtaca le Prút dó. Nuair a thiontaigh sé ar a sháil an oíche sin i Sráid Sevastopol seachas cnagadh ar dhoras theach Mhic Lochlainn, b'ionann sin agus buille an bháis. Agus dá mhéad a smaoinigh sé air, ní fhaca sé Jimí le beagnach tríocha bliain roimh a bhás, ón oíche sin ar fhág sé ina dhiaidh é ag dugaí Bhéal Feirste in earrach 1939.

Más amhlaidh a bhí, cá has a dtáinig cumhacht sin an ainm, Áine Nic Lochlainn? Ba é a bhí ag déanamh mearbhaill do Phrút agus é sínte siar ar an tolg, ag stánadh ar shíleáil bhánbhuí an árasáin. Ar éigean a mhothaigh sé an solas ag téaltú as an tseomra tráthnóna Dé Domhnaigh agus nuair a mhúscail sé bhí sé ar an tolg go fóill agus an dúdhorchadas thart air. Ar feadh meandair, shíl sé gur i dteach a thuismitheoirí a bhí sé, é ar an tolg mar a raibh leabhar beag gutháin a mháthar in aice láimhe. Chuimil sé na sramaí dá shúile agus thug spléachadh tuirseach ar an uaireadóir dhigiteach. Bhí sé leath i ndiaidh a dó. Rinne sé a bhealach go faichilleach thart ar an tábla leathan gloine i lár an urláir agus isteach go dtí an seomra leapa gan solas ar bith a lasadh.

Chuimhnigh sé, agus é ag tarraingt stoca de bharr na ladhraí, ar oíche sin an aer-ruathair i mBeirlín. Murab é gur fhág sé na stocaí air an t-am sin bheadh siad stróicthe gearrtha ag an ghloine bhriste sa tseomra. B'aisteach leis mar a tharraingíodh droch-chuimhne amháin droch-chuimhne eile. Agus dá mhéad a d'fhoghlaim sé lena ligean thairis, bhí siad ann i gcónaí ag fanacht lena seal. A dhála sin, b'fhéidir nach raibh in Dragos Largo agus a shiopa ach droch-chuimhne, taise gan substaint, seit scannáin. Mura mbeadh sé le dul isteach sa tsiopa ní bheadh a leithéid de dhuine ann ar chor ar bith. Ní bheadh ann ach féidearthacht. Agus b'fhéidir gur sin an rud a bhí le foghlaim go fóill aige, gan dul isteach ná dul ar ais.

An guthán ag bualadh a mhúscail é an mhaidin dár gcionn. Thug sé neamhaird air ar dtús ach ghlaoigh sé amach an dara huair agus faoin am a raibh sé sa tseomra cónaithe chuala sé glór fir ag fágáil teachtaireachta ar an ghléas a bhí ag Justin. D'aithin sé glór an dlíodóra, Ó Muireagáin, agus ghlaoigh ar ais air.

'A Réamainn, dea-scéala agam fá do choinne! Tá lánúin óg atá ag iarraidh an teach a cheannach ar an phraghas a luaigh mé leat. Bhí a fhios agam nach mbeadh moill ort an áit a dhíol! Anois, beidh againn le dáta a shocrú leo. An bhfuil sé i gceist agat teacht anseo agus rudaí a ghlanadh amach?'

D'fhan Prút ina thost ar dtús agus ansin tháinig an freagra leis i dtobainne.

'Níl, a Liam. Is é sin, b'fhearr liom dá ndéanfá féin an méid sin … agus an lánúin óg seo, b'fhéidir go mbeadh cuid den troscán úsáideach acu. Tá an teilifís ann agus rudaí eile, ar ndóigh …'

'Tuigim go maith, tuigim go maith,' arsa an dlíodóir go dáimhiúil leis. 'Fág fúmsa é agus beidh mé ar ais chugat faoin chuid eile mar sin.'

Ina sheasamh os comhair scáthán an halla dó, d'fhéach Prút seaicéad donn bréidín air féin go hamhrasach. Bhí an seaicéad ceannaithe aige sa Fhrainc roimh imeacht dó, cibé tallann a bhuail é. Thuig sé anois nach raibh sa bhréidín ach rud a shamhlaigh sé le hÉirinn. Chuir sé ar ais ar an chrochadán é agus chuir air an seaicéad clupaideach línéadaigh a bhíodh air de ghnáth. Thaitin an dath corcairghorm le Véronique agus, i gcás ar bith, b'fhearr an fhírinne a dhéanamh, ba sa Fhrainc a bhí a shaol caite aige agus ní bheadh sa bhréidín ach cur i gcéill. Thóg sé *Illuminations* den urlár mar ar thit sé as a lámha an oíche roimhe agus bhailigh leis.

Ar a bhealach isteach go Cearnóg na hOllscoile chuimhnigh sé ar an chomhrá leis an dlíodóir. Mura rachadh sé síos go hArd Ghlais sula ndíolfaí an teach ní bheadh breith ar a aiféala aige. Ina dhiaidh sin, dar leis, cén difear a dhéanfadh sé?

Bhí scaiftí beaga mac léinn ag cruinniú taobh amuigh de dhoirse na ranna agus bhí aige lena bhealach a dhéanamh tríothu le doras roinn na Fraincise a aimsiú. Chuala sé glórtha ar an staighre os a chionn agus shíl sé gur chuala sé a ainm féin á lua. Bhí an rúnaí ag doras a hoifige nuair a bhain sé barr an staighre amach agus an bhean fhionn ina seasamh léi.

'Tá tú anseo!' arsa an rúnaí. 'Bhí an tOllamh Chapman ag iarraidh labhairt leat. Bhí mé ag insint do Jean go raibh tú tosaithe – beidh sí féin linn lá sa tseachtain – ach is cosúil gur cuireadh in aithne dá chéile sibh cheana?'

'Cuireadh,' arsa an bhean fhionn ag gabháil roimhe agus aoibh iomlatach ar a béal. 'Bhí comhrá beag deas againn Dé hAoine.'

Sméid sé a cheann go maolchluasach agus choinnigh air suas na céimeanna go hoifig Chapman.

B'iontach leis dá mbeadh Chapman á iarraidh le cúrsaí teagaisc a phlé leis ná a bharúil a fháil faoi *Illuminations* sin Rimbaud. Ag siúl isteach dó, ní dhearna Chapman ach gloine uisce beatha a shá ina lámh gan é fiafraí de an raibh sé á hiarraidh.

'Shíl mé go bhfeicfinn ag deireadh na seachtaine thú,' arsa Chapman go tur, mar a bheadh sé ag tabhairt achasáin dó. 'Shíl mé go mbeifeá i seomra caidrimh na sinsearach?'

'Chaith mé an deireadh seachtaine ag léamh *Illuminations*,' arsa Prút go cosantach.

'Is ea, is ea, ach níor dhochar duit aithne a chur ar na comhghleacaithe, mar sin féin.'

'Tá mé á dhéanamh sin fosta, de réir a chéile,' arsa Prút go ciúin.

Stán Chapman air go hamhrasach gan aon rud a rá agus ansin bhuail a dhá bhos ar a chéile go tobann.

'Is ea! An fáth ar iarr mé ort bualadh isteach! Mo dhearmad. Bhí comhlacht teilifíse as Páras ag glaoch orainn Dé hAoine. Beidh siad ag déanamh clár faisnéise i mBéal Feirste ar an tseachtain seo chugainn agus níl an t-ateangaire a bhí acu ar fáil níos mó. Fear de bhunadh na háite seo tú féin agus shamhlóinn go mbeadh cúpla punt le gnóthú air dá mbeadh an t-am agat?'

Nuair nár fhreagair Prút láithreach é, labhair Chapman arís.

'B'fhéidir gurbh fhearr leat do mhachnamh a dhéanamh air. I dtaca le hábhar an chláir, glacaim leis gurb é an seanrud céanna a bheas ann, na trioblóidí – sin mura bhfuil siad le clár a dhéanamh ar shéadchomharthaí agus seoda oidhreachta Bhéal Feirste!'

Tharraing Chapman a ghloine chuige, á diurnú siar agus ag seitgháire leis féin. Mhothaigh Prút a phuisíní ag teannadh ar a chéile dá ainneoin féin. Cibé a d'fhanfadh sé i ndiaidh na bliana seo nó a d'fhillfeadh sé ar an Fhrainc fána sheaicéad clupaideach corcairghorm, bhí sé meáite aige a sheal a chur isteach i gceantar na hollscoile. Níor thaitin an rúid bheag a thug sé síos go Margadh Smithfield leis ach, os a choinne sin, cén dochar a dhéanfadh sé cuid éigin den chathair a fheiceáil trí shúile Francacha?

Sula raibh faill ag Chapman a ghloine a líonadh arís, d'éirigh Prút ina sheasamh.

'Seo,' arsa Chapman, ag síneadh cárta beag chuige, 'is cuma liomsa, ar ndóigh, ach má shocraíonn tú ar an ateangaireacht a dhéanamh dóibh beidh na sonraí teagmhála seo uait.'

D'amharc Chapman arís air mar a bheadh sé ag iarraidh comhairle a leasa a thabhairt dó.

'Agus rud beag eile de, ná déan dearmad clárú le seomra caidrimh na sinsearach.'

Stad Prút ag bun an staighre ag éisteacht le gleorán na mac léinn a bhí ag crochadóireacht thart ar an tsráid amuigh. Ba dheas leis a bheith ar an iúl leo, ag geabaireacht faoi eachtraí an tsamhraidh agus ag beannú dá chéile go lúcháireach. Chas sé suas ar dheis mar a raibh seomra Justin ar chúl an tí, síos pasáiste cúng mar a bheadh sé ar foscadh ó challán na sráide.

Thug sé suntas don chiúnas a bhí le mothú nuair a dhruid an doras de phlab ina dhiaidh, mar a chuirfeadh duine a chloigeann faoi uisce agus gan le cluinstin aige ach buille a chroí féin. B'iontach leis an seordán éadrom shiosach a chuala sé nuair a bhain sé an cárta beag amach as póca a sheaicéid gur scrúdaigh na sonraí a bhí scríofa air. '*Jean-Phillipe Moreau, Tele-Concept, teil. 271066.*'

Lig sé don chiúnas méadú thart air ionas nár léir dó ach a bheo féin sa chillín bheag theann sin. D'fhan sé mar a bhí sé gan bhogadh, ag ligean don uaigneas é a shlogadh siar leis sa chathaoir. Seo mar a bheadh sé, dar leis, dá mbeifeá i gcónra faoi thalamh nó i mianach tréigthe trí chéad troigh faoi thalamh. Má bhí na seilfeanna thart air lán leabhar agus páipéar, bhí siad féin agus a n-údair chomh marbh le hArt. Ní raibh ann ach é féin sa tseomra sin, níor bheo ach é féin agus níor léir dó san fholús sin ach an t-ainm agus an uimhir a bhí scríofa i ndúch lonrach gorm ar an chárta os a chomhair. Cén fáth a mbeadh moill air an guthán a thógáil agus glaoch? Cén leisce seo a bhí air compal na hollscoile a fhágáil nó an é go mbeadh sé ag doicheall i gcónaí roimh leithéidí Dragos Largo mar a bheadh duine ann a bheadh ar slabhra ag taise an amhrais? Agus cad é a bheadh le ceilt aige nuair a bhí an scéala uilig ag an bhean fhionn cibé? Bhí sé i ndiaidh deireadh seachtaine a chaitheamh in árasán Justin agus seo anois é ina phluais bheag thréigthe léannta, gan de chuideachta aige ach buille a chroí féin. Bheadh sé chomh maith ag duine cónaí i nduibheagán faoi thoinn.

Bhain sé *Illuminations* amach as póca a sheaicéid agus thug iarraidh a intinn a thabhairt suas don dán a bhí sé ag dul a phlé sa léacht, 'Matinée d'Ivresse'. Leagfadh sé béim ar an abairt deiridh, *'Voici le temps des Assassins'*. D'inseodh sé dóibh, de réir a chéile, gur lucht ite haisise nó *hachichins* is bunús leis an fhocal *Assassins*. Déarfadh sé leo gur machnamh atá sa dán ar thráthnóna a chaith Rimbaud ag caitheamh drugaí le fir aeracha. Ach ba dheas leis a rá leo go raibh sé ag baint ciall dá chuid féin as 'Matinée d'Ivresse'. Nár dheas dá bhféadfaí 'crann sin an mhaith agus an t-olc a chur i dtalamh faoi scáth' mar a dúirt an dán? An peaca bunaidh agus *honnêtetés tyranniques* a dhíbirt, deireadh a chur le cuing an chuibhis agus le tíorántacht sin na náire?

Dhruid sé an leabhar agus ghéill arís don mharbh-chiúnas. Bhí an cárta a thug Chapman dó ina luí ar an deasc agus an uimhir ghutháin á mhealladh i rith an ama. Chuir sé a mhéar leis an diail agus chas isteach na huimhreacha. Murab é an glincín beag uisce beatha a bhí sé i ndiaidh a ól le Chapman, thabharfadh sé a mhionna go raibh a chuislí ag téamh le gach buille a rinne an guthán ina chluas. Nuair a chuala sé glór á fhreagairt ar an líne faoi dheireadh, dhírigh sé é féin go tobann sa chathaoir agus réitigh a scornach. Labhair an glór ar an líne ghutháin arís leis.

'Is ea, Óstán Europa?'

D'amharc sé ar an chárta arís.

'Jean-Phillipe Moreau … Tele-Concept … is é sin, bhí mé ag iarraidh labhairt le Jean-Phillipe Moreau as Tele-Concept, comhlacht teilifíse. Is cosúil go bhfuil an uimhir chontráilte agam.'

Labhair an guth eile leis go suaimhneach.

'Níl, níl, tá an uimhir cheart agat. Tá an tUasal Moreau agus a fhoireann ag stopadh anseo san Europa ach tá siad amuigh ag scannánú faoi láthair agus ní bheidh siad ar ais go cionn tamaill. Fág agam d'uimhir le do thoil agus glaofaidh duine acu ar ais ort.'

Tháinig tacsaí chuig an árasán ar a seacht a chlog an tráthnóna sin. Níor chuala sé féin ar dtús é ach chnag Dorothy ar a dhoras. Nuair a tháinig sé amach bhí sí féin ag caint leis an tiománaí. Ní raibh a dhath ar bith ina rún.

'Ócáid mhór éigin, bíodh geall?' arsa Dorothy ag ligean tuin bhréag-ghalánta uirthi féin.

'Ní hea, ní hea,' arsa Prút, ag déanamh iarracht a spéis a mhaolú, 'murab é go bhfuil fearthainn geallta, shiúlfainn.'

Sheas Dorothy siar ón charr agus lig dó suí isteach in aice leis an tiománaí.

Agus an carr ag imeacht tharraing Prút ar an chrios go hanásta lena dhá lámh nó gur éirigh leis an ceann miotail a thabhairt in araicis an ghreamáin bhig. Go fiú nuair a chuala sé an clic bhain sé sracadh as an chrios cúpla uair lena chinntiú go raibh sé istigh i gceart.

'Anois,' arsa an tiománaí, 'an Europa, agus tá seo íoctha cheana.'

Níor dhúirt Prút a dhath.

'Comhlacht Francach,' arsa an tiománaí, 'iad ag déanamh scannáin, is cosúil?

Is dócha go bhfuil na múrtha airgid acu, cibé iad féin. Tá an lá caite agam ag tabhairt daoine go dtí an Europa agus ar ais. Tá an conradh ag comhlacht s'againne, an dtuigeann tú.'

Bhí Prút ag cuimhneamh ar an fhear tacsaí a thug a fhad le hArd Ghlais é cúpla seachtain ó shin agus an geab tíriúil a bhí aige siúd. Ba dheas a bheith ag bualadh amach faoin tuath ag dul síos a fhad le teach an tseanphéire. Is iomaí saoire bheag a chaith siad ansin ina óige nó go bhfuair a thuismitheoirí teach a gharuncail le huacht. B'ann a d'fhoghlaim sé cleasa na seilge ag a gharuncail agus a chomharsa, Diní Mac Eoin. Leo sin fosta a chuir sé eolas ar na cúlbhóithre agus na haicearraí a thug sé air féin nuair ab éigean teitheadh thar an teorainn go Baile Átha Cliath. Bhí sé in amhras an aithneodh sé anois iad ach, dar leis, nár chuma? Níorbh iad na haicearraí féin a bhí tábhachtach ach fios a bheith agat gur ann dá leithéid.

Bhí an oiread únfairte aige leis an chrios a bhaint de agus a bhí aige lena chur air. Thug sé in amhail sa bhomaite sin an tiománaí a fhostú dó féin agus filleadh ar theach an tseanphéire arís ach ní raibh gar ann, shín an tiománaí a lámh thairis agus d'oscail an doras ar a shon.

'Anois, a dhuine uasail,' ar sé go pointeáilte, 'an Europa.'

VI

Má bhí iarracht déanta aige a intinn a líonadh le *Illuminations* agus dearmad a dhéanamh d'Áine Nic Lochlainn dá réir, is beag a bhí ar a shon aige. Bhí sí ansin anois roimhe, ina seasamh i bhforhalla an Europa agus a lámh sínte amach lena lámh siúd a chroitheadh. An chéad uair a ghlac sé lámh cailín ag céilí tharla an rud céanna, rinneadh balbhán de. Bhí leithscéal aige an t-am sin, dar leis, nó bhí sé tugtha faoi deara aige ina óige nach mbíodh an tútachas céanna ina bhac ar chailíní agus a bhíodh ar bhuachaillí. Ní raibh de leithscéal anois aige, áfach, ach go raibh ainm agus pearsa na mná óige seo ag cráinghuail ina intinn ó chonaic sé i halla aontas na mac léinn í corradh le seachtain ó shin. Mura raibh sé folláin a bheith ag smaoineamh uirthi, ní raibh neart aige air. Bhí an greim céanna ag a hathair air agus níor thuig sé riamh cén fáth.

'Faoi iomartas an diabhail' an frása a bhíodh ag an Athair de Bhailís agus é ag trácht ar chontúirtí dofheicthe an tsaoil. D'fhéadfadh duine é féin a chosaint ar fhuacht agus ar ocras ach bhí nithe ann a bhí thar chumas na gcéadfaí agus thar thuiscint an duine. Bhí a fhios aige, ina dhiaidh sin, nach raibh sé i láthair an Áibhirseora. Ní raibh ann ach bean óg a bhí ina leanbh cíche tráth a bhí sé féin ina fhear déanta agus nach raibh an trian den tsaol feicthe aici a bhí feicthe aige féin. Ina dhiaidh sin is uile, bhí sé ina stacán roimpi, na focail leamha lena gcomhlíontar an cur in aithne greamaithe i gcúl a scornaí.

Dá ainneoin féin, d'fháisc sé a lámh agus tháinig an cúpla focal bacach leis amhail is dá dtiocfadh siad as béal duine eile. Cúntóir léiriúcháin, Sylvie, a bhí á gcur in aithne dá chéile, rud a lig do Phrút a aird a dhíriú uirthi siúd seachas ar an bhean óg. Lig sé di mionchomhrá a choinneáil leo faoin deacracht a bhí aici le hainmneacha Éireannacha agus í á dtreorú trasna urlár marmair an óstáin chuig doras an ardaitheora. Lean sé isteach san ardaitheoir iad agus sheas siar le ligean don dá chomhla lonracha druidim rompu. Bhí obair aige súile Áine Nic Lochlainn a sheachaint sa spás gheal theanntaithe sin ina raibh scáthán soilsithe ar achan bhalla agus ar an tsíleáil bheag chearnógach féin os a gcionn. B'fhada leis go gcluinfeadh sé inneall an ardaitheora ag moilliú agus an dá chomhla ag oscailt rompu go réidh ach ní raibh gar ann, thiontaigh sí chucu agus labhair sa ghlór chéanna údarásach sin a chuala sé de chéaduair ag an díospóireacht.

'Shíl mé gur mac léinn a bhí fostaithe leis an ateangaireacht a dhéanamh?'

'Ní hea,' arsa Sylvie go gasta, 'bhí mac léinn lena dhéanamh ach fuair sí post lánaimseartha ó shin.'

D'oscail an doras rompu gan choinne agus lig isteach gleo na nglórtha a bhí i mbun comhrá i seomra fairsing ar an dara hurlár a raibh fuinneoga móra ag a cheann. Chuir Sylvie bos le slinneán na beirte acu agus thionlaic isteach iad a fhad le tolg mór leathair ar a raibh gruagach mór meánaosta ina shuí go tiarnúil.

'Seo anois, Jean-Phillipe, an léiritheoir,' a dúirt sí leo i gcogar ionas nach gcuirfeadh sí isteach ar an tsruth cainte a bhí ag teacht ó ghruagach an ríthoilg. D'éirigh sé siúd ina sheasamh láithreach agus shiúil ionsar Áine.

'*Enfin, te voilà!*' ar seisean agus a lámh chlé ar crochadh san aer go drámatúil aige.

Gan a shúile a thógáil d'Áine, thug an léiritheoir póg ar gach leiceann di agus shín a chrág mhór ribeach go patuar chuig Prút lena croitheadh.

Labhair Sylvie ansin go leithscéalach.

'*Enfin, oui, Áine Nic Lochlainn! Et l'interprète, Réamann Prút.*'

Shuigh an léiritheoir agus Áine Nic Lochlainn ar an tolg ach tharraing Sylvie dhá chathaoir uilleann isteach ar leataobh chuici féin agus Prút. Thosaigh sí a mhíniú sceideal an scannánaithe dó ach ba léir go raibh a haird ar an bheirt eile agus b'éigean dó téad a cainte féin a mheabhrú di faoi dheireadh.

'Is ea, is ea, mo leithscéal, sin é,' ar sí. 'Déardaoin, beimid ag dul go tuaisceart na cathrach, Ard Eoghain agus an Lóiste ...'

Ní dhearna sí iarracht ar bith cuimhneamh ar théad na cainte an t-am seo ach í ag amharc thar a gualainn ar an bheirt a bhí ar an tolg. Chrom sí chuige ansin agus labhair i nglór íseal leis.

'Uirthi sin a bheas an sceideal ag brath dáiríre … ise an t-idirghabhálaí a thug Sinn Féin dúinn. Cuid de na hagallaimh … beidh siad á socrú ar fhógra gairid. Le daoine nach dtig leo mórán ama a chaitheamh linn, má thuigeann tú leat mé …'

'Tuigim,' arsa Prút, 'agus an mbeidh sibh ag caint leis an dream eile?'

'An dream eile?'

Stán sí air ar feadh meandair sular thuig sí cad é a bhí i gceist.

'An dream eile! Is ea, na Protastúnaigh! Ní bheidh, sin clár eile.'

D'amharc sé uirthi go ceisteach ach thiontaigh sí sa bhomaite nuair a chuala sí glór an léiritheora á hiarraidh.

Tharraing siad an dá chathaoir isteach os comhair an toilg go díreach mar a raibh freastalaí óg ina sheasamh go foighneach ag fanacht le hordú an léiritheora.

'Ní bheidh, ní bheidh,' arsa Áine.

'Uisce súilíneach féin?' arsa an léiritheoir mar a bheadh sé i ndiaidh deireadh dúile a bhaint de rud nach raibh sé i ndán dó a fháil. Ní dhearna Áine ach tiontú chuig Prút.

'Tá súil agam nár shamhlaigh tú dímhúineadh liom ar ball,' a dúirt sí leis go teanntásach.

'Cad chuige a ndéanfainn sin?' arsa Prút agus an dá lámh fáiscthe ar a chéile aige.

'Nuair a dúirt mé leat gur shíl mé gur mac léinn a bhí leis an ateangaireacht a dhéanamh.'

'Níl mé ag rá go bhfuil ateangaire de chineál ar bith de dhíth orthu seo. Nach bhfuil sibh i ndiaidh bhur gcomhrá a dhéanamh gan aon chuidiú uaimse?'

D'amharc an léiritheoir idir an bheirt acu go mífhoighneach nó gur mhínigh Prút dó.

'*C'est vrai, vous n'avez pas besoin d'interprète, quand même.*'

'*Si, si,*' arsa Moreau, '*l'accent!*'

Agus an focal deiridh sin á rá aige, rinne Moreau comhartha dímheasa leis an dá lámh mar a bheadh sé ag scuabadh grabhróg dá ghualainn.

Bhí an gleo sa tseomra ag ardú de réir mar a bhí daoine eile ag teacht isteach ón ardaitheoir, cuid acu agus gloiní ina lámh acu. D'éirigh Sylvie ina seasamh mar a bheadh sí i ndiaidh cuimhneamh ar rud a bhí le déanamh aici ach chuaigh sí thart ar chúl an toilg ar a bealach agus thosaigh ag cogarnach i gcluas Moreau.

'Tá sí sin i mbroid go gcluinfidh sí cad é atá socraithe agat,' arsa Prút ag sméideadh a chinn i dtreo Sylvie.

'Ní mise atá á socrú ach iad seo,' arsa Áine agus an ghnúis chéanna mharánta uirthi nár athraigh ó cuireadh in aithne dá chéile iad ar ball.

'Ní hé sin atá creidte aici sin, tá mé ag rá leat.'

'Níl neart agamsa air sin ach mura miste leat mé a fhiafraí díot féin, cén dóigh a bhfuair tú féin an jab seo?'

Shuigh Prút siar ina chathaoir. Murar shamhlaigh sé riamh go mbeadh sé ina shuí os comhair iníon Jimí, is beag a shíl sé go mbeadh sí á cheistiú le teann amhrais.

'Is é sin, tuigim ó Moreau gur ghlaoigh siad ar roinn na Fraincise, ach cad chuige ar roghnaíodh tú féin?' arsa Áine arís.

'Cén fáth nach roghnófaí?' arsa Prút go grod.

'Bhuel, ní léachtóir ná teagascóir de chuid na roinne thú, ar feadh m'eolais – ní thuigim go fóill cén dóigh ar cuireadh d'ainmse chun tosaigh?'

De réir mar a bhí faobhar ag teacht ar cheisteanna na mná óige seo, b'amhlaidh ba mhó a bhí an cotadh a mhothaigh Prút ar ball ag filleadh air. Ach ní cotadh uilig a bhí ann ach cineál d'éadóchas plúchtach. Seachas an míniú simplí a bhí in aice láimhe a thabhairt di – go mbeadh sé ar an fhoireann teagaisc i mbliana in áit Justin – ghéill sé don chathú a bhí air amhras an duine óig seo a spreagadh beagán le teann oilc, cibé acu olc leis féin nó léise é sin. Seachas an míniú simplí díreach sin a thabhairt, bhí sé féin anois i mbroid go dtuigfeadh sé cén síol amhrais a bhí ag fabhrú i gceann iníon Jimí. Cibé údar a bhí leis, b'fhearr leis an t-amhras sin a chothú seachas a chealú. Thuig sé gurbh fhurasta an fhírinne a insint: nach raibh aon chontúirt ann agus, lena chois sin, go raibh dáimh mhór aige léi mar gheall ar a hathair. Ina ainneoin sin, lig sé dá hamhras méadú.

Leag an freastalaí trí ghloine biotáille ar an tábla agus ghlac le bonn airgid a shín Sylvie chuige gan í a béal a bhaint de chluas Moreau.

'Ní ólann tú féin, is cosúil,' arsa Prút le hÁine, ag tógáil na gloine ba dheise dó.

'Ní ólaim. Ach níor fhreagair tú mo cheist …'

'B'fhéidir nár thaitin an cheist liom,' arsa Prút agus na méara snaidhmthe ina chéile aige arís mar a bheadh sagart i mbun paidrín.

'Tuigeann tú chomh maith liom féin go gcaithfidh duine a bheith ar a chorr sa chathair seo, mo mhacasamhailse go háirithe. Luaigh tú an méid a dúirt Sylvie ar ball: gur mise a bhí ag socrú cúrsaí don dream seo. Déarfaidh mé an méid seo leat, mura bhfuil a fhios agam cé thú féin sula bhfágaim an t-óstán seo ní bheidh tú ag teacht linn chuig na háiteanna a mbeidh an dream seo ag dul.'

Bhain Prút súimín as an ghloine go humhal. B'fhíor di, b'éigean dá leithéid a bheith ar a faichill i gcónaí chan ionann is é féin, an *flâneur* a d'fhill. Cibé a bhí ag cur caite air féin, ba bheag é taobh leis an tsaol a bhí ag an bhean óg seo a mbeadh gunnaí á n-aimsiú uirthi i dtólamh. Cén tuiscint a bheadh aigesean ar an amhras a choinnigh beo í? Leag sé an ghloine ar ais ar an tábla agus tharraing isteach níos cóngaraí di.

'Tá an ceart agat, ar ndóigh. Tuigim go bhfuil ciall leis an cheist. Fuair Sylvie agus Moreau m'ainm ó roinn na Fraincise ó tharla gur ansin atá mé fostaithe le cúpla seachtain. Tá malartú déanta agam le duine de na léachtóirí, Justin Hammersley.'

'Agus cá raibh tú roimhe sin?'

'Sa Fhrainc, le corradh agus dhá scór bliain. In Ollscoil Nancy, Lorraine, a bhí mé go dtí gur éirigh mé as.'

D'aithin sé athrú beag san amharc mharánta sin nuair a labhair Áine arís.

'Nach méanar duit?'

''Bhfuil tú ag déanamh?'

'Nach cinnte. Chaill tú go leor sa dá scór bliain sin – an dara scór, cibé. Ba dheas a bheith áit éigin eile i rith an ama sin uilig. Ach seo, luaigh tú Justin. Cad é mar atá sé féin?'

'An bhfuil aithne agat air?'

'Tá. Cuidíonn sé leis an chumann aerach agus leispiach atá in aontas na mac léinn. Tá cara de mo chuid an-mhór leis.'

'Justin a mhol an malartú dom de chéaduair – tá mise anois ina árasán siúd agus tá seisean in áit s'agamsa thall in Nancy.'

'Nach maith mar a tharla?' arsa Áine agus an tuin theanntásach chéanna uirthi a bhí uirthi ar ball. Cibé acu éad a bhí uirthi lena shaol siúd nó an dearbhú a bhí sí i ndiaidh a fháil nár spiaire é, ní raibh a fhios aige.

'Anois,' arsa Moreau á tharraingt féin níos deise d'Áine agus meangadh drúisiúil air.

'An bhfuil gach rud socraithe?'

'Tá,' arsa Áine. 'Beidh Réamann linn amárach.'

Leis sin, d'éirigh sí gur shiúil i dtreo an ardaitheora.

VII

In ainneoin an fómhar a bheith ann, bhí spéir ghiobach shamhraidh os cionn Bhóthar an tSrutháin Mhilis agus Prút ag deifriú thart le binn ghlasliath Mhúsaem Uladh ag déanamh ar Sans Souci. Níor thuirsigh an dá léacht a bhí tugtha aige an tráthnóna sin é, is é rud a bhraith sé fuinneamh éigin ina choiscéim nár thuig sé a bheith inti roimhe. Bhí an tacsaí céanna ag fanacht leis taobh amuigh den árasán ach gan iomrá ar bith ar Dorothy an t-am seo. Nuair a d'oscail sé doras an phaisinéara dúirt an tiománaí leis go raibh 'bean an tí' i ndiaidh dul isteach ar a lorg. Ní dhearna Prút ach an crios a shracadh thar a ghualainn go garbh mífhoighneach agus é ag míniú don tiománaí nach raibh sé pósta agus nach raibh bean aige. Nuair a d'aithin sé an cantal ag méadú ann chuimhnigh sé ar an chomhrá a bhí aige le hÁine Nic Lochlainn agus ar an dóigh arbh éigean géilleadh di siúd. I ndeireadh na dála, cén dochar Dorothy a bheith ar an eolas faoina raibh ar siúl aige? Ní raibh a dhath le ceilt aige; bhí sé i mbun obair ateangaireachta do roinn na Fraincise agus sin a raibh de sin.

Sheol an tacsaí leis trí ascaillí leathana a raibh mic léinn na hollscoile agus baiclí daltaí meánscoile ag falaireacht go neamhbhuartha orthu, uachtar reoite á lí ag cuid acu agus corrlánúin ina measc snaidhmthe ina chéile nó ag déanamh a gcomhrá go geallmhar. Dar leis gurbh é a chuir lúth ina choiscéim ar ball, borradh seo thús na scoilbhliana nár mhothaigh sé le dornán beag blianta. Ní raibh an oiread céanna geab ag an tiománaí an t-am seo ach é ag útamáil le cnaipe an raidió agus é ag iarraidh é a shocrú ar stáisiún amháin. Cibé acu clár nuachta nó nuacht tráchta a bhí uaidh, níor léir, ach stadadh sé corruair le héisteacht le gléas eile a bhí sa charr aige, raidió CB an chomhlachta tacsaithe. Dá mhéad a bhí a chluas ag imeacht idir glórtha na stáisiún raidió agus na glórtha stadacha a bhí ag teacht ón raidió CB, níorbh fhada go raibh dearmad déanta ag Prút de ghealladh na hóige ar ascaillí maorga na hollscoile.

De réir mar a bhí siad ag tarraingt ar imeall iarthar Bhéal Feirste, d'ísligh an tiománaí an príomhraidió agus thug cluas ghéar don chaint a bhí ag teacht as an ghléas CB.

Glórtha cársánacha lucht caite tobac a chuala Prút gan é in ann ciall ar bith a bhaint as an chomhrá scaipthe gharbh a bhí eatarthu. Thuig sé gur tiománaithe tacsaí éagsúla a bhí ag caint le chéile agus go raibh 'fear na deisce', i gceanncheathrú an chomhlachta, ag lorg faisnéise uathu. Thairis sin, sháraigh air talamh ar bith a dhéanamh de. Nuair a labhair an tiománaí faoi dheireadh thug Prút suntas don méid a bhí le rá aige. Bhí na péas agus arm na Breataine i ndiaidh plódú isteach faoin áit a raibh a dtriall, Léana an Dúin, in iarthar na cathrach.

Nuair a bhí deisceart na cathrach fágtha ina ndiaidh acu ar fad, chuaigh siad suas i dtreo Bhaile Andarsan mar ar tharraing an tacsaí isteach chuig garáiste a bhí ar thaobh an bhealaigh.

'Táimid le fanacht anseo,' arsa an tiománaí. 'Is cosúil go dtiocfaidh duine inteacht ar ball le scéala.'

Bhain Prút an crios de agus d'oscail an fhuinneog. Bhí sliabh na Dubhaise os a chionn ag bun na spéire go díreach mar a bhíodh ina óige nuair a ligeadh sé aníos an dallóg ina sheomra gach maidin. 'Imíonn na daoine ach fanann na cnoic,' a dúirt a mháthair an mhaidin ar aistrigh siad ó Bhóthar Chromghlinne go hArd Ghlais.

Bhí fear an tacsaí i ndiaidh dul isteach chuig siopa an gharáiste le toitíní a cheannach nuair a tháinig stócach caol rua ag luibhdíneacht a fhad leis an charr. Nuair a thug sé sin faoi deara nach raibh an tiománaí sa charr sheas sé siar ag coimhéad ar dhoras an tsiopa. Choinnigh Prút súil amháin air ó scáthán an chairr nó gur mhothaigh sé an stócach ag comhrá leis an tiománaí ag doras an gharáiste.

'Anois,' arsa an tiománaí ag dul isteach sa charr agus toitín á dheargadh aige, 'tá athrú beag ann, táimid le dul go Bóthar na bhFál ach beidh againn le cor bealaigh a thabhairt orainn féin. Ar ndóigh, ní miste duitse sin: tá an Francach ag íoc as agus tá sparán trom aige!'

Lean an tiománaí air i dtreo an tsléibhe nó gur bhain siad coradh géar amach a thug anuas iad os cionn eastáit tithíochta nach raibh iontu ach caschoill driseog nuair a tháinig Prút anuas an bealach céanna i gcarr an Athar de Bhailís in aimsir an chogaidh. Bhí súil amháin ag an tiománaí i rith an ama ar héileacaptar a bhí i ndiaidh eitilt os a gcionn agus eangach faoi a raibh lasta ar crochadh go hanásta ann.

'Tá an ceann sin ag dul le hearraí chuig an gharastún bheag atá acu ar bharr na Dubhaise,' arsa an tiománaí agus é ag ligean an toitín amach ar an fhuinneog.

'Tá campa ag Arm na Breataine ar bharr an tsléibhe?' arsa Prút le teann iontais.

'Nach cinnte,' arsa an tiománaí. 'Tá siad sna harda uilig agus súil acu ar achan rud. Agus d'fhéadfadh súile a bheith ag coimhéad orainne anois, ar ndóigh. Go háirithe an áit a bhfuilimid ag dul agus na daoine a bhfuil tú ag dul a bhualadh leo.'

Nuair a tháinig siad a fhad le híochtar Bhóthar Chluanaí agus an trácht ag moilliú rompu, d'éirigh an tiománaí corrthónach in aice leis. Bhí an ghrian á ndalladh, agus ar éigean a bhí Prút in ann sonra a dhéanamh amach i lár an bhóthair. D'íslígh sé an speic ghréine go bhfeicfeadh sé cad é a bhí ann agus d'aithin cruthaíocht póilín rompu agus trí jíp mhíleata ar dhá thaobh an bhealaigh. Ní raibh smid as fear an tacsaí ach é ag stánadh roimhe ar an tslabhra tráchta, an carr ina lánstad le gach re slat agus gach slat eile ina gluaiseacht sháraitheach mhalltriallach. Níor athraigh gnúis an tiománaí nuair a tháinig siad a fhad leis an phóilín i lár an bhóthair ach d'amharc Prút air le fiosracht shoineanta strainséara. Sméid an póilín a cheann leis, d'amharc ar an tiománaí agus rinne comhartha lena smig go dtiocfadh leo coinneáil orthu.

A luaithe a bhí a chos ar an luasaire tháinig an chaint ina siosarnach sheitgháireach ón tiománaí agus é ag bualadh bos amháin ar an roth go caithréimeach.

'Fuair muid an ceann is fearr orthu! Do mhacasamhailse, fear dea-ghléasta a bhfuil spéaclaí air, ní chuireann siad amhras ann in am ar bith! Shílfeá go raibh Sans Souci scríofa ar chlár d'éadain!'

Tharraing an tiománaí an micreafón CB chuig a bhéal agus dúirt rud éigin nár thuig Prút leis an dream a bhí ag éisteacht. Tháinig brioscarnach statach as an raidió agus ansin gáire géar briste mar a bheadh grág preácháin ann.

'Fuair muid an ceann is fearr orthu!' arsa an tiománaí le Prút arís agus toitín eile á dheargadh aige, 'a bhuí leis na spéaclaí sin, cibé áit a bhfuair tú iad.'

Chas an tacsaí isteach ar clé agus choinnigh air trí ghréasán sráideanna a raibh mearchuimhne ag Prút ar a n-ainmneacha, Cawnpore, Kashmir agus ansin Sráid Odessa. Dar leis go raibh siad faoi urchar méaróige de Shráid Sevastopol agus den teach sin nár bhain sé amach riamh an oíche sin ar sheas sé ar an choirnéal in 1943. Dá gcnagfadh sé ar an doras sin anois, ní aithneofaí é. Shín an tiománaí thairis arís gur oscail doras an chairr dó. D'amharc sé air ansin agus labhair i nglór íseal an iarraidh seo.

'Anois, má shiúlann tú a fhad leis an doras chorcra sin, ligfear isteach thú.'

Cé nach raibh sé ach cúpla slat uaidh, thug Prút in amhail tiontú ar a choiscéim. Cibé a bheadh le déanamh aige anois sa teach sin, nuair amháin a shiúlfadh sé isteach ar an doras ní bheadh breith ar a aiféala aige. Ach sula raibh faill aige géilleadh don bhraiteoireacht bhí an doras corcra á oscailt roimhe gan fiú cnag buailte aige air.

Ní mó ná go bhfaca sé an duine a bhí ar chúl an dorais ach iad á bhrú síos an halla beag cúng agus an doras á dhruidim san am chéanna. Bhí doras an tseomra cónaithe oscailte rompu agus bhí Áine Nic Lochlainn ina suí ar chathaoir uilleann in aice le teallach a raibh comhla bheag dhonn mhiotail agus gloine inti mar thine.

'Shíl mé nach raibh tú ag teacht,' ar sí agus na malaí ardaithe beagán aici.

'Cad chuige sin?' arsa Prút go faiteach.

'Mé a bheith ag cur trom ort aréir, b'fhéidir.'

Shuigh sé síos ar an tolg bheag chaite a bhí os

comhair an teallaigh agus bhain de na spéaclaí lena gcuimilt ar mhuinchille a sheaicéid línéadaigh.

'Bhí sé de cheart agat a bheith cinnte cé a bhí agat,' ar sé go leithscéalach, 'd'fhéad mé féin sin a thuiscint.'

D'amharc Áine ar ais air mar a bheadh sí i ndiaidh suntas a thabhairt do rud nár thuig sí.

'Níor dhúirt tú liom aréir cén fáth ar imigh tú chun na Fraince de chéaduair.'

Chuir Prút na spéaclaí ar ais air agus stán ar chomhla bheag dhonn na tine.

'Níorbh é an cineál sin tine a bhí ann an uair dheireanach a bhí mé i dteach acu seo,' ar sé. 'Bhí tine oscailte ann, lampa gáis agus raidió mór toirtiúil sa choirnéal.'

'Bolscaireacht an BBC ag tonnadh as, bíodh geall,' arsa Áine go searbhasach.

'Is dócha é,' arsa Prút agus é ag amharc thart ar na ceithre bhalla mar a bheadh sé ag iarraidh breith ar a chuimhne.

'Níl a fhios cén fáth ar imigh mé chun na hEorpa. Cúinge an chéad rud, b'fhéidir – mé a bheith ag samhlú go raibh fairsinge le fáil in áiteanna allúracha. Sin agus rud eile.'

D'amharc sé uirthi an t-am seo mar a bheadh sé ag caint le duine nach dtuigfeadh é.

'Eachtraí agus ealaín. Sin an cineál amaidí a mheall mé, creidim.'

Leath meangadh gáire ar aghaidh Áine roimhe.

'Nár dheas do shaol a thabhairt suas don mhana sin!'

Tháinig trup ón urlár os a gcionn agus thóg Áine a lámh mar a bheadh sí ag iarraidh éisteacht.

'Seo,' arsa Áine ag éirí ina seasamh, 'beidh againn le bheith réidh nuair a thiocfaidh na Francaigh, cibé moill atá orthu.'

Shiúil sí amach as an tseomra agus chas suas an staighre.

Chuala Prút an doras tosaigh ag oscailt arís agus cogarnach sa halla. Nuair a tháinig Áine anuas, bhí Moreau agus beirt eile ina cosamar agus trealamh teilifíse á iompar acu.

Nuair a bheannaigh Prút dóibh chuir Áine corrmhéar lena béal le tost a iarraidh agus chuaigh amach arís. Chuaigh an bheirt a bhí le Moreau ag baint a gcuid trealaimh amach as na málaí agus ag cur throscán an tseomra bhig ar leataobh. Sheas Prút isteach sa chistin leis an spás a fhágáil acu agus chuala Áine ag teacht anuas arís ar thoradh moille.

'An bhfuil sibh réidh?' a d'fhiafraigh sí go mífhoighneach de Moreau.

D'amharc Moreau ar a chomrádaithe a bhí ag cur seastán lampa in airde faoi dhriopás agus sméid a cheann le hÁine.

Nuair a tháinig an duine a bhí le cur faoi agallamh

anuas faoi dheireadh, dar le Prút gur bheag an spéis a chuirfeá ann murab é go raibh an tóir anuas air. Poblachtach a d'éalaigh as Príosún Bhóthar Chromghlinne agus a bhí ar a sheachaint le ráithe. É ina ábhar mórtais ag an 'ghluaiseacht' nár rugadh go fóill air. Labhair sé go ciúin agus na frásaí céanna aige go minic: dlisteanacht an chogaidh, ceart an Éireannaigh cur in aghaidh chumhacht Shasana, é a bheith beo ar thacaíocht an phobail, an pobal a chothaigh agus a chosain é. D'amharcadh sé go minic ar Áine agus é ag caint agus mhoillíodh sé ar fhocal corruair mar a bheadh sé ag fanacht lena dearbhú siúd faoin méid a bhí sé a rá. Níor bhog Áine i rith an ama ach í ina seasamh os a chomhair agus na lámha crosach ar a chéile aici, an cloigeann cromtha de bheagán aici.

Ba mhór idir an chaint a bhí tugtha ag Áine i halla aontas na mac léinn agus an chaint a bhí ag an fhear seo i láthair na huaire. Taobh le hÁine Nic Lochlainn, ní chuirfeá sonrú sa duine. Dar le Prút, dá mbeadh sé seo sa Fhrainc bheadh caipín agus culaith ghorm an ghnáthoibrí air agus é ag cur cárta isteach i gclog na monarchan gach maidin. Ach anseo, ba laoch ar a sheachaint é. Bhí a phictiúr ar an teilifís go tráthrialta agus bhí héileacaptar sa spéir á chuardach, sin agus na mílte saighdiúir agus póilín a raibh a ghrianghraf ar iompar acu ina gcuid jípeanna. Ar ndóigh, ba bheag sásamh a bhí le fáil aige as an aird seo uilig a bhí tarraingthe air. Ba bheag lá nach raibh caite aige i ngéibheann ó tháinig ann dó agus ba bheag de shaoirse a bhí anois aige.

A luaithe a bhí an t-agallamh thart tháinig bean óg chuig doras na cistine agus lean an t-agallaí go deifreach amach go cúl an tí í.

'An bhfuair tú go leor?' arsa Áine le Moreau.

Bhain Moreau de na cluasáin a bhí air agus chuir a ordóg in airde.

'Anois,' arsa Áine, 'tá moill orainn cheana féin agus beidh orainn greadadh linn amach as an teach seo. Tá athrú beag ar an phlean: beimid ag dul go tuaisceart na cathrach anois féin seachas Déardaoin.'

D'amharc sí thart ar throscán an tseomra mar a bheadh sí ag cuntas rud éigin sular labhair sí arís.

'Tiocfaidh carr i gcionn cúpla bomaite don triúr agaibhse agus ceann eile duitse tamall beag ina dhiaidh sin,' ar sí, ag amharc ar Phrút. 'Fanaigí mar a bhfuil sibh agus inseofar daoibh nuair a bheas na tiománaithe anseo.'

Chuaigh Áine amach ar chúl, an bealach céanna ar imigh an fear a bhí ar a sheachaint agus faoi cheann leathuaire bhí Prút ag teacht amach as carr eile ar imeall Ard Eoghain, i dtuaisceart na cathrach. Sheachain an tiománaí na sráideanna móra fada a chuaigh síos le fánaí ó airde an tséipéil ach tharraing isteach ag compal beag dlúth mar a raibh tithe beaga ísle a bhí buailte ar a chéile gan ach beagán spáis eatarthu. Ní bhfuair sé treoir ar bith an t-am seo ón tiománaí ach go raibh ceann scríbe bainte amach acu agus go raibh sé lena fhágáil anseo.

Streachail sé féin amach as an tsuíochán agus bheannaigh do Moreau agus a chomrádaithe a bhí ina seasamh ann roimhe agus a gcuid trealaimh spréite ar an chosán. Cibé a bhí le tarlú, ní raibh aon duine ann lena dtreorú an t-am seo agus ní raibh iomrá ar bith ar Áine. Chaith sé súil thar bharr na dtithe go bhfeicfeadh sé an raibh an Dubhais nó dhá thúr an tséipéil le feiceáil ag fíor na spéire, sin nó comhartha eile faoin áit a raibh siad ar léarscáil na cathrach. Ach má bhí an Dubhais ar a gcúl níor léir dó í, ní fhaca sé ach sraith tithe eile ar an déanamh chéanna.

Bhí na cluasáin ar Moreau arís agus é ar a ghogaide mar a bheadh oifigeach airm a bhí ag éisteacht le horduithe ón cheanncheathrú. Bhí an dá chomrádaí faoi réir, ceamara trom ar ghualainn duine amháin acu agus micreafón mór anásta ar iompar ag an duine eile.

B'aisteach le Prút gan gleo agus clampar páistí a chluinstin san áit a raibh siad. Tráthnóna grianmhar den chineál sin bheadh na scaotha acu cruinnithe, go háirithe agus strainséirí ag dul thart ag déanamh scannáin. Ach níor chuala sé ach glamanna madaí agus gliogar ceoil as veain uachtar reoite i bhfad uathu. Ansin i mbéal na séibe, tháinig fear ag máirseáil ionsorthu agus piostal in airde aige. Gheit Prút agus thug coiscéim siar. Lean an fear air, faoina sheaicéad glas agus a bhuataisí dubha míleata, scairf dhubh teannta ar a aghaidh aige faoin bhairéad dhubh a bhí ar a chloigeann. Nuair a bhí sé faoi cheithre choiscéim uathu thiontaigh sé go ndearna comhartha láimhe éigin ar a chúl. Lean triúr eile é sa bhomaite, gach duine acu agus arm éigin gáifeach ar iompar acu agus an duine ar deireadh ar fad, meaisínghunna trom fada aige a raibh slabhra fada piléar trasna air ag glioscarnach faoin ghrian. D'aimsigh gach fear acu a áit féin lena arm a shocrú ar bhalla agus é a aimsiú ar namhaid nach raibh le feiceáil go fóill. I rith an ama, bhí fear an phiostail i ndiaidh siúl i dtreo an chabhsa óna dtáinig sé de chéaduair agus a ghunna féin ar iompar go húdarásach san aer aige mar a bheadh sé ar tí urchar a scaoileadh le rás a thosú.

Níor chorraigh Prút ón áit a raibh sé, a ioscaidí le balla íseal agus é ag coimhéad go meadhránach ar an taispeántas seo a bhí á léiriú roimhe. Bhog Moreau agus a chomrádaithe de réir a chéile, ag scannánú leo agus ag tarraingt níos gaire d'fhear an mheaisínghunna ionas go bhfaigheadh siad an radharc a bhí aige siúd ó chúl an ghunna. Chuir sé sin a lámh chlé siar lena gcoinneáil fad sciatháin uaidh agus chrom ansin ar an treoir theileascópach a bhí ar bharr an mheaisínghunna. I dtaca le Prút de, bhí an dráma beag seo á fheiceáil aige ar luas aicsean moillithe na teilifíse agus gliogar ceoil an veain uachtar reoite mar a bheadh fuaimrian osréalach leis. Níor mhair sé ach ceithre nó cúig bhomaite, má mhair sé an méid sin féin, ach ba chosúla gach bomaite le leathuair.

Nuair a bhí deireadh déanta, bhailigh Moreau agus an dís eile go driopásach thart ar an cheamara go bhfeicfeadh siad cad é a bhí ar an téip acu. Bhí gach liú beag íseal as Moreau agus a chrág mhór ag fáisceadh ghualainn an cheamaradóra le háthas faoin ábhar a bhí siad i ndiaidh a chur i dtaisce. Nuair a bhí a sáith gliúcaíochta déanta acu bhain Moreau an téip amach as an cheamara agus sháigh isteach i bpóca a chasóige leathair go mórtasach í. Bhí Prút ag coimhéad thar ghualainn an triúr Francach nuair a mhothaigh sé cailín ag teacht an bealach agus bugaí á bhrú go neamhairdiúil aici. Ar éigean a chuala sé í ag rá go rabhthas ag fanacht leo agus í ag sméideadh a cinn ar an chabhsa bheag a bhí os a gcomhair.

Nuair a bhí siad ag bun an chabhsa bhí cúl compal beag eile tithe rompu agus geata adhmaid ar leathadh. Chuaigh siad i dtreo an gheata oscailte gan aon duine á dtreorú agus fuair siad seanbhean ina suí i gclós cúil an tí ag cleiteáil go foighneach.

'Gabhaigí isteach,' ar sise go réidh nádúrtha, 'tá siad ag fanacht libh.'

Thug Prút coiscéim isteach ar an doras agus d'aithin folt dlúth Áine Nic Lochlainn mar a raibh sí ina suí agus a cúl leo ag tábla na cistine, bean eile os a comhair amach agus pota tae eatarthu. Thiontaigh Áine go réchúiseach chucu agus d'fhiafraigh de Moreau an raibh a sháith faighte aige. Ghoill sé ar Phrút gur fhreagair Moreau í leis an mheangadh chéanna dhrúisiúil a bhí air an oíche roimhe sin ar tholg an Europa ach, ina dhiaidh sin, dar leis nach raibh sé san áit go dtiocfadh leis achasán a thabhairt d'aon duine. Tairgeadh cathaoir dó agus bhuail sé faoi gan focal a rá. Bhí cuid den chathair feicthe arís aige agus mura raibh sé i dtigh Mhic Lochlainn i Sráid Sevastopol ar ball, bhí sé i dteach a bhí gar go maith dó agus iníon Jimí ann. Bhí sásamh éigin le fáil as an méid sin ach má shíl sé filleadh ar an tseanbhuaile níorbh é seo é.

B'iontach leis nuair a bhí an tacsaí i ndiaidh an turas a thabhairt soir as Ard Eoghain agus ó dheas ansin i dtreo Mhaigh Luain go raibh sé ina bhreacsholas cheana ar Chearnóg na hOllscoile. An fuinneamh breise a fuair sé ó eachtraí an lae, dar leis, a thug air filleadh ar an oifig nuair a d'fhéad sé iarraidh ar an tiománaí é a fhágáil ag an árasán. Bhí an doras mór oscailte agus an rúnaí ag cuardach eochracha ina mála.

'Tá tú anseo go mall,' arsa Prút léi agus aiféaltas air go mbeadh sé ar an duine dheireanach san fhoirgneamh mhór chiúin sin a raibh an borradh agus an fuadar uilig ceilte air.

'Tá,' ar sise, gan an mhuinín chéanna ina glór a shamhlaigh sé léi roimhe.

'Tá deirfiúr liom atá ag freastal ar rang oíche i roinn na Gearmáinise. Téim ina haraicis agus tugaim abhaile í.'

D'amharc sí ar Phrút mar a bheadh sí i ndiaidh a aithint nár thuig sé cad é a bhí i gceist aici.

'Is é sin, níl tiomáint aici.'

Thost sí ansin mar a bheadh aiféaltas uirthi as an chomhrá a thosú de chéaduair.

'Bhí tiomáint aici ach chaill sí radharc na súl i mbuama an Abercorn Bar, cúig bliana déag ó shin. Is dócha nach raibh tú féin ann an t-am sin. Freastalaí a bhí inti. Murab é go raibh sí ar chúl an chuntair ag an am deir siad go marófaí láithreach í. Coinníonn an cineál seo ruda ag dul í, na ranganna atá mé a mhaíomh.'

Tharraing sí an doras mór trom ina diaidh agus d'fhág Prút i gciúnas an fhorhalla fholaimh, ina sheasamh faoi bholgán solais lom a raibh fáinne salach thart air san áit a mbíodh scáthlán tráth.

VIII

De réir mar a bhí sé ag seadú in obair na léachtaí, bhí Prút ag cur aghaidh leis na hainmneacha a bhí roimhe, ag tabhairt suntas don chanúint a bhí acu agus don chomhrá a chluineadh sé eatarthu ag teacht isteach agus ag imeacht dóibh. Samhlaíodh dó go minic go dtiocfadh leis an léacht chéanna a bheith á tabhairt áit ar bith ar domhan. San uair an chloig chéanna sin d'fhéadfadh Baudelaire a bheith á phlé san Afraic Theas, i Meicsiceo, san Iorua nó i gcuid de na tíortha sin ar thug na Francaigh *Outre-mer* orthu. Ba dheas an smaoineamh é go raibh na mílte ag méaraíocht ar an eagrán chéanna de *Les Fleurs du Mal* agus ag machnamh ar na frásaí céanna leo féin. Thug an tuiscint sin sásamh dó ar sháraigh air a mhíniú dó féin. Ar uairibh, dar leis gur sólás a fuair sé as easnamh éigin nach raibh tuigthe aige, cúiteamh as rud nach raibh a fhios aige a bheith in easpa air.

Ar ndóigh, deireadh comhghleacaí as Martinique leis gur uirlis choilínithe a bhí sa chanóin liteartha seo agus gurbh éigean dó a bheith amhlaidh in Éirinn ach gur Milton agus Shakespeare a bhí ar an tsiollabas. B'fhíor di, ba den choilíniú é. Ach san áit a raibh sé féin ina sheasamh i láthair na huaire sin, b'ionann Baudelaire agus bealach amach – bealach amach a thapaigh sé nuair a d'fhreastail sé ar na chéad léachtaí sin in Ollscoil Pháras i ndiaidh an chogaidh. Bhí *Les Fleurs du Mal* ar an tsiollabas agus saol úr á dhéanamh dó féin aige san am. Bhí an cogadh thart agus ní raibh ar a aird aige ach an meanmanra milis a bhí le fáil ag Baudelaire.

Nuair a bhíodh na léachtaí tugtha aige gach tráthnóna, ar mhaithe le cúirtéis, d'fhéachadh sé le focal a bheith aige le Lynn Davis, an rúnaí. Bhíodh aiféala air go fóill nuair a chuimhníodh sé ar an mhoill a bhí air a sloinne a fhoghlaim. D'fhéad sé sin a fhiosrú ón tús ach thuig sé gurbh é an tráthnóna sin a casadh ar a chéile san fhorhalla iad a rinne na súile dó. Ní thugadh aon duine uirthi ach Lynn – 'Gheobhaidh Lynn sin duit', 'Fágfaimid sin ag Lynn' – ach bhí sloinne uirthi fosta, sloinne a cheangail í leis an deirfiúr a fágadh dall i mbuama de chuid an IRA, Heather Davis. Ní raibh a fhios aige an raibh dúil ar bith ag Lynn Davis annsan; chonacthas dó go raibh sé féin beagán doicheallach léi ag an tús, é ag glacadh leis gur shíl sí nach raibh ann féin ach ábhar cúlchainte agus magaidh aici. Ach más amhlaidh a bhí an t-am sin, ba dhoiligh aige a bheith fuar inti anois.

Nuair a cuireadh an clog siar ag an tSamhain, d'fháiltigh sé roimh an ghiorrú sa lá mar dhearbhú go raibh sé san áit cheart. Cibé amhras a bhí air faoin mhalartú poist nuair a luaigh Justin de chéaduair thiar sa tsamhradh é, bhí a fhios aige anois nár bhaol dó an bhliain a chur isteach agus go mbeadh aige le cinneadh a dhéanamh faoin áit a mbeadh sé ina dhiaidh sin. Áit a fháil dó féin anseo nó filleadh ar Nancy, bheadh sin le cur sa mheá. Ní raibh an aois ag giorrú a anála go fóill ach nuair a thiocfadh an lá sin bheadh sé rómhall aige a bheith corrthónach. Ach nuair a mhothaíodh sé é féin ag imeacht le seol na smaointe sin, bhuaileadh tallann feirge é agus mhionnaíodh sé dó féin gan seadú in aon áit choíche. Mura mbeadh sa mhionna sin ach cur i gcéill agus buaileam sciath lena intinn féin a shásamh, dhéanfadh sé cúis go fóill.

Bhí leithscéal aige a chloigeann a chur isteach le Lynn Davis a fheiceáil nuair a bhí aistí an dara bliain le bailiú aige i lár mhí na Samhna. Ba mhinic a bhíodh duine eile istigh aici tráthnóna agus comhrá mór á ghabháil acu, duine de na hiarchéimithe nó na rúnaithe eile agus corruair Jean Marshall, an bhean fhionn úd a bhíodh sé féin a sheachaint i dtólamh. Ar na hócáidí sin ní dhéanadh sé ach slán a fhágáil aici agus bailiú leis. Ach nuair a d'oscail sé an doras an tráthnóna áirithe sin ní raibh ann ach Lynn féin agus cóta fada fearthainne uirthi, í réidh le himeacht. Bhí a droim leis agus í ag éisteacht leis an raidió bheag a bhíodh i gcoirnéal na deisce aici, méar amháin aici ar an chnaipe lena chur as a luaithe a bheadh an nuacht thart. Dar leis go dtiocfadh sé ar ais an lá arna mhárach ach mhoilligh sé nuair a d'aithin sé an t-ainm a bhí á rá ag an léitheoir nuachta. Níor chuala sé ar dtús ach an dara siolla ach nuair a dúradh arís é chuala sé 'Ó Muireagáin'. Bhí sé cinnte de. Gheit Lynn Davis ag tiontú thart di. Mhúch sí an raidió agus thóg a mála agus a heochracha den tábla.

'Níor mhothaigh mé go raibh tú i ndiaidh teacht isteach!'

'Mo leithscéal,' arsa Prút, 'tá tú ar tí imeacht, tiocfaidh mé ar ais amárach.'

Mhoilligh sí féin mar a bheadh sí ag fanacht go bhfeicfeadh sí cad é a bhí uaidh ach d'oscail Prút an doras agus lean sí amach é.

'Is fearr dom giota a bhaint de,' arsa Lynn Davis, 'seo oíche na Gearmáinise. Tá agam le mo dheirfiúr a bhailiú agus teacht ar ais anseo léi.'

Nuair a luaigh sí an deirfiúr shíl sé rud éigin a rá, comhartha éigin comhbhá nó dáimhe a dhéanamh léi ach ghreamaigh an focal ina sceadamán. Shiúil siad síos an staighre gan focal a rá agus d'oscail sé an doras di mar a bheadh sé ag iarraidh cúiteamh a dhéanamh as a thútachas. Bhí sé dorcha amuigh agus ceobhrán tiubh ag bailiú ar ghaothscáth na gcarranna a bhí páirceáilte ar an chosán. Thiontaigh sí chuige nuair a bhí a carr féin bainte amach aici.

'Tá siad i ndiaidh a rá gur scaoileadh dlíodóir áit

éigin i gContae an Dúin, fear a bhfuil Ó Muireagáin air.'

Cibé acu a d'aithin sí an deann a chuir na focail sin tríd nó nár aithin, níor léir dó. Bhí obair aige an dara coiscéim a ghlacadh ach é ag coimhéad charr Lynn Davis ag imeacht leis go mall i dtrácht streachlánach an tráthnóna. Ach ab é go raibh an ceobhrán ina luí ar a aghaidh mar a bheadh an fuarallas a thiocfadh le tinneas bhéal an ghoile, ar éigean a d'aithneodh sé go raibh sé ag siúl arís agus go raibh sé ag tarraingt ar choirnéal Sans Souci. An seancharr a thug anseo é as Ard Ghlais an lá sin i Meán Fómhair, bhí sé san áit chéanna taobh amuigh den árasán. Chuimhnigh sé ar an chic bheag éadrom a thug an Muireagánach do na rothaí, roimh imeacht as Baile na hInse dó, é ag comhairliú dó beagán aeir a chur iontu. Ba é an fear céanna a rinne cineáltas air nuair a fuair a mháthair bás agus a d'aithin an tocht ag teacht air nuair a luaigh sé a chomhrá léi.

Ghread sé an doras mór ina dhiaidh go feargach agus chuir bos amháin leis an bhalla istigh. Cé a scaoilfeadh fear den chineál sin? Cén donas a bhí orthu nuair nár aithin siad an rud a chonaic sé féin ann? Tharraing sé chuige cianrialtán na teilifíse faoin tolg istigh agus chuaigh ag útamáil go mífhoighneach leis na cnaipí. Ba bheag iomrá a rinneadh ar an scéal i bpríomhnuacht an BBC ach go raibh dúnmharú i ndiaidh tarlú i dTuaisceart Éireann agus go rabhthas ag déanamh gur dhlíodóir a maraíodh. Nuair a thosaigh an nuacht áitiúil, áfach, tugadh tuairisc ó láthair an dúnmharaithe. Bhí an tuairisceoir ina seasamh roimh an téip bhán a bhí tarraingthe trasna na sráide ag na péas agus a gcuid soilse dearga siúd ag cráinghuail sa dorchadas cheobhránach ar a cúl. Níor bhac na gunnadóirí le siúl isteach, stad an carr ag fuinneog na hoifige agus thosaigh an scaoileadh. Maraíodh sa chathaoir sclóine bhriste sin é.

Ba le dua a d'éist sé leis an chuid eile den tuairisc. 'Bhí deartháir aige a chaith seal i bpríosún as ionsaí sceimhlitheoireachta i dtuaisceart Ard Mhacha.' 'Bhí tuairimíocht áirithe ann go raibh an dlíodóir seo i measc dlíodóirí eile a bhí báúil leis an IRA.' 'Bhí a leithéid ráite le déanaí ag an Stát-Rúnaí, Maynard Shawcross, i bParlaimint Westminster.' 'Bhí an Stát-Rúnaí cáinte, dá bharr, ag polaiteoirí náisiúnacha.' Mhúch sé an teilifís agus chaith uaidh an cianrialtán trasna an urláir.

Dar leis go mbeadh Maynard Shawcross anois i Londain ag ól branda sa Beefsteak Club nó san East India nó i gceann éigin eile de chlubanna sin na bhfear uasal a thaithigh uaslathas Shasana. Bheadh giolla ag tabhairt todóige chuige ar phláta airgid agus bheadh sé ag smailceadh uirthi go háibhéalach agus ag tiontú ar ais chuig na geolbhacháin eile a bhí ag aontú le gach focal dár dhúirt sé. Bheadh coinnleoir craobhach criostail os a gcionn agus portráidí na mball iomráiteach ar na ballaí, iad ag coimhéad orthu go bogásach faoina mbréagfhoilt agus a smigeanna ramhra. Idir bheo agus mhairbh, ba leo cathair mhór Londan agus cuid mhaith den domhan go fóill féin. Os a choinne sin, ba iad na rudaí beaga a mbíodh aird acu orthu a rinne daoine nótáilte dearscnaitheacha díobh: an té nach mbeadh carbhat aige ag teacht isteach sa chlub dó, thabharfaí carbhat dó le nach n-ísleofaí caighdeán feistis na hinstitiúide. Agus dá gcluinfí an t-ainm Liam Ó Muireagáin á rá sna háiteanna mórluachacha sin, b'iontaí é ná sneachta dearg.

Ní dhéanfaí aon iomrá ar Liam Ó Muireagáin san East India Club ach bheadh ginearál éigin ina shuí le leithéidí Maynard Shawcross agus plean aontaithe acu le tuilleadh infheistíochta a fháil do na fearais chúlchoimhéadta a bhíothas a thástáil i ndeisceart Ard Mhacha. Bheadh siad sin le heaspórtáil ina dhiaidh sin chuig na *Saudis* agus bheadh brabús deas ag gabháil do na scairshealbhóirí dá réir. Bheadh sé tábhachtach, a deireadh siad le chéile, saineolas Shasana sna réimsí seo a dhearbhú don chuid eile den domhan go háirithe agus an oiread tionchair ag na Meiriceánaigh ar chúrsaí ó bhí deireadh an chogaidh ann. Ar ndóigh, ba leo féin Meiriceá lá den tsaol agus níor mhiste sin a mheabhrú do na Poncánaigh corruair.

Chuir sé a chloigeann siar go tuirseach ar bharr an toilg agus lig do na súile druidim. Ba é an clúdach beag donn a chonaic sé ar dtús ina intinn, agus an litir ina raibh eochair theach a thuismitheoirí fillte go cúramach istigh ina lár. Nuair a tháinig sin chuige sa phost in Nancy i dtús an tsamhraidh, dar leis go mbeadh aige lena bhuíochas a ghabháil leis an duine a rinne cúram de, an dlíodóir sin, Ó Muireagáin. Ba ghníomh beag cineáltais é a thug sólás dó sna seachtainí fada sin i ndiaidh bhás a mháthar. Ach bhí an lámh a rinne an cineáltas sin anois marbh agus an ceangal deireanach a bhí aige leis an tseanphéire, leis an tseanteach, maraíodh sin fosta san ionsaí fhuafar sin.

Nuair a tháinig lá an tórraimh, thiomáin sé siar an bealach a thug sé air féin an lá grianmhar sin nuair a d'fhág sé an dlíodóir ag doras a oifige. I nDún Pádraig a bhí an tórramh agus dúradh sna nuachtáin go raibh na péas in amhras go dtéaltódh Micheál Ó Muireagáin, an deartháir, thar an teorainn isteach. Bhí siad féin ann ar achan bhóthar ag dul isteach chun na háite agus an héileacaptar ag faire os a gcionn, é ráite acu go ngabhfaí Micheál Ó Muireagáin ar an toirt. Lena chois sin, thuairiscigh cuid de na nuachtáin go raibh an Stát-Rúnaí, Maynard Shawcross, ag dul as a chraiceann faoi agallaimh a bhí tugtha ag Poblachtach a d'éalaigh as Príosún Bhóthar Chromghlinne le déanaí. Ní raibh sé i gceist ag na húdaráis go dtarlódh a leithéid arís agus bheadh siad ag an tórramh lena chinntiú.

Sheas Prút ar imeall an tslua a bhí bailithe thart ar an

tséipéal bheag agus an t-aifreann á léamh istigh. Nuair a tháinig an sagart amach agus an chónra á hiompar ar a chúl, lean Prút lucht an tórraimh chun na reilige. Ar éigean a bhí sé in ann coiscéim cheart a ghlacadh agus é teannta istigh sa drong dhlúth daoine a bhí ag slabhráil leo go mall síos an bóithrín chun na reilige. I ndiaidh an cúpla seachtain fearthainne bhí talamh na reilige bog sleamhain agus bhí air greim muinchille a fháil ar an duine in aice leis nuair a mhothaigh sé na cosa ag sciorradh faoi. Bhí na péas sna harda agus sna cosáin bheaga a bhí idir na huaigheanna ionas nach raibh slí ar bith ag an tslua ach cosán amháin a leanúint go mall anásta. Thug Prút suntas don teas a bhí le mothú sa lúb theann daoine, teas na hanála féin a bhí ina gal éadrom thart orthu agus teas na gcorp a bhí á mbrú ar a chéile. Na comhráití beaga a bhí ar siúl idir daoine sa lúb theann theolaí sin, ba gheall le comhrá íogair idir leannáin iad agus an tobac a bhí á chaitheamh ag duine amháin, bhí a bhlas ar bhéal gach duine acu.

Ba bheag a chuala sé de phaidreacha bhéal na huaighe amach ón chorrfhocal bhriste a d'éirigh amach os cionn an bhró daoine. Faoin am ar mhothaigh sé an slua thart air ag bogadh go réidh stadach arís bhí sé ag gliúcaíocht roimhe ar shonra ar an taobh thall. Ba é an seaicéad leathair bánbhuí a d'aithin sé ar dtús. Shíl sé go raibh a leithéid ar Áine Nic Lochlainn nuair a chonaic sé ar Chearnóg na hOllscoile í agus mhothaigh sé é féin ag iarraidh bealach a bhrú tríd an tslua go mífhoighneach. B'fhada leis go dtiocfadh sé a fhad leis an áit a raibh sí ach ba dheacair dhá choiscéim a thabhairt i ndiaidh a chéile san áit a raibh sé féin. D'imigh an seaicéad bánbhuí as radharc agus ghéill sé arís do leifteánacht fhadálach an tslua ach ag dul amach ar gheata an tséipéil dó mhothaigh sé lámh ar a uillinn agus d'aithin an glór a labhair leis.

'Shíl mé gur tú féin a bhí ann – ní raibh faill agam mo bhuíochas a ghabháil leat ó shin.'

'Ní dhearna mé mórán ateangaireachta an dara lá más é sin a bhí i gceist agat,' ar sé go tur.

Nuair a thuig sé nár chóir obair an lae sin a lua os ard shíl sé rud éigin eile a rá.

'Níl a fhios an bhfuil tú ag dul ar ais chun na hollscoile, nó an bhféadfainn síob a thabhairt duit?'

Rinne sí gáire agus dhruid isteach níos gaire dó.

'An bhfuil tú ag iarraidh cúpla oíche sa Chaisleán Riabhach a ghnóthú duit féin?' ar sí go ciúin.

'Cén mhaith don RUC mise a cheistiú?' arsa Prút go hamhrasach.

Chuir sí cogar i gcluas duine a bhí in aice léi agus thiontaigh ar ais chuig Prút.

'Beidh mé leat. Ní minic a bhím i gcarr le duine atá saor ó amhras na bpéas.'

Ag dul isteach sa charr dóibh ba ar Lynn Davis a chuimhnigh sé agus í ag tiomáint go mall isteach i dtrácht dheireadh an lae. Cén bharúil a bheadh aici de féin anois agus Áine Nic Lochlainn ina paisinéir aige? Is cinnte gur saothar in aisce a bheadh sna hiarrachtaí beaga tútacha a bhí déanta aige ar chairdeas a dhéanamh léi. Cibé dea-chaidreamh a bhí eatarthu bheadh deireadh leis go cinnte. Ina dhiaidh sin, dar leis nach bhféadfadh sé é féin a lochtú go fiú dá bhfaigheadh Lynn Davis locht air. Bhí siad beirt ag filleadh ó thórramh – tórramh duine uasail ionraic a maraíodh go feallthach i ngeall ar gur namhaid don stát a dheartháir. Ach thuig sé gur rud eile lena chois a déarfadh sé le Lynn Davis dá dtarlódh an comhrá seo eatarthu. Déarfadh sé léi gurbh í seo iníon Jimí agus go raibh dáimh aige léi siúd nach séanfadh sé choíche.

Cé nach raibh an héileacaptar le cluinstin os a gcionn, ba léir ón mhoill a bhí ar an trácht go raibh na péas ar na bóithre agus iad ag stopadh carranna agus á gcuardach.

'Cad é a déarfaidh tú leis na péas má stoptar muid?' arsa Áine leis faoi dheireadh.

'Is cosúil nach stopann siad mo leithéidse,' arsa Prút. 'Tá rud éigin ann faoi na spéaclaí seo.'

Rinne sí gáire agus d'íslígh an fhuinneog de bheagán.

'Ar do chomhairle féin a bheas sé ach b'fhéidir nár mhiste do do mhacasamhailse taithí éigin a fháil ar shaol s'agamsa.'

'Cén saol é sin?'

Stán Áine air ar feadh meandair agus lig feadaíl sínte anála amach ar a liobra.

'Níl a fhios an bhféadfainn é a mhíniú duit. Níl cleachtadh ar bith agam ar rud ar bith eile. Is é sin, ó bhí mé cúig bliana déag. Táthar do do choimhéad i gcónaí. Bíonn siad ag coimhéad na ndaoine a labhraíonn tú leo. Tairgeann siad airgead do chuid acu sin le scéala a dhéanamh ort. Nuair nach bhfuil ag éirí leo iad sin a thiontú brisfidh siad isteach ar do dhoras go luath ar maidin agus tabharfaidh siad leo thú go dtí an ceannáras, an Caisleán Riabhach. Sin an uair a chuireann tú aithne orthu. Labhraíonn siad féin leat mar a bheadh seanaithne acu ort. Agus ar ndóigh, tá. Bhí siad ag coimhéad ort le seachtainí roimhe sin. Má cheannaigh tú mála *crisps* bhí a fhios acu cén cineál a bhí ann. Bhí cuid dá saol caite acu i do chuideachta gan fhios duit féin.'

Stad sí nuair a mhoilligh an carr ag ceann an bhealaigh ach thosaigh an trácht ag gluaiseacht go réidh agus ag bailiú luais arís.

'Níl a fhios an droch-chomhartha é seo an trácht a bheith ag glanadh? Nuair a imíonn na péas is minic gur comhartha é sin go bhfuil an dream eile ar a gcois – an dream a mharaigh Liam Ó Muireagáin. Ag obair as lámh a chéile a bhíonn siad.'

Bhí an carr ag imeacht as an bhaile agus na cuaillí

solais deireanacha ar a gcúl agus dorchadas dlúth na mbóithre tuaithe rompu.

'Ach bhí mé ag insint duit faoin Chaisleán Riabhach. Níor thuig mé chomh truaillithe agus a bhíonn intinn na bhfear nó gur tugadh ansin mé. Sin an rud is mó a sáraíonn orm dearmad a dhéanamh air. I ndeireadh na dála, tá ár gcuid fadhbanna polaitiúla againn sa tír seo ach fanann an rud eile sin, na rudaí truaillithe a deir siad leat san áit sin, fanann sin i do chluasa i dtólamh.'

Lig siad beirt do théad an chomhrá roiseadh le luas an chairr nó go ndeachaigh a gcuid smaointe ag póirseáil go héidreorach sa dorchadas. Ar mhullach cnocáin, nocht gealach dheirceach idir dhá dhos crann agus thug sí oícheanta seilge lena uncail agus Diní Mac Eoin i gceann Phrút. Chuimhnigh sé fosta ar an chineál comhrá a bhíodh idir fhir ag teacht aníos dó, sna tithe tábhairne a chleacht sé féin agus Jimí. Murar thuig sé féin an rud céanna le 'intinn na bhfear', thuig sé fosta go raibh duibheagán a aineolais idir é agus an bhean óg seo.

Labhair Áine faoi dheireadh.

'Nuair a bhí muid sa teach sin i Sráid Odessa, thosaigh tú ag insint dom faoin rud a thug ort an tír seo a fhágáil. An gcreidfeá go raibh mé féin le himeacht le ceann de na misin? Tháinig mé faoi pholl cnaipe de. Smaoinigh féin, d'fhéadfainn a bheith ag teagasc páistí scoile in Uganda. Dá rachainn anois, rachainn go

Meiriceá Theas áit a bhfuil an eaglais ag tabhairt dóchas éigin do na daoine, chan ionann is san áit seo.'

'Ní fhéadfá a bheith ag súil leo tacú leis na rudaí atá sibh a dhéanamh anseo?' arsa Prút go tirim.

'Cad é atá tú a mhaíomh?' arsa Áine á díriú féin beagán sa tsuíochán.

'D'fhág sibh, nó d'fhág an "ghluaiseacht" bean óg gan radharc na súl i gceann dá cuid buamaí. Tá mise ag obair lena deirfiúr i roinn na Fraincise. Ní rachaidh an bhean sin áit ar bith anois mura bhfuil lámh duine éigin faoina huillinn.'

'Is trua liom gur sin mar atá,' arsa Áine agus treise le gach siolla aici mar a bheadh sí ar ais sa halla díospóireachta, 'ach cad é eile a thig le pobal atá faoi chois a dhéanamh leis an fhód a sheasamh dóibh féin? Nach cinnte go ngortófar daoine agus go bhfaighidh daoine bás ach ní ar an chosmhuintir atá an locht. Dá olcas cás na mná sin, mura bhfuil an dara rogha acu ach dul i mbun cogaíochta, ní ar an chosmhuintir atá an locht.'

Thiontaigh Prút chuici go mífhoighneach.

'Is réidh leat stiall de chraiceann mná eile.'

'An bhfuil tú ag déanamh?' arsa Áine go tobann agus miotal ina glór.

'Níor dhúirt mé leat cén fáth nach ndeachaigh mé leis na misin. Maraíodh an chomharsa béal dorais agam. Bhí sí deich mbliana d'aois. Scaoil fear péas piléar rubair léi. Seachtar páistí a maraíodh go dtí seo le piléir rubair agus níl a fhios cá mhéad eile le piléir luaidhe. Sin agat an rud a thug ormsa fanacht anseo agus buille a bhualadh ar lucht chos ar bolg. Bhí mo sháith le déanamh agam san áit a raibh mé. Agus am ar bith a mhothaím mo mhisneach ag trá, ar na hócáidí a bhím sa Chaisleán Riabhach, is ar an ghirseach sin a chuimhním. Mary Ann Maguire a bhí uirthi, dála an scéil.'

Shíl sé féin rud éigin a rá leis an ghoimh a bhaint as an chomhrá ach d'fhan sé ina thost gur labhair Áine arís.

'Níl mé ag iarraidh comórtas a dhéanamh de. Níor cheart don bhean sin radharc na súl a chailleadh ná daoine eile bás a fháil sa bhuama sin. Níl a fhios agam. B'fhéidir go mbeadh deireadh leis an rud uilig lá breá éigin.'

Ba dheacair aige gan cuimhneamh ar a hathair sa bhomaite sin, an té a mbíodh ciall aige don rud a bhí os cionn na nithiúlachta agus na coitiantachta, an splanc chéille aige nuair a bhíodh sé in easnamh ar dhaoine eile.

'Cá bhfuil siad anois?' ar sé faoi dheireadh, 'Mary Ann Maguire agus gach duine eile acu. Sna reanna neimhe?'

Mhothaigh sé Áine ag stánadh air sa dorchadas agus soilse Bhéal Feirste ag spréacharnach amach uathu ag bun na spéire.

'Tá Mary Ann Maguire sé troithe faoi thalamh, tá a fhios agam sin nó bhí mé ann an lá ar cuireadh í. Níl a fhios agam cad é atá sna reanna neimhe. Agus rud eile de, sílim gur cuma liom.'

IX

Scríobadh éadrom a chuala sé ar dtús agus é cromtha ar charn aistí ina sheomra beag cúil i roinn na Fraincise. Thug a chluas aire dó ag éirí amach as an chiúnas, mar a bheadh sé ag éisteacht le luchóg a bhí á brú féin amach as scoilt san urlár. Ní raibh ann ach nuair a lig sé dó féin tiontú go fáilí sa chathaoir sclóine gur thuig sé gur ó bhun an dorais a bhí an scríobadh fann ag teacht. Lean a shúil páipéar fillte a bhí á bhrú go mall foighneach faoi bhun an dorais isteach ar an *linoleum* dhonn bhreac. Níor éirigh sé lena thógáil ach shuigh mar a raibh sé, ag stánadh air. Choimhéad sé an páipéar fillte agus shamhlaigh an teachtaireacht cheilte a bhí istigh ann. Chuimhnigh sé nach bhfaca sé an píosa páipéir eile sin á bhrú isteach faoin doras an oíche ar tháinig Elena agus Larissa lena thabhairt chuig an chóisir rúnda i mBeirlín. Shamhlaigh sé na focail arís, 'Deutsches Theater, Schumannstraße 22:30. E&L', gach litir scríofa go héiginnte ag duine nach raibh cleachta leis an aibítir Ghearmánach. Tháinig sé isteach ar an doras an oíche sin fadó gan an nóta a thabhairt faoi deara sa dorchadas. Dá mbeadh sé lena fheiceáil agus a léamh bheadh oíche eile i gcuideachta Elena aige. Agus dá mbeadh sin aige léi, cá bhfios nach dtarlódh rud éigin a d'athródh gach rud a tharla ó shin, sraith eile imeachtaí nach gcríochnódh le cuairt thubaisteach Larissa air. Chonaic sé a haghaidh chráite agus an urlabhra ag teip uirthi nó gur thuig sé faoi dheireadh uaithi go raibh Elena ar iarraidh.

D'aithin sé an rud a bhí ag tarlú sa bhomaite, an dul siar ar imeachtaí na seachtainí sin go bhfeicfeadh sé cén cor ba chúis leis an rud uilig – na cóisirí sa Deutsches Theater agus in Kurfürstendamm, Elena sínte ar a leaba an mhaidin sin, an comhrá a bhí eatarthu sa Tiergarten, an béar mór ar slabhra ag an tseanduine agus fáinne daoine thart orthu. D'aithin sé an seol smaointe sin agus an t-aiféala a thagadh air ina dhiaidh nuair a thuigeadh sé go raibh a gcumhacht ag maolú i gcónaí. D'éirigh sé gur thóg an páipéar a bhí fillte ar an urlár. Aiste ar *Illuminations* a bhí ann, í mall agus leisce ar an té a scríobh cnagadh ar an doras. Chuir sé ag bun an chairn í agus thosaigh ag scríobh tráchtaireachta ag barr na haiste a bhí sé i ndiaidh a léamh.

Shamhlaigh sé aghaidh an té a scríobh an aiste áirithe seo, fear óg meabhrach goiríneach a shuíodh ag barr an tseomra agus a mbíodh na leabhair thánaisteacha ina gcarn roimhe sa léachtlann. Bhí na focail *tour de force* scríofa aige lena pheann dearg nuair a chuala sé cnag éadrom ar an doras. Tháinig meangadh ar a aghaidh ag smaoineamh ar an té a bhí i ndiaidh an aiste eile a bhí mall a bhrú faoina dhoras go discréideach. Ba léir go raibh a gcoinsias ag rá leo gurbh fhearr filleadh agus a leithscéal a ghabháil leis an léachtóir.

'Seo an áit a bhfuil tú,' arsa an duine a fuair sé roimhe ar an phasáiste chúng amuigh.

'Seo an áit a bhfuil mé,' arsa Prút go mall.

'Agus an bhfuil cead agam teacht isteach?'

Sheas sé siar agus rinne spás di siúl thart leis chuig an chathaoir bhreise.

Bhí a gruaig ceangailte siar agus bhí smideadh uirthi. Níorbh é an seaicéad leathair bánbhuí a bhí uirthi ach cóta fada dúghorm agus bhí mála leathair donn ar crochadh óna gualainn.

'Tá tú …'

Tháinig aiféaltas air nuair a chuimhnigh sé nár chóir aon rud a rá faoin smideadh agus na héadaí.

'Tá mé …?'

Rinne sí gáire agus chuir an mála ar an urlár.

'An bhfuil na leabhair seo uilig léite agat?' ar sí, ag amharc ar na seilfeanna a líon ballaí an tseomra bhig.

'An bhfuil siad léite agam? Nach mise a scríobh iad?'

'*Touché*,' ar sí agus aoibh sholasmhar uirthi a ghiorraigh gach bliain a bhí caite aige óna óige anall ina meandar beag glórmhar amháin. Aoibh a hathar, a thiontaíodh chuige anallód ó dheasc scoile nó ó chlúid sa Fort nó sa Sportsman's. Aghaidh agus aoibh a raibh dáimh aige leo ó smior go smúsach.

'Bhain tú an baile amach?' ar sé faoi dheireadh.

'Bhain, ar neamhchead do lucht an Chaisleáin Riabhaigh, beannú orthu.'

Agus seo mar a chaitheann tú do chuid ama, ar sí ag sméideadh a cinn ar an charn aistí.

'Tá cuid acu an-mhaith,' ar sé ag ligean osna thuirseach uaidh, 'ach tá obair féin ann. Sin nó tá an tseanaois ag cur orm.'

Níor fhreagair sí é an t-am seo agus níor aithin sé an dreach a bhí uirthi sa chiúnas ghairid sular labhair sí arís.

'Tá mé anseo le gar a iarraidh ort.'

Scrúdaigh sé a haghaidh arís. Cár imigh an aoibh dháimhiúil sin a bhí greanta ina chroí agus cá has a dtáinig an dreach eile seo anois roimhe nár aithin sé? An é gur abhatár gach duine againn ina lonnaíonn sraith dreach agus geáitsí a fhaighimid le hoidhreacht ag dul siar na cianta cairbreacha go hÁdhamh agus Éabha? Gan d'eolas againn ar an phátrún atá leis an rud uilig ach an chorruair a aithneoimid an duine óna dtáinig geáitse nó aoibh nó leagan siúil. B'fhada leis go bhfillfeadh an aoibh dháimhiúil sin a thug sásamh luaineach tuisceana dó ach níor fhill.

'Is é sin … agus ní gá duit aon rud a rá go fóill ach do mhachnamh a dhéanamh faoi ar dtús … tá mé le turas a thabhairt chun na Fraince. Tá Moreau ag iarraidh orm labhairt ag ócáid a bheas thall. Ba mhaith liom a dhul ann ach níl a fhios ar mhaith liom a bheith i muinín Moreau. Is é sin …'

'Tuigim,' arsa Prút, 'níl mé dall.'

'Bhuel, tá sin ann. B'fhearr liom mo lóistín féin a shocrú agus gan a bheith ag dul ar ais chuig óstán éigin a mbeadh an t-adharcachán sin ag stopadh ann.'

Agus í á rá, d'ardaigh sí na malaí agus chuir dhá mhéar lena béal mar a bheadh tarraingt orla uirthi.

Rinne siad beirt gáire agus ar feadh meandair arís d'aithin sé ceannaithe a hathar ar a haghaidh.

'Tá sin ann agus rud eile, ar ndóigh. Níl Fraincis agam. Bheadh duine de dhíth orm le hateangaireacht a dhéanamh dom. Ceithre nó cúig lá, sin uilig, ach tuigim go bhfuil do sháith eile le déanamh agat.'

D'amharc sí arís ar an charn aistí agus chaoch súil leis go magúil.

'Thiocfadh leat iad sin a thabhairt leat.'

Bhrúigh sé siar an chathaoir sclóine agus bhain na spéaclaí de.

'Tuigeann tú gur tír mhór í an Fhrainc. Cén áit a mbeidh seo ar siúl?'

'Strasbourg, bhí sé ag caint ar áit eile fosta ach Strasbourg cibé. Gar don áit a raibh tú féin, creidim.'

'Nancy? Thart fá uair go leith sa traein. Bhí mé in Strasbourg go minic.'

'Ní gá duit cinneadh a dhéanamh go fóill ach dá bhfóirfeadh sé duit … an tseachtain roimh an Nollaig a bheas i gceist.'

Mhoilligh sí ag an doras sular labhair sí arís.

'Rud beag eile, is dócha go bhfuil pas reatha ag do mhacasamhailse?'

'Mo mhacasamhailse?'

'Is ea, fear idirnáisiúnta léannta a bhfuil leabhair scríofa aige.'

Shín sí lámh amháin go giodalach chuig na leabhragáin mar a dhéanfadh treoraí músaeim ag taispeáint seoid mhórluachach éigin do thurasóirí.

'Níl an magadh maith,' arsa Prút le draothadh beag gáire. 'Tá pas agam cinnte agus cad é fút féin?'

'Chuige sin atá an smideadh orm, ar ndóigh, shíl mé nár mhiste cuma na measúlachta a bheith orm sula bhfaighinn na grianghraif.'

Níor cheartaigh sé mórán aistí ina dhiaidh sin. Ó luaigh Áine an turas go Strasbourg bhí sé ag smaoineamh cuid mhór ar Véronique. Nuair a tháinig sé go Béal Feirste thuig sé go dtiocfadh meath ar an chaidreamh. Cibé cineál caidrimh é, d'fhóir sé don bheirt acu. Ní raibh a fhios aige riamh cén leagan amach a bhí aicise ar an scéal ach 'fad is a mhairfidh sé fónfaidh sé' nó a leithéid sin. B'fhéidir gur failí a bhí déanta aige féin nuair nach raibh an caidreamh cothaithe mar is ceart aige. É ina leithscéal aige i gcónaí nach mbeadh spéis ag Véronique in aon rud seachas an tuiscint ghuagach a bhí eatarthu. Agus dá ligfeadh sé dó féin an cheist a phromhadh beagán b'fhéidir go mbeadh air géilleadh do rud nár mhaith leis a admháil, is é sin, nár thug sé riamh seans di áit Elena a ghlacadh ar eagla go mbeadh air aislingí na hóige a thabhairt suas go buan.

Chuir sé na haistí ina mhála agus chuir glas ar an oifig. Chuala sé glór Chapman ag teacht as oifig Lynn Davis agus lean sé air síos an staighre. Ag dul trasna chearnóg láir na hollscoile dó thug sé faoi deara dhá litir mhóra a bhí déanta as brící dubha i mballa brící dearga agus dáta fúthu, VR 1848. Dá mbeadh an lá le hÁine Nic Lochlainn agus a comrádaithe b'fhéidir go mbeadh an balla sin le leagan nó an gceadófaí cuimhne na Banríona Victoria, Banimpire na hIndia? Níor leor balla amháin a leagan, dar leis, nuair a bhí na foirgnimh uilig agus na tithe máguaird deartha de réir mhúnla na himpireachta. Aithris ar an aithris, ina slabhra fada caismirneach gan deireadh.

Sheas sé ar leataobh le ligean do ghrúpa mac léinn dul isteach faoi stua an phríomhdhorais agus mhothaigh deora fearthainne ag cruinniú ar a spéaclaí. Nuair a bhain sé na spéaclaí de lena nglanadh bhraith sé lámh ar a mhuinchille agus d'aithin aghaidh a bhí á seachaint aige ón lá sin ar shuigh sé ar an bhalla bheag taobh amuigh de roinn na Fraincise.

'Jean?'

'Tá cuimhne agat orm.'

'Ba dhoiligh dom dearmad a dhéanamh díot.'

'Ná mise díotsa,' arsa an bhean ard fhionn a bhí ina

seasamh faoi scáth fearthainne gairid a raibh pátrún dearg breacáin air.

'Shílfeá gur 'mo sheachaint a bhí tú agus a oiread againn le labhairt faoi, nó b'fhéidir, a oiread ceisteanna agamsa le cur ort.'

'Cuireadh ceastóireacht orm roimhe le mo linn agus tá mé á seachaint ó shin,' arsa Prút go stalcánta.

'B'fhéidir gur scanraigh mé thú an lá sin,' ar sí agus meangadh iomlatach ag leathnú ar a béal.

Níor fhreagair Prút an t-am seo í.

'Bhí Chapman ag rá liom nár chláraigh tú go fóill le seomra caidrimh na sinsearach … díomá áirithe air leat, mura bhfuil dul amú orm?'

Bhrúigh sé na spéaclaí siar go mífhoighneach ar bharr a shróine.

'Seo, seas isteach faoin scáth fearthainne in ainm Dé,' arsa an bhean fhionn leis.

'Cá mhéad gloine a bhí ólta aige nuair a luaigh Chapman sin leat?' arsa Prút gan corraí ón áit a raibh sé ina sheasamh.

Dhruid an bhean fhionn isteach leis ionas go raibh siad beirt faoin scáth fearthainne.

Ní raibh duine ar bith suas lena aghaidh mar sin le fada agus líon a phollairí leis an chumhrán sheanaimseartha a bhí sí a chaitheamh agus thug sé suntas don bhoige lonrach a bhí ina béal.

'Ach seo, bhí mé ag dul isteach chuig Lynn ar ball agus cé a chím ach Áine Nic Lochlainn ag dul suas an staighre. "Ní raibh a fhios agam gur mac léinn le Fraincis í Áine Nic Lochlainn," a deirimse le Lynn. "Ní hea," ar sise, "bheadh a fhios agamsa dá mba ea agus ní hea." Anois, cad é do bharúil de sin?'

Smaoinigh Prút ar rud éigin a rá ach choinnigh sí féin uirthi gan fanacht le freagra a ceiste.

'Is ea, Áine Nic Lochlainn, banlaoch mór na "gluaiseachta" ag dul suas an staighre chuig … bhuel, anois, nach sin an cheist – cá *raibh sí* ag dul? Ar éigean a bheadh gnó ar bith aici le Chapman?'

'D'fhág sí aiste isteach agamsa,' arsa Prút go tirim. 'Cara léi a bhí tinn agus a d'iarr uirthi a haiste a fhágáil isteach agam.'

Lig an bhean fhionn racht gáire leis agus fuair greim ar bhinn a chóta. Nuair a fuair sí an anáil aici féin arís labhair sí leis trí na smeachanna gáire mar a labhródh le páiste.

'Áine Nic Lochlainn? Ní théann Áine Nic Lochlainn le haistí daoine a thabhairt do léachtóirí. Téann daoine eile le horduithe a chur i gcrích d'Áine Nic Lochlainn! A Réamainn, ní inniu ná inné a rugadh mé.'

'Bhuel, inis thusa domsa ós agat atá an t-eolas uilig ar Áine Nic Lochlainn.'

Labhair sí isteach ina chluas go mall an iarraidh seo agus greim aici go fóill ar bhinn a chóta.

'Nach raibh tú féin agus a hathair chomh mór le chéile le dhá cheann capaill lá den tsaol?'

Stán sé uirthi gan focal a rá ach í mar a bheadh sí

ag leagan gach fál cosanta a bhí tógtha aige lena coinneáil amach.

Bhí sí féin ag stánadh ar ais air go dalba, á ghriogadh agus á phromhadh sa tost a mhair i ndiaidh an méid a bhí ráite aici.

Nuair nár labhair sé, d'ardaigh sí na malaí go fiafraitheach dúshlánach agus tháinig meangadh leathan arís ar a béal craorag tais.

'Is ea, ar ndóigh, bhí tú féin agus Jimí Mac Lochlainn an-mhór le chéile. Agus beidh tú ag rá leat féin, "Cad é mar atá a fhios ag Jean faoi seo uilig?" Bhuel, dúirt mé leat go mbínn ag breacadh síos gach siolla dár dhúirt tú na blianta sin agus mé in Evesham. Ní hiontas ar bith gur chuir mé suim ionat. B'fhéidir nach leor an focal 'suim' lena rá, dáiríre. Samhlaigh féin é, tá tú ag éisteacht le glór cinn gan tú an duine a fheiceáil. Ba mhaith leat an comhthéacs uilig a thabhairt leat ionas go leanfaidh tú an glór sin go réidh go fiú nuair a bhíonn cur isteach éigin ar an chraoladh nó rud éigin doiléir.'

Thost sí tamall eile nuair a d'aithin sí an greim a bhí aici air, é ar téad aici agus gan dúil ar bith aici an téad a scaoileadh uaithi.

'An raibh a fhios agat go raibh comhad acu ort? Bhí, comhad a cheadaigh mise ar ndóigh nuair a fuair mé an fhaill. Bhí orm ligean do dhuine de na hoifigigh beagán glacaireachta a dhéanamh orm lena fháil ach b'fhiú é. Sin an áit a raibh Jimí Mac Lochlainn luaite. Is cosúil go raibh sibh an-mhór le chéile. Cad é seo anois mar a cuireadh síos oraibh? Is ea: "Is é is dóichí gur caidreamh homaighnéasach atá aige le Mac Lochlainn. De réir na faisnéise atá faighte, is homaighnéasaigh iad Prút agus Mac Lochlainn."'

Tharraing sí siar é le ligean do bhaicle bheag mac léinn Áiseach dul thart leo isteach faoi stua an phríomhdhorais.

'Nach deas go bhfuil a leithéid sin againn anois?' ar sí ag amharc siar orthu go ceanúil. 'Daoine óga as an Mhalaeisia ag teacht go Béal Feirste le céim a dhéanamh. Cé a shamhlódh a leithéid?'

D'ísligh sí an scáth fearthainne agus d'amharc ar an spéir sceadach os cionn Chearnóg na hOllscoile.

'Tá turadh beag ann, nach maith sin? Ach tá tú amú agam, bhí tú ar do bhealach áit éigin nuair a stop mé thú.'

X

Sna hoícheanta deiridh roimh imeacht dó thug sé suntas don trup a bhí le cluinstin amuigh ar Bhóthar Mhaigh Luain, gach oíche níos callánaí ná an oíche roimhe. Idir codladh agus dúiseacht dó d'airíodh sé na liúnna fada tréasúla ag éalú as cóisirí Nollag agus imeachtaí drabhlásacha eile an tséasúir. I bPáirc Sans Souci féin, thug Dorothy uirthi féin cannaí folmha a bhailiú ón tsráid gach maidin, é ina leithscéal aici a cuid socruithe Nollag a phlé leis na comharsana a chastaí uirthi ag a ngeataí. Ba dhoiligh aige féin an Nollaig a shamhlú anois in ainneoin gach comhartha go raibh sí ag teacht. In Nancy d'aithníodh sé go raibh an Nollaig in aicearracht nuair a théadh an pharáid tríd an bhaile ag tús na míosa, fear ag a ceann gléasta in aibíd fhada dhubh San Nioclás agus é ag dáileadh féiríní beaga ar na páistí. Thuigeadh sé nuair a d'fheiceadh sé an pharáid i dtrátha an tséú lá den mhí go raibh an t-am aige eitilt a fháil go hÉirinn nó leithscéal maith a bheith aige dá mháthair. Don chéad uair le corradh agus dhá scór bliain ní raibh sé ag smaoineamh ar an Nollaig in Éirinn. B'ann a bhí sé an iarraidh seo agus dá mbeadh a mháthair beo d'fhéadfadh sé rudaí beaga a dhéanamh di i gcomhair na Nollag, maisiúcháin a thabhairt anuas ón áiléar nó dul léi le hearraí a bhailiú ón bhaile. An t-ualach a mhaolú agus an sómas a mhéadú di.

Agus bhí gach duine ag filleadh ar a nead nó ar a cheathrú gheimhridh féin. Fuair sé litir ó Justin lena rá go raibh sé ag dul go Londain don tsaoire agus bhí cuireadh aige ó Chapman deoch a ól leis sula bhfillfeadh sé féin ar Norfolk. Nuair a tháinig lá an turais féin agus é ina shuí ar thraein Bhaile Átha Cliath, gheit a chroí ag cuimhneamh ar an tsiúl fhada a bhí déanta aige an dá lá sin in aimsir an chogaidh. Cuid den am ag leanúint an iarnróid agus ag déanamh foscaidh sna cróite beaga a casadh air sa tslí. An cur i gcéill le bean an tí lóistín agus an faoiseamh a bhí air nuair a thángthas air sa deireadh. Chuimhnigh sé go bródúil arís ar an alltacht a bhí ar aghaidh bhean an tí, í ina seasamh sa chistin ghlan sciomartha agus na bleachtairí á thabhairt amach agus na glais lámh air. Chaoch sé súil uirthi ionann is a rá go raibh sé anois saor ar an chur i gcéill agus go bhfágfadh sé ag a macasamhail siúd é feasta. Laethanta mar sin agus an tráthnóna ar sheas sé ar an Avenida 9 de Julio in Buenos Aires gur bhraith sé a chéad ghála den tsaoirse. Ba sna bomaití beaga sin uilig a fuair sé an mana a bhí uaidh. Tháinig aiféaltas air nár chuimhnigh sé air sin an lá ar casadh an bhean fhionn air i gcearnóg láir na hollscoile. Shocródh sé an ghoic inti dá gcasfaí ar a chéile arís iad.

An dánacht a bhí inti scéal a bheatha a insint dó amhail is go raibh deireadh ar eolas aici, gan fiú a ghnéaschlaonta féin. Ach ní dhearna sé ach stánadh ina diaidh go balbh agus í ag pramsáil léi trasna na cearnóige faoina cóta fada báistí. Ba é an t-eolas a bhí aici agus an chontúirt a bhí inti a d'fhág gan urlabhra é. Ní hé amháin go raibh an stair ar eolas aici, bhí a fhios aici go raibh Áine Nic Lochlainn ina oifig agus cá bhfios cé leis a luafadh sí sin nó cérbh iad na gréasáin ina raibh sí gafa?

Ar éigean a d'aithin sé Áine nuair a fuair sé roimhe í i dtolglann an aerfoirt. Bhí bróga arda uirthi agus cóta olla dubh a raibh crios faoina choim. Ní fhaca sé ach bean óg a bhí gléasta de réir faisean lucht gnó agus rachmais, iad ar fad agus an fuadar sotalach céanna fúthu. Ní raibh ann ach nuair a thiontaigh sí le labhairt leis gur thuig sé cé a bhí aige.

'Seo anois é, fear idirnáisiúnta an taistil,' ar sí.

Rinne sé leafa gáire ar ais léi ach seachas a rá gurbh fhearr dóibh dul anonn chuig deasc Aer Lingus, bhí saothar air comhrá a choinneáil léi. Theann sé a ghreim ar iris a mhála agus shiúil leis go righin ag monabhar léi faoin trup a bhí sa tsráid a chuir thar a chodladh é an oíche roimhe.

D'fhéach sé le guaim a chur air féin agus é ag síneadh a phas chuig an bhean ag deasc Aer Lingus ach ní raibh gar ann. Ba é an frása réidh glic sin a chuir mearadh air anois beag, go díreach mar a tháinig mearadh meisce air gach uair roimhe sin a d'aithin sé lorg a hathar ar fhrása nó ar gheáitse nó ar amharc fánach éigin. Agus in ainneoin gach iarrachta a bhí déanta aige go dtí seo, thuig sé gur ag méadú a bheadh an mearadh mura ndéarfadh sé rud éigin léi ina thaobh. Dá mbeadh sé leis an fhírinne a insint ón tús, go raibh dlúthaithne aige ar a hathair, thuigfeadh sí féin dó. Ach níor dhúirt agus dá fhad a d'fhág sé é gan a rá, b'amhlaidh ba dheacra dó an comhrá a tharraingt air. Bhí sé fada go leor gan aon rud a rá agus dá mbeadh sé lena lua anois bheadh údar mór aici a bheith in amhras faoi. An aithne a bhí curtha aige uirthi ó bhuail siad le chéile san Europa, bheadh sin uilig ar ceal agus ní bheadh roimhe ach an ghnúis mharánta sin aici a bhí ina scáth idir í agus a namhaid. Ní fheicfeadh sé arís í nó ní bheadh rogha ar bith aici ach é a sheachaint, le fios nó le hamhras.

'Cén chuma atá orainn?' ar sí leis go caoithiúil agus iad ag déanamh ar an gheata imeachta.

'Níl a fhios, cad é atá i gceist agat?'

'Tá a fhios agat féin, cén chuma atá orainn – an mbeadh daoine ag déanamh gur mac léinn agus léachtóir ollscoile muid nó sagart agus bean rialta in éide saoire nó, b'fhéidir, athair agus iníon? Is é atá mé a rá, an bhfuil an chuma orainn gur chóir dúinn a bheith ag taisteal le chéile?'

'Tá tú ag rá, i bhfocail eile, an mbeidh amhras

fúinn? An gcoinneoidh siad siar muid agus an ndéanfar cuardach … cuardach dian orainn?'

Sháraigh air an focal 'nochtchuardach' a rá amach nuair a chuimhnigh sé ar na lámha strainséartha a chuaigh ar a cholainn bhán an t-am sin ag aerfort Bhéal Feirste.

'Tá tú ag foghlaim. Ní chuirtear an oiread céanna sonraithe sa té atá meánaosta measúil i gcosúlacht. Nuair atá do phictiúr agus do chuid sonraí ag na "húdaráis" bíonn ort a bheith seiftiúil.'

'Meánaosta measúil i gcosúlacht? Shíl mé go raibh an dá cháilíocht sin agam go follas?'

Chiúnaigh siad beirt de réir mar a bhí siad ag druidim le barr na scuaine paisinéirí agus shamhlaigh Prút an pasáiste beag sealadach idir an t-aerfort agus an t-eitleán agus an mothú éadrom meidhreach a thiocfadh air á thrasnú. D'fhágfadh siad gliogar na bhfógraí poiblí agus griothalán an tslua taistealaithe ina ndiaidh agus bheadh cead aige fanacht ina thost agus gan smaoineamh ar an méid a bhí sé a cheilt ar Áine go cionn tamaill bhig ar a laghad. Nuair a bhí siad faoi chúpla slat den dá aeróstach a bhí ag ceann na scuaine, duine ag amharc ar na pasanna agus an duine eile ag dáileadh nuachtán, shíl sé ceist a chur ar Áine arís faoin méid a bhí sí i ndiaidh a rá ach d'aithin sé an saothar a bhí uirthi cuma na réidhe a chur uirthi féin sula rachadh an tseiceáil dheireanach seo orthu.

Faoin am a raibh an pas aimsithe aige i bpóca a chasóige bhí sí féin imithe roimhe isteach an pasáiste agus síos isteach i mbolg an eitleáin. Choimhéad sé an grágán dubh ag cromadh ag an tsraith suíochán agus ag éirí arís lena cóta a chur sa chófra os a cionn. B'fhéidir nach raibh d'fheidhm leis féin ar an turas seo ach sin, ceap measúlachta, scáth i ndiaidh an amhrais a chuirfeadh na húdaráis inti. Ba dhoiligh aige a bheith ina dhiaidh uirthi, mar sin féin, eisean nach raibh a ainm agus a shonraí ag dúnmharfóirí ná bagairtí agus drochíde na bpéas á chiapadh. D'aimsigh sé a shuíochán féin agus chuir a cheann siar go bhfaigheadh sé néal beag éigin codlata sula rachadh innill an eitleáin á ngríosú. Lig sé dá aigne titim siar i dtalamh eadrána sin an leathchodlata nó gur bhailigh íomhánna fánacha agus go ndeachaigh siad ag guairneán go héidreorach agus ag scaipeadh go mearbhlach ina dhiaidh sin. Leabhar beag gorm a mháthar, lámh Dorothy ina raibh na trí eochair, íomhánna eile streachlánacha do-bhraite agus ansin an dorchadas uileghabhálach dochéadfach.

Go fiú nuair a chliseadh sé amach as a shuan gach uair a bascadh an t-eitleán le suaiteacht an aeir, ar éigean a bhraith sé aon ní seachas an mearadh meisce sin a shamhlaigh sé ar ball le hÁine. Géilleadh don mhearadh sin, ligean dó agus gan baint dó, sin a bhí uaidh. Mhair sé sa staid leanbaí ghéilliúil sin nó gur bhuail rotha an eitleáin an talamh go grod gan choinne.

Chuaigh na paisinéirí a scaoileadh a gcrios slándála go driopásach agus d'éirigh geab agus lústar flústar ina measc de réir mar a ghluais an soitheach aeir go malltriallach ar an tarmac ionsar an phasáiste eile sin a bhí á réiteach dóibh sa chríochfort. Leag sé lámh ar an nuachtán a bhí ar a ghlúin go fóill, é fillte go cothrom gan oscailt mar a d'fhág sé é. Ghrinnigh a shúil an grianghraf a bhí ar an leathanach tosaigh nó gur aithin sé aghaidh Maynard Shawcross, é cromtha ar mhicreafón agus cuma shollúnta bhogásach air faoina ghlib bhricliath agus a spéaclaí cearnacha. Ba ar Áine a chuimhnigh sé láithreach agus ar an fhaoiseamh a gheobhadh sí sa tír seo nach raibh réim ag leithéidí Shawcross ann. Na féidearthachtaí sin a léiriú di, dar leis, sin a bheadh le déanamh. Go raibh saol eile anseo sa Fhrainc a bhféadfadh sí féin teacht in éifeacht ann, gan aon ní coiscthe uirthi ná fiche súil mhillte á síorchoimhéad. Mura mbeadh aige ach ceithre lá, an síol sin a chur go bhfeicfeadh sí go raibh féidearthachtaí san áit seo nach raibh tuigthe go fóill aici.

Ag siúl isteach san aerfort dóibh thug na fógraí 'Pastis' agus 'Gitane' an freastalaí óg as Doire ina cheann. Fear óg groí a tháinig go Páras sé mhí roimhe sin gan pingin ina phóca, a chuaigh ag ceol ar na sráideanna ar dtús agus ansin ag obair mar fhreastalaí san aerfort. Ceithre mhí ó shin bhí an fear óg sin ag coinneáil fíon dearg agus comhrá le Prút sula bhfuair sé an eitilt go Béal Feirste.

Cá bhfios cad é a bhí ar bun anois aige? Cibé a bhí ann ba mhíle uair ab fhearr é ná a bheith ag tarraingt *dole* na seachtaine i nDoire agus é faoi shotal ag saighdiúirí na Breataine. D'fhéadfadh Áine a dhéanamh amhlaidh, bean óg a raibh oideachas uirthi agus eagna chinn aici, ní bheadh uaithi ach an tsaoirse lena bealach a dhéanamh sa tír seo. Ar ndóigh, ní raibh ansin ach an chomhairle a thug a hathair siúd, Jimí, dó féin ina stócaigh dóibh: 'Gabh thusa amach agus cuir eolas ar an tsaol mhór – leanfaidh mise sa tsnámh thú.'

Mhothaigh sé Áine ag caint leis ach gan é in ann í a dhéanamh amach agus na cluasa bodhar go fóill ag an eitilt.

'Cuma na measúlachta, a deirim.'

Bhí sí ag amharc air mar a bheadh sé ar meisce i lár an lae.

'Bhí cuma na measúlachta orainn nuair nár stopadh muid ag an aerfort.'

Sméid sé a cheann go leithscéalach agus chuir an nuachtán isteach i bpóca tosaigh a mhála.

'Gheobhaimid traein RER isteach go dtí an Gare de l'Est agus as sin go Nancy.'

Ba dhoiligh aige cúl a chur ar an tonn áthais a bhí ag borradh ann sa bhomaite. Níor lean Jimí sa tsnámh riamh é ach seo anois Áine lena thaobh. Gach rud a shíl sé a thaispeáint do Jimí sa tír seo, sa 'tsaol mhór' seo, bheadh deis anois aige a thaispeáint d'Áine.

'Ar bhlais tú riamh *croque-monsieur*?' ar sé agus coiscéim á géarú aige. 'Níl ann ach ceapaire cáise agus liamháis ach tá dóigh acu le rudaí a dhéanamh sa … cístí, tá dúil agat i gcístí?'

'Fóill, fóill,' arsa Áine. 'Níl goile ar bith agam i ndiaidh na heitilte – dóbair dom an mála páipéir a líonadh áit éigin os cionn na Breataine Bige.'

'Tá go maith, ní luafaidh mé suáilcí iomadúla an *pâtisserie* leat go fóill beag. Ach caithfidh mé beagán Fraincise a theagasc duit agus corrfhocal *verlan* – focail a deirtear droim ar ais.'

D'amharc sí air arís mar a bheadh sé ar meisce agus gan é in ann a aithint.

'Pots.'

Chuir sé lámh amháin lena chluas le go ndéarfadh sí arís é.

'Pots – stop!'

D'ardaigh sí na malaí go tuirseach agus chuir a corrmhéar lena béal.

'Ná labhair go fóill beag agus in ainm Dé, siúil beagán níos moille, níl cleachtadh ar bith agam ar na bróga arda seo.'

Ar ardán an Gare de l'Est d'ardaigh a chroí ar dhóigh nach raibh sé ag súil leis. Dá mhéad uair a sheas sé ar an ardán seo, dar leis, níor sheas sé riamh ann le duine ón bhaile. Seo anois Áine Nic Lochlainn as Sráid Sevastopol gan focal Fraincise ina pluc ach í ar a bealach leis go dtí an chathair a raibh an mhórchuid dá shaol caite aige inti. Rachadh siad chuig ceann de na caiféanna ina raibh aithne air agus d'íosfadh sí *croque-monsieur* agus rachadh na freastalaithe ag cliúsaíocht léi. Ní thabharfadh sí aird ar bith orthu nó bhí seancheann uirthi. Thaispeánfadh sé an t-árasán di agus d'imeodh siad uaidh sin go Strasbourg, cathair mhór Eorpach Alsace áit a gcuirfeadh sí í féin in aithne don dream daoine a bhí ag teacht le hamharc ar chlár faisnéise Moreau, *La guerre longue en Irlande*. D'aithneodh siad an rud inti a d'aithin sé féin: go raibh deise labhartha aici agus cinnteacht ina glór a thabharfadh ar dhuine cluas a thabhairt di. Thug sí dúshlán Maynard Shawcross agus a chuid fear an tráthnóna sin in aontas na mac léinn. Bhí miotal inti agus d'fhéachfadh sé féin leis sin a léiriú san ateangaireacht. Bhain siad a suíocháin amach sa traein agus d'amharc sí air go ceanúil, dar leis. Ba seo anois an t-am le hinsint di faoina hathair.

XI

D'iarr sé ar an tiománaí tacsaí iad a fhágáil ag an Place Stanislas go bhfeicfeadh Áine an rud a chonaic sé féin de chéaduair sa bhaile seo, Nancy. An fhairsinge uaillmhianach a bhí sa chearnóg agus an fhíneáltacht a bhí sna geataí óir sna ceithre choirnéal agus sa taobh thoir agus thiar, na foirgnimh bhána mhaorga ag breith barr ar a chéile ag gach taobh agus na hiontais bheaga a dtiocfadh do shúil orthu, an Fontaine de Neptune faoi shoilse san oíche, na trí stua arda a bhí in Arc Héré agus dealbh mhórthaibhseach Stanislas féin ina lár.

Tharraing siad na málaí ina ndiaidh a fhad leis an Café du Commerce, áit a dtéadh sé chuige nuair a bhíodh rud beag spáis agus suaimhnis uaidh. I do shuí anseo ar chathaoir bhuí chaolaigh agus éadach geal ar an tábla romhat, thiocfadh réim do shúl a ligean leis an rud uilig. Ba mhinic roimhe a shuigh sé anseo agus a chroí oscailte don domhan mhór a raibh a shamhail roimhe. Agus ba sin an rud a chuir cúl air nuair a shíl sé a hathair a lua léi sa traein. B'fhearr ligean di suntas a thabhairt do shuáilcí na Fraince sula gcuirfeadh sé ceann ar chomhrá nach raibh a fhios cén deireadh a bheadh air. Thuigfeadh sé féin nuair a bheadh an t-am ceart ann, nuair a thosódh a croí ag téamh leis an áit. Ansin a thuigfeadh sí mar a fuair sé féin a shaoirse bhuan sa Fhrainc agus thuigfeadh sí cén fáth nárbh fhéidir lena hathair teacht in éifeacht san áit a raibh sé.

'Tá *brioches* san áit seo nach bhfuil a sárú le fáil,' ar sé, á shíneadh siar sa chathaoir, 'déanfaidh siad maith do do ghoile agus tá seacláid the acu nár bhlais tú a leithéid riamh.'

Bhí sí ag amharc roimpi i dtreo an Musée des Beaux-Arts in aice leo agus shamhlaigh sé coscairt éigin ag teacht uirthi sa tearmann mhór soirbhis ina raibh siad.

'Níor shamhlaigh mé gur seo mar a bheadh: tú i do shuí ansin i do bhéal gan smid,' ar sé faoi dheireadh.

'Nach beag faill cainte a bhí agam? Níor stad tú de gheabaireacht ó leag muid cos san aerfort. Tá tú mar a bheadh gasúr scoile ann, gasúr beag atá ag iarraidh a bhailiúchán stampaí a thaispeáint dom.'

Mhothaigh sé an lasadh beag a tháinig ina aghaidh agus rinne sé gáire ar ais léi. Bhí an ceart aici, gasúr scoile a bhí sa ghlóir.

Tháinig freastalaí caol fionn ionsorthu agus d'fháisc a lámh go croíúil. Nuair a d'fhiafraigh sé de Phrút cá raibh sé le fada, mhínigh sé dó nach raibh sé san áit ó bhí an samhradh ann ach go raibh sé anseo anois ag tabhairt thuras na háite dá chara óg. D'umhlaigh an freastalaí d'Áine go háiféiseach agus thosaigh a chur síos ar gach sócamas agus billín beadaí a d'fhéadfadh sí a ordú agus é ag pógadh dhá mhéar ag trácht ar shólaiste áirithe dó. D'éist Áine go múinte de réir mar a rinne Prút an ateangaireacht, í ag sméideadh a cinn anois is arís. Rinne Prút meangadh beag leis faoin rud dheireanach a dúirt sé.

'*Mademoiselle est charmante.*'

'*Ah oui*,' arsa Prút ar ais leis, gan na focail a aistriú.

' 'Do mholadh a bhí sé,' ar sé nuair a d'imigh an freastalaí.

'Agus níor mhínigh tú sin dom?' arsa Áine go díomuach, mar dhea.

'Casfar neart stócach breá ort san áit seo. Ní gá aird ar bith a thabhairt air siúd.'

'Agus cé a déarfadh gur mhaith liom casadh le stócach sa tír seo?'

'Samhlaigh an saol a bheadh agat in áit mar seo. Níl le déanamh agat ach amharc amach ar an chearnóg seo. Gach rud tomhaiste ag súil duine a thuig an áilleacht agus a chuir comaoin leis na glúine a lean.'

'Súil *fir*.'

'Is ea, is dócha, súil fir.'

'Súil fir a d'fhostaigh fear eile lena mhóradh féin, bíodh geall. Cén dealbh sin i lár na cearnóige?'

'Stanislas, a bhí ina rí ar an Pholainn agus ina Dhiúc ar Lorraine. Chaill sé an ríocht ach fuair sé cúige sa Fhrainc agus bhunaigh sé acadamh léannta agus leabharlann – ba é a d'ordaigh an chearnóg seo a thógáil i lár an ochtú haois déag.'

'Is beag mo mheas ar ríthe,' arsa Áine ag cur uirthi a cuid miotóg, 'agus ní thuigim cén fáth a bhfuilimid inár suí taobh amuigh san fhuacht.'

'Téifidh an tseacláid the thú – bhí mé ag iarraidh go bhfeicfeá an radharc seo.'

'Ar caitheadh an dua céanna leis na heastáit tithíochta sa bhaile seo – glacaim leis go bhfuil a leithéid acu don chosmhuintir?'

Sméid Prút a cheann.

'Má tá siad cosúil leis na cinn a tógadh i mBéal Feirste ní raibh siad ag smaoineamh ar áilleacht nuair a tógadh iad. Ná ar shiopa féin a bheith in aice leo.'

'Ní thuigim cén bhaint atá aige sin leis an áit ina bhfuilimid?'

'Tusa a luaigh "súil fir" agus tuiscint ar an áilleacht.'

Tháinig an freastalaí ag scuabadh isteach go drámatúil chucu ina leathfháinne agus ag cromadh ansin ar an tábla lena thráidire airgid. Leag sé amach cupáin leathana den tseacláid the agus seastán beag comair ar a raibh cístí beaga ornáideacha agus dhá *brioche*. Nuair a bhí an méid sin ar an tábla, chuir sé dhá ghloine bheaga chaola rompu agus sheas siar.

'*Et voilà, deux kirs!*'

D'ardaigh Prút an ghloine ba dheise dó mar a bheadh sé ar tí óráid a thabhairt.

'*Crème de cassis* agus fíon geal, cuirfidh seo an teas ionat chomh maith leis an tseacláid the. *Santé!*'

Thug Áine amharc ceanúil air agus é á chur lena bhéal agus á chaitheamh siar.

'Tá sé chomh maith agat mo cheannsa a bheith agat fosta – ní ólaim.'

'Mo dhearmad, níor ól tú a dhath an oíche sin san Europa.'

'Go fiú dá mbeinn ag ól, ní ólfainn an deoch a gheobhainn ón rógaire sin Moreau.'

Chuir sí a dhá lámh thart ar an chupán gur bhain súimín as an chúr shiúcrúil uachtair a bhí ar a bharr.

'Níl bréag ar bith sa rud a dúirt tú: mura mbeadh ann ach an tseacláid the b'fhiú teacht anseo.'

D'amharc sí air arís go fiafraitheach.

'Tá súil agam nach samhlóidh tú dímhúineadh liom. Tuigim go bhfuil dúil bhocht agat san áit seo. Cad chuige nach mbeadh? Is mór idir an chearnóg seo agus an ceann beag sin in Ard Eoghain ina raibh na boic ag taispeáint a gcuid bréagán cogaidh do Moreau.'

Bhí an dara gloine ina lámh ag Prút agus é ag éisteacht léi. Lig sé siar an deoch agus thug suntas don mhíneadas a bhí inti. Mhothaigh sé é féin arís ag aithint Jimí i gceannaithe Áine.

'Tá rud a bhí mé ag iarraidh a rá leat fiche uair roimhe seo. Chuir rud éigin cúl orm i gcónaí agus tá eagla orm anois go mbeidh tú in amhras fúm.'

D'fhág Áine a cupán uaithi ar an tábla agus bhrúigh a suíochán siar beagán.

'Abair leat.'

'Bhí aithne agam ar d'athair. Níl a fhios agam cad chuige nach dtiocfadh liom sin a lua leat roimhe ach tá sé ráite anois agam. Agus ní leor a rá go raibh aithne agam air. Níor éirigh liom aithne chomh maith a chur ar aon duine eile beo roimhe nó ó shin. Nuair a bhí an saol ag cur crua orm choinnigh mé grianghraf den bheirt againn in aice láimhe. Bhí sé cosúil le compás agam. An bheirt againn agus an tAthair de Bhailís i lár, sagart a raibh meas mór againn air ar scoil. Is fada ó shin a cailleadh an pictiúr sin. Ach an chéad uair a chonaic mé uaim thú, bhí sé cosúil leis an ghrianghraf sin a fháil ar ais. Agus nuair a chuala mé ag caint thú in aontas na mac léinn chuir sé an ghruaig ina seasamh ar mhullach mo chinn. Rinne mé iarracht seo a lua leat nuair a bhí an bheirt againn sa teach sin i Sráid Odessa. Thug mé féin agus d'athair móid dá chéile go dtabharfaimis ár saol d'eachtraí agus ealaín. Nuair a d'fhág mise Béal Feirste in earrach 1939 bhí d'athair le mo leanúint ach níor lean. Ní raibh mé féin ach ocht mbliana déag san am. B'fhéidir gur sin an fáth a raibh mé cosúil le gasúr scoile inniu. Agus seo anois mé, ag ól *kir* sa Place Stanislas le hiníon Jimí Mhic Lochlainn.'

Níor chorraigh Áine ná níor labhair leis ar feadh an ama sin. Dar leis, seo anois báire na fola. Éiríonn sí ón tábla agus siúlann sí i dtreo an stáisiúin le traein Strasbourg a fháil ina haonar. Míníonn sí do Moreau go mbeidh ateangaire eile de dhíth – níl an duine a bhí acu iontaofa agus dá mbeadh a fhios aici an méid atá a fhios aici anois ní bheadh focal féin le rá aici leis san Europa nó ó shin.

Thóg Áine an cupán sa dá lámh arís agus tháinig fáthadh an gháire ar a béal. Theann Prút a ghreim ar an ghloine fholamh ina lámh gan a dhá shúil a thógáil di. Más gáire magúil é seo, dar leis, beidh an deireadh céanna air. Lean sé lena shúile í, an cupán á thógáil lena béal agus gal á shéideadh den bharr aici.

'Ba dheas dá dtuigfinn cad é a bhí ar chúl an gháire sin anois,' arsa Prút faoi dheireadh.

Chroith Áine a ceann agus d'amharc air go cineálta.

'A Réamainn. Nach leamh atá an ceann ort? An síleann tú go ligfinn isteach thú sa teach sin i Sráid Odessa gan m'obair baile a bheith déanta agam? D'fhéad tú m'athair a lua liom i bhfad roimhe seo, is fíor duit, ach bhí a fhios againn – *agam* – go raibh aithne agaibh ar a chéile. Bhí a fhios agam go fiú sular bhuail mé leat an oíche sin san Europa.'

'Cad chuige nár luaigh tú liom é?' arsa Prút go stadach.

'Chuala mé faoin méid a bhain duit. An seal a chaith tú i bPríosún Bhóthar Chromghlinne. Tá cuimhne ort go fóill, bíodh a fhios agat. An fear a bhí ag cuidiú le raidió na Naitsithe. Cuid den dream a bhí sa "Crom" sna blianta sin, bhí an scéal uilig acu. Dar leo nach raibh dochar ar bith ionat. "Rud beag brionglóideach, cineál d'intleachtóir". Sin an rud a dúirt siad.'

Den chéad uair ó casadh Áine air trí mhí roimhe sin, d'aithin sé trua ina súile.

'Sin a dúirt siad agus cad é a deir tú féin?' arsa Prút agus paicéad tanaí siúcra á chasadh go teann aige idir a ordóg agus a chorrmhéar.

'Déarfaidh mé an méid seo, idir m'athair agus tú féin creidim gur agatsa a thit an chuid is fearr den mhargadh a rinne sibh. Amharc ort. Tá dóigh mhaith ort. Rinne tú rud amaideach i d'óige, ach b'fhada ó shin a rinne tú leorghníomh ar a shon. I dtaca le m'athair, níl a fhios cén rud a bhí á chreimeadh ach níor thóg sé a cheann as ólachán go ndearna sé alcólach de mo mháthair. Eisean a bhásaigh ar dtús agus ise an bhliain dár gcionn. Bhí mise ceithre bliana d'aois.'

'Mo leithscéal,' arsa Prút, 'ní raibh a fhios agam faoi do mháthair.'

Thóg Áine scian go ndearna dhá leath den *brioche* a bhí ar an phláta in aice léi.

'Nach cuma? Tá na *brioches* molta anseo, creidim.'

D'amharc Prút ar an urlár agus d'fhág uaidh an paicéad beag donn a raibh a chuid gráinníní siúcra anois scaipthe ar éadach geal an tábla.

'Deirfiúr mo mháthar a thóg mé. Agus tógáil

mhaith a bhí ann. Ar ndóigh, níor mhaith sí riamh do m'athair é – go n-ólfadh sé an chros den asal agus gur lean mo mháthair sa ghalar chéanna é. Ach thug sí an oiread céanna aire domsa agus a thug dá clann féin, níos mó b'fhéidir.'

D'amharc sí air arís agus leath meangadh ar a haghaidh.

'Agus seo anois mé ag caitheamh féasta le seanchara m'athar, Réamann Prút.'

Chuir sí an leath *brioche* lena béal agus dhruid na súile.

'Is fada ón chineál seo a tógadh muid.'

'B'fhéidir go n-éireofá cleachta leis,' arsa Prút go bog.

Lig sé don mheadhrán éadrom a bhí ina cheann a smaointe a sheoladh ionsar gheataí óir na cearnóige agus shamhlaigh sé an barr maise a bheadh ar chathair Nancy nuair a bheadh na soilse Nollag á ndeargadh ar ball. Bhí sé ráite aige, an focal ar muir agus gan gléas air filleadh. Cibé a tharlódh anois, bhí a fhios aige nach raibh rún ar bith á choinneáil siar. B'fhusa anois aige an saol eile seo a chur roimpi, an rud a mheall é féin de chéaduair agus a shábhálfadh Áine anois ón bhás anabaí a d'fhulaing Liam Ó Muireagáin. Bhí an smaoineamh sin á neadú féin ina mheanma nuair a mhothaigh sé Áine ag amharc ar a huaireadóir.

'Táimid le traein Strasbourg a fháil ar a ceathair a

dúirt tú? Nach bhfuil muid leis na málaí seo a fhágáil i d'árasán?'

'Tá, ach ... níl ann ach go bhfuil mé mar a dúirt tú, mar a bheadh gasúr scoile ann. Gasúr scoile ag an Nollaig. Tá eagla orm má éirím go mbeidh mé i mo sheanduine arís.'

Bhrúigh Áine a cathaoir siar, agus shíl sé gur aithin sé lorg na trua sna súile arís.

'Ná déan dearmad go bhfuil obair le déanamh inniu,' ar sí ag éirí ina seasamh go righin.

Tharraing siad na málaí leo ag baint díoscán garbh as leacacha na cearnóige agus isteach faoi Arc Héré ionsar an Vieille Ville agus sráideanna cúnga na meánaoise mar a raibh an t-árasán aige féin. De réir mar a chúngaigh na cosáin d'amharc sé thar a ghualainn ar Áine ag súil is go n-aithneodh sí cuid éigin den rud a thóg a chroí féin san áit seo: cruth agus lorg na gcéadta bliain de chónaí daonna, foscadh cluthair an anama. Sheas sé os comhair an tí mar a raibh an t-árasán agus meangadh páistiúil air.

'Seo anois muid.'

D'oscail sé doras mór na sráide roimhe agus bhain eochair bheag eile amach as a phóca le haghaidh ceann de na boscaí poist a bhí sa halla.

'Litir do Justin agus cártaí Nollag dom féin. Coinnigh ort, táimid ar an chéad urlár.'

Lig sé d'Áine dul roimhe go bhfeicfeadh sé í ag

amharc roimpi ar fhairsinge an staighre mhóir cloiche a chas suas a fhad leis an cheathrú hurlár agus an t-áiléar ag barr an tí.

'An bhfuil a fhios agat gur stop na hIarlaí Ultacha gar don áit seo? Márta 1608, chuir an Diúc a bhí ann san am fáilte mhór rompu sa bhaile seo.'

'Anois,' arsa Áine, 'nár dheas do na hIarlaí agus don Diúc.'

'Bhí mé ar tí a rá leat go bhfaca siad leadóg á himirt anseo ach glacaim leis go mbeadh drochmheas agat ar chluichí galánta?'

'An ag magadh atá tú? Chuir na mná rialta ag imirt leadóige muid ar an mheánscoil, sin agus haca – an gcreidfeá? Shíl siad go ndéanfadh siad mná uaisle dínn.'

D'oscail sé na dallóga go bhfeicfeadh sí an tsráid fúithi agus shiúil isteach sa chistin leis an chiteal a líonadh.

'Tá do sheomrasa ar clé,' ar sé, a ghlór á ardú aige os cionn shruth an sconna. 'Tá súil agam go mbeidh dúil agat ann. Dúirt Justin go bhfágfadh sé bainne againn, beidh cupán againn anseo sula n-imeoimid.'

Shamhlaigh sé í ag amharc thart uirthi féin sa tseomra eile, é ag guí go mbeadh an claochlú mall tosaithe, dá hainneoin, de réir mar a chuirfeadh sí sonrú sna rudaí a shaibhrigh an bheatha san áit seo.

Nuair a tháinig sé isteach sa tseomra cónaithe arís bhí sí féin imithe isteach sa tseomra leapa. Leag sé gach rud amach chomh néata agus a tháinig leis, cupáin, crúiscín beag gloine don bhainne agus pota tae.

'An teas! Mo leithscéal,' ar sé ag filleadh ar an chistin.

Nuair a tháinig sé ar ais bhí sí ina suí ar an tolg agus dhá chupán líonta aici.

'Dá mbeifeá ag ól bheinn ag tabhairt gloine fíona duit. Tá buidéal agam anseo as Toul, áit a bhfuil an talamh cineál clochach. Tá lorg an talaimh sin le sonrú ar an fhíon ach ní ar a ghairbhe ach géire éigin a bheith ann atá sásúil, má thuigeann tú leat mé. Sin mar atá muintir thuaisceart na tíre seo. B'fhéidir go samhlófá géire leo, gan iad a bheith croíúil sochaideartha mar atá muintir an deiscirt, ach tá rud éigin ar chúl na géire sin a nochtfar ina dhiaidh sin go mall réidh nuair a chuireann tú aithne orthu.'

Thost sé agus tharraing chuige a chupán. Ní raibh Áine ag caint agus rith sé leis go raibh mífhoighne ag teacht uirthi faoin turas eile a bhí rompu.

'Tá tú ag smaoineamh ar Strasbourg,' ar sé faoi dheireadh, 'ach má tá tú neirbhíseach bíodh a fhios agat nach baol duit gan dul i bhfeidhm ar an dream seo. Beidh siad uilig go léir ar téad agat agus beidh mise leat.'

'Ní bheidh. Is é sin … ní bheidh tú ag teacht liom, a Réamainn.'

Bhí Áine anois ina seasamh agus an cóta olla dubh ina lámh chlé. Ní raibh a fhios aige ar le tuirse na hoíche roimhe a bhí mearbhall ag teacht air. D'fhéach sé lena dhíriú féin sa chathaoir ach bhí meáchan a choirp anois á thuirsiú agus d'airigh sé a intinn ag moilliú.

'Cad é atá tú …? Cad é atá ag tarlú?'

'Tá brón orm, a Réamainn. Ní bheidh tú ag teacht liom agus bhí eagla orm go leanfá mé go fiú nuair a mhíneoinn duit cén fáth nach dtiocfadh leat teacht liom. Ní bheidh ócáid ar bith ag Moreau agus a chomhlacht in Strasbourg anocht. Ní raibh a leithéid riamh beartaithe – bréag a bhí sa rud uilig. Bhí cúis eile agam le dul go Strasbourg. Beidh Maynard Shawcross ag tabhairt óráide uaidh anocht. Tá sé le labhairt le grúpa feisirí Eorpacha – faoin ról shíochánta eadrána atá ag rialtas na Breataine sa choimhlint chathartha in Éirinn. Smaoinigh féin, an fear a d'ordaigh bás Liam Uí Mhuireagáin sa Pharlaimint nuair a d'fhógair sé go raibh dlíodóirí áirithe róbháúil le "sceimhlitheoirí". É féin an sceimhlitheoir agus díolfaidh sé as a chionta anocht.'

Streachail Prút lena shúile a choinneáil oscailte. Bhí an t-ualach a bhraith sé ar ball ag méadú agus gan é in ann a lámh a ardú.

'Tá rud sa tae. Sin an fáth a bhfuil na súile ag titim ort. Ní dhéanfaidh sé dochar duit ach nuair a mhúsclóidh tú beidh seo thart agus beidh mise imithe. Tá áthas orm gur inis tú dom faoi …'

XII

Ina shruth tobann siosach a sceith an t-uisce ar a aghaidh. Chuir sé lámh amháin ar sconna an chithfholcadáin agus d'ardaigh a smig go bhfaigheadh sé fórsa iomlán geiteach an uisce ina shúile. Mhothaigh sé an anáil ag giorrú agus ag imeacht air de réir mar a chas sé an diail leis an lámh eile, á cur an bealach ar fad i dtreo an ghoirm le go méadódh an sruth ar a chraiceann tláith. Righnigh a cholainn leis an fhuacht agus sháigh sé a smig ina ucht le nach gcúbfadh sé siar ón tonn threascrach. Níor léir dó ar dtús ach lí mharbh an mharmair ar a chraiceann agus na paistí anbhanna a rinneadh den tomán bhricliath ar a ucht. Ach bhí léaró beag comhfheasa ag géarú ann dá ainneoin, léaró beag ar mhaith leis breith air nó go dtiocfadh an aithne agus an urlabhra ar ais chuige. Mhúch sé an sruth uisce agus sciúr a chorp le tuáille righin garbh go raibh barr a chraicinn ag dó agus an anáil ag socrú ann.

Nuair a fuair sé é féin ar tholg an tseomra cónaithe mhothaigh sé na súile ag druidim agus a chloigeann á ligean siar aige. Ba é an chéad rud a tháinig ina cheann an mhaidin a mhúscail sé i Nua-Eabhrac fadó agus an rup rap air. Ba í an mhearchuimhne cheoch sin a thug air smacht a intinne a ligean lena chorp, fanacht mar a raibh sé go bhfillfeadh cibé neart a thiocfadh leis. Diaidh ar ndiaidh, d'airigh sé an t-ualach á ligean uaidh agus mearbhlán an tromshuain á scaipeadh. Thug sé coiscéim thuisleach ón tolg go dtí an áit a raibh a mhála taistil ina luí i lár an urláir agus tharraing amach an nuachtán a bhí dingthe isteach sa phóca tosaigh. B'fhíor di ar ndóigh. Bhí Maynard Shawcross le labhairt ag Parlaimint na hEorpa. Chuir sé a chorrmhéar le prionta an nuachtáin go ndíreodh a shúil air ach dá mhéad a ghrinnigh sé an t-alt a bhí faoi phictiúr Shawcross níor léir dó sonraí ar bith a chuideodh leis. Dóbair do pholl miodamais na tuirse é a shlogadh arís sa bhomaite sin ach ba dhomhain leis ina bhás géilleadh dó sa riocht ina raibh sé. Tharraing sé é féin a fhad leis an ghuthán a bhí sa chistin agus chas sé na huimhreacha isteach sa diail a bhí ar chárta lena thaobh.

Méadar digiteach a bhí ag splancadh roimhe sa tacsaí agus gan mórán comhrá ag an tiománaí ach é ag scinneadh leis trí chaolsráideanna an Vieille Ville gan aird ar choisithe agus na coscáin á ngreadadh go mífhoighneach aige ó thráth go chéile. Nuair a mhothaigh sé an carr ag coinneáil air an bealach mór leathan amháin agus uaidh sin amach go dtí an mótarbhealach, lig Prút a cheann siar agus lig dá anáil socrú arís. Aon uair amháin a bhí sé an bealach seo sa charr, amach go Lunéville le Véronique ar thuras lae. Ba in Lunéville a bhí cónaí ar an

Diúc Stanislas ina chaisleán nó gur caitheadh splanc amach ón teallach oíche amháin a chuir a éadach síoda le thine. Ba bheag ab fhéidir a dhéanamh ar a shon ach a phian a mhaolú le biotáille nó gur bhásaigh sé sa phálás léinn sin ar a mbíodh Voltaire, Montesquieu agus lucht na hEagnaíochta ag triall. Chuimhnigh sé ar an straois a bhí ar Áine tráthnóna agus í ag fiafraí cér leis an dealbh i lár na cearnóige agus samhlaíodh dó go raibh an ceart aici – i ndiaidh an díomais, ba leor splanc as tine leis an Diúc Stanislas a mharú.

Ba léir dó faoi dheireadh na comharthaí glasa bóthair a bheith á dtreorú isteach go lár Strasbourg agus sháigh sé a lámh i bpóca a chasóige agus tharraing amach a vallait. Tháinig náire air nuair a rith sé leis go raibh baol ann go mbeadh sí folamh. Má bhí Áine in ann púdar a chur ina chuid tae nárbh fhurasta aici na nótaí breaca airgid a sciobadh léi fosta? Dhruid sé na súile leis an tonn faoisimh a tháinig air nuair a mhothaigh sé toirt na nótaí a bhí fillte istigh. Chuntais sé sé chéad franc amach agus sháigh i lámh an tiománaí iad. Níorbh fhéidir dul níos gaire ná ciliméadar den Pharlaimint agus bhí sé anois ar bogshodar gearr-análach i dtreo an Parc de L'Orangerie.

Ghéaraigh buille a chroí nuair a d'aithin sé na foirgnimh leamha ina raibh cuid de na fo-institiúidí Eorpacha agus gur thuig sé nárbh fhada uaidh anois é. Ag an ché os comhair Chomhairle na hEorpa thosaigh carranna ag moilliú agus ag tarraingt isteach leis an screadach bonnáin a bhí ag teacht as dhá otharcharr a bhí ag iarraidh bealach a bhriseadh tríd an trácht. Choinnigh sé air anois ina rith agus é ag leanúint na soilse dearga a bhí ag splancadh roimhe agus ag imeacht as radharc le gach lúbadh a rinne siad tríd an trácht. Bhí cuifealán beag daoine ag ceann an bhealaigh a bhí gafa san áit ina raibh siad, cuid acu ina ngrúpaí beaga ag caint os íseal agus cuid acu mar a bheadh siad ag fanacht le treoir. Bhrúigh sé a bhealach tríothu nó gur tháinig sé a fhad le triúr fear a raibh éide mhíleata dhúghorm orthu agus meaisínghunnaí á bhfáisceadh go hairdeallach acu. Bhrúigh duine acu siar é agus d'aithin sé cuil ag teacht ar an bheirt eile.

'*Monsieur, reculez-vous! Monsieur!*'

Fiche slat ón áit ina raibh sé bhí dhá bhraillín ar an talamh idir buataisí míleata na *gendarmes*. Toirteanna éagruthacha le haithint iontu taobh thiar den fháinne fear. Lean a shúil lucht otharchairr ag deifriú leo isteach le sínteáin agus ag scairteadh orduithe fuarchúiseacha lena chéile. Thug sé coiscéim roimhe go tobann nuair a shíl sé go bhfaca sé binn den chóta olla dhubh ag gobadh amach as faoi cheann den dá bhraillín. Brúdh siar arís é agus bhagair duine den triúr *gendarmes* air go gcuirfeadh sé sa veain é mura seasfadh sé siar an iarraidh seo.

* * *

Faoin am a raibh sé ag stáisiún Nancy bhí na tiománaithe tacsaí ina seasamh i leathchiorcal ag fanacht leis na paisinéirí deireanacha a bhí ag teacht amach trí na doirse ina streachláin chucu. Choinnigh sé air de shiúl na gcos síos an cnoc ionsar an Rue Stanislas agus anonn go Place Carnot i dtreo an Vieille Ville mar a raibh tonnta snagcheoil ag meascadh le clingireacht scléipeach na gcaiféanna beaga a bhí greagnaithe fá na ballaí tiubha meánaoiseacha. Mhoilligh sé ag doras na sráide go gcluinfeadh sé trup an bhaile uair amháin eile sula ndruidfeadh sé ina dhiaidh é agus go bhfillfeadh sé ar chiúnas plúchtach an árasáin. Ba dheas leis dá mbeadh duine ann ar an staighre roimhe, duine de na comharsana a bhrisfeadh an tost a bhraith sé ina chnapán i gcúl a scornaí ach bhí an áit bánaithe.

Sa tseomra leapa ar thaobh na cistine sheas sé ag amharc ar mhála Áine mar a bheadh faitíos nó náire air roimhe, é ina stacán balbh nach dtiocfadh leis ciall a bhaint as. Chuimhnigh sé ar an trua a bhí ina súile nuair a d'inis sí dó faoin chuimhne a bhí ag cuid de na seanfhondúirí Poblachtacha air óna sheal sa 'Crom' – 'rud beag brionglóideach … cineál d'intleachtóir'. Sin an fáth nár lig sí dó teacht léi agus nár shíl sí rogha a thabhairt dó a bheith léi nó cuidiú léi san ionsaí a bhí sí ag brath a dhéanamh. Agus bhí a fhios aige go maith go raibh an ceart aici: ní rachadh sé léi agus dhéanfadh sé a sheacht ndícheall lena stopadh. Bhí trua aici dó nó níor lig a choinsias dó an buille a bhualadh a rachadh go cnámh. Shuigh sé síos ar an leaba agus bhrúigh a dhá dhorn isteach sa tocht faoi. B'fhada ó shin a shíl sé nach mbeadh ábhar nua aithreachais aige choíche go deo. An méid a tharla i mblianta an chogaidh bheadh sé leis i gcónaí agus ba bheag eile a ghoillfeadh air lena thaobh. Agus le himeacht aimsire, thuig sé go raibh na mílte agus na milliúin eile ar an aicíd chéanna, a n-ualach coinsiasa féin le hiompar ag gach duine acu go fiú iad sin nach ligfeadh an fhimíneacht dóibh a admháil. B'iontach leis anois cúram eile coinsiasa a bheith air le cur leis an chuid eile, ábhar eile a rachadh in angadh ann nuair a shíl sé é féin a bheith róshean dá leithéid.

Bhí sé dhá nóiméad go dtí an meán oíche de réir chlog na cistine nuair a bhrúigh sé ar chnaipe an raidió gur líon siansa ceol clasaiceach an seomra. Líon sé an citeal le huisce agus d'oscail an prios a bhí in aice an tsoirn gáis. Bhí prócaí dá chuid féin curtha ag Justin leis an méid a bhí aige féin. Bosca den Banania ina measc, púdar seacláid the agus pictiúr d'fhear dubh as an tSeineagáil ar an bhosca. Íomhá áibhéalach cartúin den chineál a bhí ar na póstaeir a chonaic sé i mBeirlín tráth ag fógairt cosc ar shnagcheol na gciardhuán. Tharraing sé chuige na málaí tae agus d'ardaigh fuaim an raidió.

Ní raibh ann ach na chéad tuairiscí, ionsaí sceimhlith-eoireachta taobh amuigh de Pharlaimint na hEorpa, beirt marbh agus duine amháin gortaithe. Stát-Rúnaí

Thuaisceart Éireann a ionsaíodh, ní féidir aon rud eile a dhearbhú ina thaobh. Tuilleadh sonraí le teacht go fóill agus an *gendarmerie* ag iarraidh ar fhinnéithe súl dul i dteagmháil leo le cuidiú leis an fhiosrúchán atá idir lámha acu. Sin agus tuairisc ghearr faoin choimhlint leanúnach in Éirinn agus na hionsaithe a bhí déanta le déanaí ag an IRA ar shaighdiúirí agus ar bhaill de rialtas na Breataine i dtíortha ar mhór-roinn na hEorpa. Mhúch sé an raidió agus chuir an mála tae sa bhosca bruscair.

Ba é boladh milis an bhácúis an chéad rud a mhothaigh sé ar maidin. Boladh siúcrúil meallacach a bhfáilteodh sé roimhe maidin ar bith eile seachas an mhaidin sin. Chuimhnigh sé nár mhaith leis titim a chodladh an dara huair inné agus fios aige go mbeadh sé rómhall aon rud a dhéanamh nuair a mhúsclódh sé. Thuig sé anois an eagla a bhí air sa bhomaite sin agus an samhnas a bhí air anois. Shuigh sé arís ar an leaba sa tseomra eile agus chuir a lámh ar an chás taistil donn a bhí roimhe, é ag breathnú air mar a bheadh buama ann a phléascfadh dá mbainfí de. Nuair a fuair sé an misneach faoi dheireadh é a oscailt bhí obair aige a lámh a leagan ar na baill éadaigh a bhí istigh. Ba le dua a thóg sé chuige an seaicéad leathair bánbhuí a bhí ar an bharr nó gur fhág sé ar ais é agus dhruid an mála.

Bhí a fhios aige go raibh sé ag cur moill ar an rud a bheadh le déanamh aige luath nó mall. Siúl go stáisiún an *gendarmerie* agus a scéal a mhíniú dóibh. Ghlacfadh siad grianghraif de agus lorg na méar agus rachadh cuardach ar an árasán agus diancheistiú air féin ina dhiaidh sin. Bheadh air an t-iomlán léir a insint do strainséirí a bheadh in amhras faoin uile mhionsonra agus a rachadh siar ar gach céim shuarach ag súil is go ndéanfadh sé féin botún éigin a chiontódh i gcomhcheilg é. Ní bheadh suim ar bith aige féin san fhianaise a bheadh uathu nó b'fhearr leis labhairt leo faoin dóigh ar shíl sé comaoin a chur ar anam a chomrádaí, Jimí, nár tháinig riamh in éifeacht, a iníon siúd a chosaint agus a threorú ina dhiaidh sin go bhfaigheadh sí áit a mbeadh sí sábháilte. D'amharcfadh siad ar a chéile agus d'fhiafródh siad de go mífhoighneach cé eile a bhí páirteach sa chomhcheilg seo?

Thuig sé an méid sin. Bheadh sin le déanamh aige agus dá mhéad a chuir sé siar é, b'amhlaidh ba mhó an t-amhras a bheadh orthu ina thaobh. 'D'fhan tú ceithre huaire fichead sular tháinig tú leis seo a insint dúinn. Thuig tú go raibh an tóir anuas ort – bhí a fhios agat go dtiocfaimis ort luath nó mall.'

Luigh sé siar ar an tolg ag cuimhneamh ar an deireadh seachtaine fada a mhachnaigh sé ar *Illuminations* agus ar an líne sin a tharraing sé air féin, '*Voici le temps des Assassins*'. Chóirigh sé a leagan féin de scéal an leabhair sin do na mic léinn le go mbeadh siad in ann aiste a scríobh air agus scrúdú a dhéanamh air. Bheadh air an rud céanna a dhéanamh anois, a leagan féin den scéal a chóiriú agus a chosaint ina dhiaidh sin sa scrúdú a chuirfí air. Sin a bheadh le déanamh aige ach thuig sé nárbh é a dhéanfadh sé. Is é rud a d'inseodh sé an scéal a bhí ar a chroí agus ní bheadh aird ar bith aige ar a gcuid fíricí siúd, ciontaíodh siad é, ba chuma leis anois.

Bhí sé ar tí an raidió a chasadh air don chúigiú huair an lá sin nuair a mhothaigh sé eochair ag dul sa ghlas agus coiscéimeanna ar an halla bheag istigh. Sheas sé ag tábla na cistine ag éisteacht. Dá mbeadh na *gendarmes* le teacht is ag briseadh an dorais isteach a bheadh. D'fhan sé gan chorraí gur chuala sé na coiscéimeanna ag déanamh ar an áit a raibh sé gan aon mhoill ná faitíos.

'Véronique!'

Bhí a lámh lena hucht agus í ag breith ar a hanáil.

'Dúirt tú liom go mbeifeá i dteagmháil liom inné, cá huair a tháinig tú?'

Tharraing sí cathaoir fúithi agus las toitín le driopás.

'*Putain!*'

'Tá a fhios agam. Tá a fhios agam. Tá mé anseo ó inné. Bhí mé ar tí glaoch ort.'

D'amharc sí air arís agus imní de chineál eile uirthi.

'Ar tharla rud éigin nó cad é atá ort?'

Ba dheas leis an aithne seo a bhí acu ar a chéile in ainneoin na saoirse a d'fhág siad ag a chéile. Tharraing sé a cholainn trasna an tábla agus phóg ar an dá leiceann í.

'Tá mé sásta gur tháinig tú.'

Tharraing sí gal den toitín agus d'amharc air arís go ceisteach.

'An mbaineann seo leis an chailín sin?'

'Cad é atá tú a mhaíomh? Cén cailín? Cad é mar a bhí a fhios agat go raibh cailín anseo?'

'An cailín a casadh orm ag an doras tosaigh. Nuair a d'fhéach mé le doras na sráide a oscailt rinne sí iarracht mé a leanúint isteach. Dhruid mé an doras sula raibh faill aici.'

Rith sé chuig an doras agus chuaigh de léim síos an staighre gan focal a rá gur oscail doras mór na sráide. Bhí sí ansin, an cóta dubh olla teannta thart uirthi san fhuacht agus an smideadh imithe ar fad seachas mar a raibh sé smeartha go garbh faoina dhá shúil.

XIII

Nuair a d'fhill Véronique ón tsiopa chroith sí cifleoga sneachta dá guaillí agus í ag crochadh a cóta fada geimhridh ar chúl an dorais. Bhí an bheirt eile cromtha ar an raidió mar a bheadh siad i mbun paidreoireachta. Ar éigean a thuig Prút go raibh sí imithe nó gur leag sí bosca toitíní ar an tábla roimpi. Nuair a bhí an nuacht thart chas sé siar an diail leis an fhuaim a mhúchadh. Bhraith sé súile Véronique ag fanacht le hachoimre éigin uaidh faoina raibh siad i ndiaidh a chluinstin.

'An rud céanna: níl an tÉireannach ainmnithe ag na péas go fóill. Níor bhain gortú ar bith de Shawcross ach tá duine dá ghardaí slándála marbh.'

D'éirigh Áine agus chuaigh isteach sa tseomra leapa ag druidim an dorais ina diaidh go ciúin.

D'amharc Véronique ón doras go dtí Prút agus labhair leis i gcogar foighneach.

'Cad é atá sí ag dul a dhéanamh?'

Bhí súil amháin ag Prút ar dhoras an tseomra leapa agus é ag caint.

'Rinne mé iarracht sin a phlé léi nuair a bhí tú imithe. Síleann sí go gcaithfidh sí fanacht le treoir.'

'Treoir? Cé atá ag dul a thabhairt …?'

Thost sí nuair a d'ardaigh Prút a mhéar agus súil fhaiteach aige ar an doras a bhí á oscailt arís.

Stróic Véronique an cumhdach plaisteach den bhosca toitíní le hionga rinneach a corrmhéire agus d'amharc arís ar Phrút mar a bheadh sí ag tabhairt broideadh beag foighneach dó.

'Bhí mé ag insint do Véronique nach bhfuil a fhios agat go fóill cad é a dhéanfaidh tú,' ar sé faoi dheireadh.

Bhí Áine ina seasamh in aice na fuinneoige agus na sciatháin fillte aici. Bhí an smideadh glanta dá haghaidh agus a gruaig dhorcha ligthe síos lena guaillí. Thiontaigh sí agus chuir a lámh leis an chuntar a bhí ar a cúl.

'Cad é a dhéanfá féin?'

'Tá a fhios agam go bhfuil rudaí le cur san áireamh agat nach dtuigimse féin. Glacaim leis nach mbeidh tú ag dul chuig na péas?'

Rinne Áine meangadh beag íorónta leis.

'Níl sé i gceist agam dul chuig na péas. Is dócha nach gcuirfidh sin iontas oraibh.'

Thiontaigh sí agus d'amharc amach ar an fhuinneog anuas ar an tsráid bheag chúng mar a raibh seanduine ar ghluaisrothar agus builín fada aráin faoina ascaill aige.

'Níl a fhios agam cad é mar a dhéanfaidh mé teagmháil leis na daoine a bhí i bpáirt liom.'

Lean sí ag amharc amach ar an tsráid agus í ag caint, gan tiontú chucu.

'Rud eile de – níl a fhios an mbeadh siad buíoch díom.'

Thiontaigh sí chucu go leithscéalach an iarraidh seo.

'Chomh maith leis an méid a dúirt mé leat aréir – nach raibh ócáid ar bith riamh socraithe ag Moreau faoin chlár teilifíse – níor mhínigh mé duit cad é mar a tharla anseo mé, dáiríre. Bhain mé úsáid asat, a Réamainn, agus tá brón orm faoi sin. Ach nuair a d'fhág mé an t-árasán inné tháinig aiféala orm faoin dóigh ar fhág mé thú. An chaint uilig faoi m'athair agus mo mháthair a chuir i mo cheann é. Nuair a thángthas ar mo mháthair dúirt siad gurbh iad na piollaí suain i gcuideachta an ólacháin a mharaigh í. Tháinig mé ar ais. Bhí duine de na comharsana ag teacht isteach romham agus sciorr mé isteach ina cosamar siúd a fhad le doras an árasáin. Shíl mé go raibh seans ann go fóill nach mbeifeá i dtromshuan ach nuair a chnag mé ar an doras níor tháinig tú. Sin an rud a chuir moill orm. Bhí an traein imithe nuair a bhain mé an stáisiún amach. Bhí uair an chloig idir sin agus an chéad traein eile.'

D'amharc sí amach ar an fhuinneog arís sular thiontaigh sí ar ais chucu.

'Is leor a rá gur chaill mé an *rendez-vous*. Níor mhaith liom a shéanadh go raibh mise le bheith páirteach. Bhí mé le bheith leo agus nuair nár bhain mé an áit amach in am rinne mé prácás den phlean.'

Sheas Áine siar go tobann ón fhuinneog agus líon

scréachach bonnáin an seomra. D'éirigh Prút gur amharc go faichilleach amach taobh na fuinneoige. D'fhan sé gan chorraí gur imigh an bonnán uathu de réir a chéile.

'Tá siad ag dul áit éigin eile, cibé a bhí ann,' arsa Prút go ciúin, 'ach cá bhfios nach dtiocfadh an chéad cheann eile anseo?'

D'amharc sé go leithscéalach ar Áine.

'Ní ar mhaithe liom féin atá mé á rá seo, a Áine, ach ar mhaithe le Véronique … Ní bheidh sé sábháilte fanacht anseo. Níl a fhios cé a chonaic tú go dtí seo, an chomharsa a bhí ag dul isteach an t-am céanna leat féin aréir, cá bhfios? Má tá faisnéis ar bith ag na péas – má tá siad ar do lorg – gach seans gur anseo a thiocfaidh siad. Is cuma liom féin faoi sin ach …'

'Seo, seo,' arsa Véronique agus toit á séideadh i dtreo na síleála aici, 'ná bí buartha fúmsa, a thaisce. Tá an baile seo éirithe róchiúin dom cibé.'

Labhair Prút arís i nglór ciúin díbhirceach le hÁine.

'Ní bheidh sé sábháilte ag duine ar bith againn fanacht anseo. Ach má théimse leat … Má thiomáinimid linn siar ó dheas chomh fada agus is féidir dul, beidh seans agat. Beidh do chuid comrádaithe imithe faoin am seo cheana agus an tóir anuas orthu. B'fhéidir nach bhfaca aon duine go fóill thú.'

Chnag Véronique ar an tábla lena lastóir práis.

'Haló? Nuair a deir tú "tiomáinimid" glacaim leis gurb

é mo charrsa atá i gceist agat? Mar sin de, "tiomáinfidh mise sibh" atá i gceist aige, a thaisce.'

Níor labhair Áine. D'amharc sí ó dhuine go duine acu mar nach raibh a fhios aici cé leis a labhródh sí.

'Go raibh maith agaibh ach b'fhéidir nár mhaith liom sin. Chuaigh mise i bhfostú i rudaí nach mbaineann libh agus níor mhaith liom sibhse a bheith san fhaopach.'

'*Baf!*' arsa Véronique, 'bhí mise i bPáras in 1968 – seans go bhfuil siad sa tóir orm go fóill.'

'Má théim libh,' arsa Áine go mall, 'is ar mhaithe le héalú ó phéas na Fraince a bheas mé ag gabháil libh. Cibé teorainn a thrasnóimid ina dhiaidh sin beidh mé ag imeacht caol díreach ón tír sin ar ais go hÉirinn.'

'Má bhainimid teorainn na Spáinne amach beidh neart ama agat le smaoineamh air sin,' arsa Prút. 'Má éiríonn linn fáil amach as Nancy féin, cá bhfios cad é a chasfar ort sa tslí ina dhiaidh sin?'

Shuigh Áine síos ag an tábla agus d'amharc ar Véronique.

'Beidh Réamann ag iarraidh cearnóga móra uaisle a thaispeáint dom agus caiféanna galánta ionas go dtolgfaidh mé an galar atá air féin. B'fhearr liomsa seasamh leis na daoine ar tógadh ina measc mé ná bheith i mo shuí ag ól caife sa Fhrainc ag déanamh iontais de dhealbha.'

Rinne Prút gnúsachtach bheag.

'Tá go maith. Ach beidh ort áil a dhéanamh den

éigean go fóill. Mura dtarlóidh aon rud eile chífidh tú tír mhór na Fraince agus na Spáinne ina dhiaidh sin. Agus ansin, cá bhfios, tuaisceart na hAfraice má mhaireann carr Véronique an fad sin? Suífimid i gcearnóga móra agus ólfaimid caife. Labhróidh mé leat faoi d'athair, Jimí. Agus má éiríonn tú tuirseach den tsaol sin beidh a fhios agat go bhfuil sé in am agat filleadh.'

Iarfhocal

Cé gur saothar ficsin é seo níor mhiste foinsí áirithe eolais a lua. Tá cuntas ag an scríbhneoir Ungárach György Faludy ar a sheal in Casablanca ag tús an dara cogadh domhanda in *My Happy Days in Hell* (1962). I measc na gcuntas ar sheirbhís raidió Éireannach na Naitsíoch, tá *Hitler's Irish Voices* (1998) le David O'Donoghue, *The Wartime Broadcasts of Francis Stuart – 1942-1944* (2000) le Brendan Barrington, *Masquerade: Treason, the Holocaust, and an Irish Impostor* (2017) le Mark M. Hull agus Vera Moynes agus leabhar conspóideach Róisín Ní Mheara, *Cé hí seo amuigh?* (1992). Tá léargas le fáil fosta in úrscéal Francis Stuart, *Black List, Section H* (1971) agus sna cuntais éagsúla a foilsíodh faoi Bheirlín in aimsir an dara cogadh domhanda, orthu sin *The Berlin Diaries 1940-1945* (1999) le Marie Vassiltchikov. Ba é Pádraig Ó Siochfhradha ('An Seabhac') a scríobh an t-aistriúchán, *Beatha Theobald Wolfe Tone* (1932), do scéim an Ghúim.

I ngearrscéal le Séamus Frazer, a bhí ina mhúinteoir Fraincise tráth i gColáiste Maolmhaodhóg, Béal Feirste, luaitear deilín sin na soiscéalaithe *Come listen to my tale of Jonah and the whale, Way down in the middle of the ocean!* Scéal é faoi chairdeas a tréigeadh agus tugann sé leis go leor d'atmaisféar sin an tsáinnithe a shamhlaítear le Béal Feirste sna blianta sin. 'Faoin fhearthainn' teideal an scéil agus foilsíodh in *Feasta* (Eanáir 1954) é.